2022中国年度随笔

徐南铁　主编

漓江出版社
·桂林·

目录
contents

人 生

003 / 拔根芦柴花　　　　　　　　　　　　　王　尧
011 / 祖慰先生的面容　　　　　　　　　　　立　岩
018 / 当我成为父亲，我才"认识"父亲——父亲三周年祭　　杨学武
029 / 母亲的故事　　　　　　　　　　　　　徐新南
040 / 父亲节想起不会做饭的父亲留给我的美食记忆　　刘国辉
046 / "老神仙"小传　　　　　　　　　　　胡　平
060 / 鱼　群　　　　　　　　　　　　　　　田　鑫
063 / 孤旅者张洁：爱比死更冷　　　　黄　卫　宋春丹
074 / 母亲节，尤其想念妈妈的日子　　　　　李　萍
078 / 大哥一九四七　　　　　　　　　　　　毕星星

情 怀

089 / 泳池边的遐思　　　　　　　　　　　　瓜　田
093 / 诗意云和　　　　　　　　　　　　　　杨晓升
104 / 琳姑姑米寿　　　　　　　　　　　　　俞　宁

111 / 九十埠　　　　　　　　　　　　万华伟
118 / 千年诗魂伴大江　　　　　　　　任　蒙
130 / 顶硬上：民国笔记中广东人的"硬"气　周松芳
136 / 野草闲花小札　　　　　　　　　王美怡
145 / 印象汪曾祺　　　　　　　　　　杨文利
154 / 生命的太阳　　　　　　　　　　莲　子
157 / 种花与读书　　　　　　　　　　黄　荭

世　事

163 / 我心目中的中华书局　　　　　　金冲及
170 / 大数据时代的纸质阅读　　　　　曾纪鑫
175 / 过　客　　　　　　　　　　　　安　宁
184 / 虚幻与沉迷　　　　　　　　　　王剑冰
191 / 我家的传统菜　　　　　　　　　刘　迅
199 / 在我短暂的编剧生涯中，有个剧叫《我爱我家》　张　越
206 / 高墙内的往事　　　　　　　　　王国华
215 / 凝　视　　　　　　　　　　　　李路平
222 / 体育王老师　　　　　　　　　　刘　齐
226 / 严绍璗先生逸闻十则　　　　　　漆永祥

言　说

233 / 乡愁，在医学中涌动　　　　　　姚志彬
239 / 为人类未来解难的下一个先知是谁？　祖　慰
247 / 己所欲，亦勿施于人　　　　　　刘云德

253／饮食江湖志　　林卫辉

262／在文学世界里建构世界文学　　韩晗

270／最后的自己　　周实

274／郁达夫　鲁迅　周作人　　顾农

282／愿你安心疫情时　　秦岭

291／无题之刃　　姜丹丹

301／跋：春天种树　　徐南铁

! 人生

【主编者言】作者写母亲，有那么丰满的细节，令人慨叹。但他还是留下不少空白，比如当年母亲的自由恋爱。人的一生是一部说不完的故事，其中不少是私有财富，属于个人。

拔根芦柴花

王 尧

日子有些反常，时空错落。牡丹花开了。芍药花开了。这个时候不远处落下了冰雹。

妈妈坐在客厅的椅子上，朝北。爸爸坐在客厅的椅子上，朝南。如果不看电视，妈妈一直盯着窗外园子里的树枝，从她坐的位置到室外的石榴树樱花树有些距离，但她能看到树枝上栖息的小鸟。有时她说，那只鸟是金色的，你们不在家，看不到。有时我在书房里，她突然喊我，说，你看看，鸟儿又飞过来了。果然，是一只金色的鸟。妈妈笑得灿烂，就像树枝上的鸟儿张开金色的翅膀一样。妈妈又失落地说，她很久没有梦到蛇，没有梦到老家厨房从灶台缝隙间长出的发财树。老家民间对梦的解析是，梦到蛇、梦到发财树就会发财。我一直不知道发财树的学名是什么，前年回老家扫墓，我用手机拍了发财树，给她看，她说这就是发财树。妈妈这一代人穷怕了，日子好起来后，当年求生存的意识现在变成了她常做的梦。没有这样的梦，她有点慌张，又想起电视里的新闻和听说的一些事，就生出同情心，说很多人日子艰难，就像我们小时候一样。看到什么地方遭灾了，她会问，你们学校有没有组织捐款？

爸爸通常是看报纸杂志，看手机视频，看球赛，看京剧，有时候也看我写的文章。如果写到老家的事，爸爸会在打印的稿纸上订正我的一些错误。妈妈问我，你爸爸是不是看你写的书。我说是，拿给她看，她念出来："民谣，时代与肖像"。妈妈问我，有没有写到她。我念了一段给她听。她说有点像，又不像。我解释说，不像的地方是虚构的。妈妈说，你是编故事，说书。她会亲一下书的封面，然后问我一句她经常会说出的话：如果妈妈是个笨蛋，你会这么聪明？她一直认为自己的儿子很聪明。我们母子大笑。

爸爸出门抽烟时，会看看院子里的桂花树，他很诧异，今年的桂花怎么还没有影子呢？日子有些反常，熟悉的光景迟到或早到了。天气异常热，没有从夏入秋的感觉。这已经是八月中旬了。好像是上午十点多钟，妈妈说我要睡觉了，我说还没有午餐呢。她说，啊，我以为是晚上呢。说完，她自嘲道，脑子乱了。我估计她在椅子上睡了一会儿，醒来后时间模糊了。我一直记得妈妈自嘲时的神态，有点羞赧。八十岁以后，她对老年痴呆症比较敏感，经常跟我们说，你们放心，我不会老年痴呆。偶尔记错时间或事情后，妈妈会紧张地问，我不会呆掉吧？我说不会。她又自信地说，我不会老年痴呆。

妈妈年轻时梳一根长辫子。我在照片上看到，辫子几乎拖到上衣下摆。我记事时，妈妈已经是齐耳短发。短发的妈妈很干练，她说这样在田里干活利索。二十世纪六十年代末期，乡村女性都剪掉长辫子以示革命，大姨也剪了。我听到妈妈感慨：我以前也是长辫子。小姨扮演李铁梅，需要长辫子，只能以假辫子代替。妈妈同辈人中也有留辫子的，中年以后，就梳起发髻。妈妈对自己的形象高度自信。有时候家里人聊天，说起谁谁谁长相如何，妈妈会突然说，我年轻时候也是美女。她用了美女这个词。我们都说是是是，妈妈见状，怀疑我们是恭维她，便说，你们还不相信？我们都相信的，妈妈年轻时在方圆几十里便有些名气。外公早年参加地下党，新中国成立以后在乡镇担任领导职务，虽然生了三个女儿，但他毫无歧视，特别重视我妈妈和两个阿姨的教育。妈妈小学毕业，两个阿姨初中毕业，这在二十世纪五六十年代的乡村并不多见。同辈人都要参加扫盲，妈妈可以当扫盲老师。我念小学时，有不认识的字，问她，她都能念出来。

我可以想象妈妈当年的活跃程度。在妈妈自己的讲述中，她是植树造林的先进，因此有机会去徐州参加绿化先进个人表彰大会。在那次大会上，妈妈登台唱了一曲当时在苏北开始流行的扬州小调《拔根芦柴花》。妈妈说，那是万人大会，她站在舞台的中央。开始时有点紧张，她不自觉地把背后的辫子抓到了胸前。她后来说，没想到自己唱得那么好，台下掌声雷动。这可能是妈妈亲历的最盛大的场景，她在万人瞩目下唱了《拔根芦柴花》。妈妈没有给我们兄弟仨唱过完整的《拔根芦柴花》。夏天跟她一起在秧田劳作，或者采桑叶，偶尔听她哼过几句。更让我惊讶的是，妈妈还和爸爸唱过《夫妻观灯》。我没有问过爸爸妈妈唱《夫妻观灯》的场景，我想象着，在一个虚构文本中写了我想象的场景。完整地听妈妈唱歌，是我有了女儿以后。我们住在集体宿舍，在走廊昏暗的灯光下，妈妈抱着她的孙女，轻轻地唱着摇篮曲：风呀微微地吹，鸟儿吱吱地叫，宝宝的眼睛像爸爸，宝宝的眉毛像妈妈，宝宝的鼻子嘴巴既像爸呢又像妈……我两个弟弟的孩子也是在这首摇篮曲中进入梦乡的。摇篮曲有些神奇，我没有跟妈妈学唱，她离开苏州，我哄女儿入睡，自然而然哼出了妈妈唱的摇篮曲。许多年以后，在女儿的婚礼上，我完整地唱了这首摇篮曲。妈妈第二天跟我说，我昨天听你唱的好像是风呀微微地吹。她得意地笑，要我让女儿也学会她唱的摇篮曲。村庄上那些和我差不多的孩子，可能都是在妈妈的摇篮曲中入睡的。妈妈曾经当过一段时间的幼儿园老师，养育婴儿的经验，在后来成为她最重要的财富。差不多这个时候，妈妈怀了我。从扬州一所学校毕业的爸爸，则在邻乡的小学教书。妈妈放弃了这边的工作，去了爸爸教书的那个公社。妈妈从来没有后悔她的选择。但在谈到这些事情时，妈妈会说一句话：我是个被埋没的人才。我们兄弟仨在青少年时就听妈妈说过这句话，这或许是后来我们努力向前的原因之一。

爸爸从镇上到妈妈这个村庄时还是少年。坐在船上的这位少年，看到两岸的麦田发黄了。有一天，爸爸听到和妈妈同名的歌手唱着《风吹麦浪》，他确认他到莫庄的时间是1949年5月。这个五月，是爸爸的家族从小康到困顿的转折点。在这里，爸爸遇到少女李健。爸爸一表人才，即便到了老年，仍然器宇轩昂。在乡村里，爸爸妈妈这一辈人多数还是奉父母之命媒妁之言成亲的，他们却是自由恋爱结婚的。这当中无疑有感人的故事，但青年时就想以编故事为职业的我，从未问过父母恋爱的细节。在父母亲已经跟我们兄弟仨在苏州和南京生活后，我们回老家的次数越来越少了。十几年前，我为了一本书的插图，需要翻拍中学时的照片，问爸爸我那本相册在哪里。爸爸说在老家东房橱柜的抽屉里。清明回去扫墓，爸爸把橱柜的钥匙给了我，打开抽屉后我找到了自己的相册，无意中又发现一封信，是我妈妈写给《新华日报》的。这封信有点长，好像写了两三张信纸。我看了第一段，大致意思是她和一位青年恋爱了，但遇到各种阻力，怎么办？我没有继续看下去，抑制住了自己的好奇心，觉得那是妈妈的隐私。在离开村庄时，我站在大桥上，想象在一个黄昏，两位青年陆续从这座桥上走过，在不远处的田埂上，他们相互倾诉，在他们的四周，是已经盛开的菜花。爸爸和妈妈六十余年相濡以沫，与他们最初的相爱有关。妈妈说她是被埋没的人才，是指她放弃了公社领导的培养，随爸爸去了那个叫后港的地方。爸爸爱读书，爱书法，也爱唱京戏，打算盘速度之快之准，整个乡镇无有出其右者。我开始知道"怀才不遇"这个词时，首先想到的是爸爸。或许与家庭背景有关，爸爸有些清高；少年时从小康到困顿的经历，又让他有些孤寂。我们记事时起，印象中家里对外交往的事大都是妈妈出面处理。妈妈有时候也埋怨爸爸：你就是放不下架子。妈妈的协调能力与能说会道大概与此有关。爸爸讲话简明扼要，妈妈说话丰富多彩。妈妈有时候也觉得自己的话可能多了，就解释说，你爸爸不肯说，都是我说，我原来话也不多的。爸爸闻之，笑而不语。这些年来，妈妈走路越来越困难，做了膝盖手术后好了一两年，又感觉走不动，大部分时间在客厅坐着。爸爸年轻时劳动留下腰伤的毛病，这几年发作，腰也弯了下来。两人活动的范围越来越小，除了必要的外出，基本在客厅看电视。妈妈喜欢的连续剧是《穆桂英》《大宅门》《伪装者》，也喜欢黄梅戏《天仙配》。爸爸则喜欢京剧，NBA 等。为了满足妈妈，爸爸通常是白天尽可能让妈妈看她喜欢的电视剧，晚上看自己喜欢的剧目。NBA现场直播过了，爸爸就让孙女帮忙回放。妈妈知道爸爸喜欢戏曲，每逢元宵节、中秋节，她就主动把遥控器给爸爸，说你看吧。

我的书房在老人房间的隔壁，他们在房间或客厅大声说话时，我都能听到。有时候感觉他们吵得很厉害，我就过去询问。两人大声说话的原因，是听力下降，都担心对方听不清。偶尔也会吵架，多是在意对方的态度。妈妈跟我说，你爸爸什么态度；爸爸跟我说，你妈妈越来越不讲道理了。我看他们都真的生气的样子，反而有些感动，八十岁的老人，还如此在意对方。如果是下午两人争执了，我回来时，电视机一定是关着的，客厅气氛沉闷。晚餐了，爸爸先夹菜给妈妈，我坐在妈妈身边，也夹菜放到妈妈盘子里，妈妈毫不犹豫把这块菜传递给爸爸。如果这样，我知道一切烟消云散。晚上看电视，爸爸问妈妈，你想看什么？妈妈说随你，用拐杖把茶几上的遥控器推到爸爸那头。爸爸选台，选来选去，还是选了妈妈喜欢看的连续剧。

我是五月出生的孩子。妈妈生我时大出血，这一天真的是母难日。我一直自责，妈妈此后身体常染微恙，乃至大病，可能都与这次大出血有关。二十世纪六十年代初开始精简人员，妈妈又随爸爸从后港回到莫庄务农。妈妈记得我们仨住在田间草棚的光景，特别是那个下雪的冬天。当时家里有多少粮食呢？妈妈说有三斤五两玉米粉、六斤小麦。这是妈妈时常说起的一串数字。在日子好些以后，她说完这串数字后的一句话是，不能忘本，不能修正主义。又过了几年，妈妈在春天生下我大弟弟，秋天生下小弟弟。国家说要计划生育，妈妈最早响应号召，做了节育手术，便留下后遗症。我们是个其乐融融的五口之家。以爸爸妈妈当时的工分，我们家是贫困户，年终分红时，生产队的账面上我们家是赤字。那种日子的艰难，我不忍心再去叙述。我无法想象，我会长到这么高的个子，我的身高遮蔽了日复一日年复一年的贫困。我也不懂，水稻丰收了，但我们很少吃到米饭；棉花丰收了，但我们很少穿上新衣。秋冬以后，饭和粥都是米打底，山芋萝卜为主。妈妈盛饭时，把米留给我们兄弟仨，她和爸爸吃山芋萝卜。妈妈有点"穷讲究"。春天她给我们做的布鞋总是要配上鞋搭子，这种样式通常是女生的。妈妈的理由是，用鞋搭子，走路方正。一直到小学毕业，我们都穿着这样的布鞋。冬天在乡下很少有穿棉鞋的，通常穿一种用稻草加破布棉纱结成的"毛窝"，稻草、布条、棉纱也是这个家庭经济状况的象征。我不知道妈妈从哪里找来的棉纱，在请人结毛窝时，特别关照人家在鞋口、后跟处加上棉纱，她生怕稻草磨破了我们的脚面。那时冬天穿长筒袜子，两年穿下来，袜底基本磨破了。妈妈用剪刀把破袜底剪掉，再用一块布缝上。不断剪袜底，袜子也就越穿越短。爸爸和妈妈商量给我们兄弟仨改名字时是怀有抱负的，王厚平改名为王尧，王春平改名为王舜，王秋平改名为王禹。读了初中以后我就知道，爸爸妈妈其实对我们兄弟仨的前途十分担忧。如果没有特别的情况发生，我们兄弟仨高中毕业后，要么务农，要么参军，要么学一门手艺。这个时候，爸爸妈妈想到的是如何给三个儿子娶媳妇。家里有两根大的木料，可以做屋梁，准备再造房子时用。妈妈看到这两根木料，似乎心里特别踏实，仿佛她有条件做婆婆了。谁也没有料到，高中毕业后可以参加高考了，而我也没有料到自己第一次参加高考会落榜。有位老师跟我妈妈说了，王尧没有考好，主要原因是骄傲。妈妈回来跟我说，你如果不骄傲，明年就能考上。她有些不放心，又约了我两个阿姨去邻村的瞎子那里算命，瞎子说了什么，我考取以后，妈妈才告诉我。我落榜的那一年夏天夜间经常失眠，中午偶尔会在堂屋铺上席子午睡，堂屋门开着，这样有点风吹。家里养了几只鸡，会在天井里散步，生蛋时再回鸡窝。妈妈担心这几只鸡会走进堂屋，她就坐在门口，鸡要进门时，她就用扫把拦拦。我醒来时，发现妈妈坐在门口的样子，不禁热泪盈眶。晚上睡觉前，妈妈先用扇子赶走帐子里的蚊子，在房间里点上蚊香。我躺下一会儿，她又轻手轻脚走进来，拉开蚊帐。我问妈妈什么事，她说我怕你躲在里面哭。我和王舜分别去苏州和南京念大学了，王禹在镇上读高中。那时我父亲的月收入只有十几元，无论如何供不起我们兄弟仨读书。除了亲友接济、向朋友借款，爸爸妈妈开始变卖家里有些值钱的东西。他们首先想到了那两根木料，之前已经有邻村的人来问过，妈妈舍不得。又过些时日，那户人家再到我们家，爸爸妈妈还是犹豫再三。也许是寒假临近，他们想到了我们寒假后的生活费，说卖吧。我们兄弟仨都不在场，寒假结束回学校时，爸爸说，那两根木料卖了。爸爸没有说，妈妈唯一的一副耳环也悄悄卖了。妈妈仍然是齐耳短发，但耳垂上没有耳环了。就像呵护我们兄弟仨一样，妈妈又呵护我们的几个孩子。在孙女孙子上小学以后，妈妈往返于老家、苏州、南京之间，在老家忙碌着，直到爸爸退休后，才离开老家。我们兄弟仨经常打电话给她，她说她很忙。她的工作相当于妇女委员和民事调解员，我觉得这工作很能发挥妈妈的长处。今年上半年看电视，她知道国家鼓励生二孩三孩，就感慨地说，我那几年做计划生育工作，做错了？无论在苏州还是在南京，妈妈总是惦记着老家的事情。老家来亲友，最初都是在家里招待，后来习惯到饭店待客。有一次老家的邻居来了，妈妈记得他饭量很大，就把我喊到她房间说话，你们家的碗太小了，你找个大碗盛饭，碗太小，盛几次，人家不好意思吃。妈妈夜里经常失眠，早上起来就说她睡不着时想的事情。谁生病了，要大姨小姨代她去慰问；谁去世了，老伴怎么生活；谁长大了，要介绍对象；谁要过生日了，提醒我们记得打电话祝贺；下大雨了，老家的房子会不会漏雨。我们说，你不要想这么多，安心睡觉。她说，不行，有些事情要想想好。两个孙女孙子都是在国外念大学的，这是她最发愁的事情。如果几天没有接到孩子们的视频或电话，她就开始念叨。我在书房里听到她在客厅喊孩子们的名字，又听到飞吻的声音，我就知道她在和孩子们视频。

　　我的书房在爸爸妈妈寝室的隔壁。我习惯晚上看书写作，经常熬夜。两位老人临睡前都要在书房门口说一声：早点睡啊。有时候，我沉浸在写作中，妈妈突然站在我身边。我不知道她怎么进来的，她说你快睡啊。这两年妈妈行走比较困难，怕她夜间需要什么协助，就准备了一个响铃放在她枕头边，有了铃声，我们就到她的房间去。在南京也是这样。这一年，妈妈上床后经常摇铃，我进去问她有什么事，她说没有什么事，说几句话。她对我书房的动静特别敏感，我什么时候关窗户，什么时候离开书房，她第二天早上都会告诉我。我这才明白，我不离开书房，她也不睡觉。有一天凌晨，她又摇铃了，连续几次，我飞快地跑到房间，问她是不是哪里不舒服。她说不是，我提醒你去睡觉的。每年的暑假，爸爸妈妈都会去南京弟弟家住一段时间。出发前的那天晚上，妈妈又摇铃了。妈妈说，我去南京，你抓紧写稿子。我说，好的，我过些日子去南京看你和爸爸。重阳节的前一天，13日，王舜去看老人，我们视频了。妈妈微笑着朝我挥手，说后天等你来吃饭。"后天"就是10月15日。我告诉妈妈，我已经买了火车票，上午开完会后就去看你们。妈妈说王禹准备了什么菜，王舜准备了什么菜，等你过来。重阳节的那天，我和爸爸视频，我说明天中午就见到你们了，妈妈呢？爸爸说，妈妈在客厅晒太阳睡着了，你们明天再聊。晚上十一点半，我收拾好行李，准备睡觉，突然，王禹来电话了。他紧张地说，你不要紧张，妈妈在睡梦中走了。

在将妈妈的遗体安放到告别大厅之前，工作人员问我们兄弟仨，乐队演奏什么曲子。两个弟弟各选了一首。我问，你们能演奏《拔根芦柴花》吗？乐队负责人说，没有把握，我们怕吹不好。我说那就不要了。我捧着妈妈的骨灰盒走出大厅时，那位负责人说，我们试了一下，可以演奏《拔根芦柴花》。乐队的声音响起。

妈妈，你听到了吗？

原载《上海文学》2021年第12期

【主编者言】古人认为"相由心生"。从面容反过来向内透视心灵，也就顺理成章了。因而我们有神秘的古老法术——看相。不清楚的只是，心于面的影响是先天自带还是后天养成。

祖慰先生的面容

立 岩

祖慰先生的生平，他在文学、建筑领域的成就，已经被反复谈过了。追忆一个人，意味着一种从个人视角的对人物的重建。作为予生也晚的后辈，在叙述中重建一位生命史恢宏的人物对我来说是困难的，显然我也不具备这样的背景经历与信息量。但是，一位卓越的人物留给我们的，在他生平的成就之外，还有他作为人的一些普遍性特征，我们可以通过对这些特征的理解，看到卓越人物是如何在不同的维度上触及作为人的存在的各种可能性，甚至是极限的。

因此，我想谈一谈祖慰先生的面容。

我真正与祖慰先生结识的时间，不足两年。这于我既是一种幸运，也是一种不幸。不幸之处是时间短暂，尽管蒙祖慰先生厚爱，这段时间我们聚会的密度与质量都不算低，但是依然有很多未尽之话题，借用祖慰先生的表述习惯便是：他智慧和丰富的大脑信息，我只"阅读"到了极其有限的一部分；但是有幸之处则在于，我与祖慰先生相识时虽不处于他文学创作的鼎盛时期，但是却处于先生最成熟和最有总结性的人生阶段，他所从容呈现出的对生命的理解本身就极为珍贵。先生旺盛的生命力、永不停歇的好奇心、气度的豁达谦和与慧黠开朗在晚年自然优美地绽放，我因与他交往而获得了巨大的心灵馈赠。

得益于祖慰先生总是调侃的、给现代画家们带去了巨大压力的照相术，我们得以见到祖慰先生不同生命阶段的很多不同面容。在我看来，晚年祖慰先生的面容，是他最好的面容。

经历过苦难，尤其是愤怒的人，容易呈现出一种精神上的封闭性。这种封闭性体现为对一切不仅是在智识上、情感上甚至事实上与自己的被苦难所固定下来的理解力相悖的东西的排斥。这种封闭会固化在人的面容上，让这种面容一方面可能呈现出一种勇毅坚定，但是同时这种带有防卫姿态的坚定里也常常有一种质感坚硬的僵化。气质上的沉郁似乎影响了物理上的光泽，这种被经历填充得过满的面容的另一个常见特质是低亮度。

与之相反，祖慰先生的面容是开放性的和光明的。封闭并不是完全不应该获得同情性的理解，但是那是一种被动的、紧张的、属于过去的面容。晚年祖慰的面容是舒展的和向未来开放的面容。这张面容里并非没有忧思，事实上祖慰先生直到生命的最后都在为人类命运担忧。2020年美国大选之后，先生提出了"祖慰八惑"，担忧民粹主义对民主宪政的颠覆，他关注人工智能、大数据能否彻底改变甚至替换人类，公号文章里对世界最后的提问是"为人类未来解难的下一个先知是谁"，他关心的问题和担忧的方式，都是面向未来的。在谈话中，他要向朋友们"征收智慧税"，期待新想法的碰撞与刺激。因而他眉宇间那一抹忧思总是被遮盖在兴致勃勃的探索神采之下，因好奇而开放的面容总是在期待让他精神振奋的新东西。这是一张永远在期待的、随时准备被振奋的面容。这种开放让祖慰先生的面容里少见暮气，多见朝气。这部分地解释了为什么甚至在祖慰先生年近八旬的照片里，我们依然能看到一种"少年气"，为什么几乎所有人都不敢相信他的年龄。

祖慰先生的面容中的光明，是经历了生命的复杂性之后，又用内在生命的力量祛除了这种复杂性带给人的伤害之后的光明。我们中国人常用"鹤发童颜"来形容一位老年人的面容。事实上，一个真正成熟的成年人，他所呈现出来的，不可能是一张"童颜"。他的面容中必然包含着成熟心智的复杂性。凡是了解祖慰先生生平的人都知道，这是一位有着何等义无反顾的决绝的、傲骨峻嶒的知识分子。另一方面，祖慰先生身上又有着绝对的"独立之精神，自由之思想"。先生时年五十二岁，放下盛名与地位慨然去国，十七年里继续笔耕作他乡客，年近七旬归来时又开启了作为设计师的新职业。这样几度"回到开端"的人生需要的不仅是道德勇气和潇洒气概，更需要以强大的个人能力与心灵力量作为内核才能保证自己的独立与尊严。这是一位能力、经历与学养上都突破了外在与内在的各种局限的、世界性的人。他的面容绝不苍老，但也绝不是"童颜"似的简单年轻。这是一张与自己的所有过往经历达成了充分的和解之后的成年人才能有的、用内在力量荡涤了软弱对人的征服而留下的痕迹的、光明的面庞。

　　祖慰先生的面容另一个特点是一种无负担的亲切。不论是艰难还是荣耀的过往，都没有成为他的负担。荣耀、地位和财富等与苦难不同，但是同样可能在人的面容上形成一层"面具"，让一张活生生的脸失去生动性。这种面具既会向每一个面对这个面庞的人宣告一种不可接近性，又会让自我迷失在这种面具之下而失去一个人的活力和趣味。因此对面容的所有者和他人，都构成了负担。祖慰先生平易谦和、幽默风趣的风度几乎被所有与之交流过的人称道，就是因为他有化解和卸掉这些负担的能力。他没有面具。他拥有的是清澈的、让面对他的人感到可以直接与他的内心真诚对话的亲切面容。

　　我之所以认为一个人的面容是重要的，首先是因为美是重要的。陀思妥耶夫斯基说，"美可以拯救世界"。其次是因为每个人的成长都是一方面不断拓展自己的可能性，另一方面也在因为知识、阅历的增加而在不断给自己带来新的局限的过程。正如经济学上的机会成本，我们接受和吸收一些东西，同时就会失去获得其他东西的机会。而这些吸收到的东西，反过来又会影响我们对未知世界的打开程度和方向。在成长中保持开放是一个同时与外在无知和内在局限作斗争的过程。而人的天性和内在总会不由自主地呈现在一个人的脸上，一个人的面容是他成长的最好记录。我们通过面容能够看到的，远远不止于五官的美丑。可以说自然意义上的五官面貌是不重要的，成年人的面容几乎完全地是由个人自己不断塑造而成的。因此一个人的晚年面容，是这个塑造接近于完成的时刻，是最值得阅读的。

祖慰先生最喜欢阅读他人大脑，这需要自己大脑里海量的知识储备。我的大脑储备有限，但是我热爱美，因此喜欢阅读更为直观的、人的面容。有的人容易因为一张面容的平易温和而轻视美好面容中蕴含的内在力量。这种误读或轻视是"面容阅读者"自己内在力量缺乏的体现。正如假如你不具备相应的知识储备，遇见再聪明的大脑，也只能如入宝山空手回。这种面容误读还可能被"表象的表象"所蒙蔽，被气势汹汹的面容的声势所征服，但这是一种外在力量的丛林式的征服。这种外在力量的面容极致是暴君的面容，暴君的面容是各种类型的虚张声势的变体。而无一例外，靠恐惧维持地位的所有暴君的内在都是极度虚弱的。

茨威格和梅列日科夫斯基都在不同的地方讨论过"俄罗斯面容"。两位被参考的作家是陀思妥耶夫斯基和托尔斯泰。梅列日科夫斯基对两位文学巨子的面容都没有完全满意，认为他们的面容尽管一个如清泉、一个如烈火，但还是过于复杂和激荡了。因为他在寻找具有"终极的宁静与明晰"的，既有"英俊的人民气概"又具有"世界特征"的"俄罗斯面容"。

一个成年人的面容是他用自己的心灵力量缓慢塑造而成的，而一个民族的知识分子的面容则需要数代人的成长，在自己的文化与世界的文化中吸取养料，缓慢地塑造而成。民国时代的知识分子中出现过很多美好的中国面容。但是冒昧地说，到今天我们不仅出现了文化上的断层，知识分子的面容也同样出现了断层。

祖慰先生的面容，是至少具备了世界性面容的可能性的面容。这张面容中的开放、力量和光明，不应该随着一个时代的结束而随风逝去；它们是属于未来的，应该由未来的中国知识分子继续不断地塑造与完善。如果我们把这样的面容错失为属于过去的面容而遗忘，是巨大的遗憾。

接下来我想谈谈祖慰先生的另一个特点：轻逸。这个特点不仅体现在祖慰先生的面容里，它还是祖慰先生整个人的气质之一。

我对祖慰先生这个特点的总结来自我对最喜欢的作家之一卡尔维诺的阅读。最初我读到卡尔维诺对"轻逸"的解读时非常受启迪。而当与祖慰先生结识后，我发现了一个符合这个优美的词的活生生的人，祖慰先生用他的存在阐释了卡尔维诺的轻逸。

中国知识分子的美学形象里，有一种沉重式的审美标准。在古代人物画像传统里的"丰颊"是一种物理上的重，代表了一种身份的贵重与富态；而我们常见到的屈原、杜甫等文化偶像的画像，则用面容的瘦削与忧愤这种精神上的重来表达知识分子的忧国忧民。正如卡尔维诺所说，并不是说"重"是不好的，而是"轻"也是重要的。另一方面，也正是因为沉重，尤其是与知识分子的忧愤关联在一起的沉重在中国文化意象中有压倒性的优势，祖慰先生的轻逸才显得格外突出，也格外值得重视。

祖慰先生的轻逸是精神性的。这与仙风道骨的老神仙的飘洒是不同的。这种道教式的审美意象虽仰慕神仙之姿，但是那里有一种反生命的轻，是一种基于对肉身、对在世存在的彻底否定的轻。而我们在祖慰先生身上看到的，是充满生命力的、生动的轻。

晚年的祖慰先生不仅面容里罕有沉重之色，他矫健的步履，谈话中反应的机敏，笑声中的爽朗透亮，都是轻逸的。生命的力量在晚年祖慰先生那里毫无准备消退的姿态，他享受现代生活的各种便捷，永远在思考和写作，尽情享受幸福的爱情，和年轻人一样喜欢网络，热爱旅行与美食，不断与朋友们欢聚和探讨新问题，享受友情的乐趣。生命的新的可能性在滋养和托起他，从未令他下坠。他的生命状态"像一只鸟一样轻"，而不是"一根羽毛"。他在《逃离ICU》一文中既认真又戏谑般展示了自己轻盈的生死观，罕见地把生命的一致性贯穿到底，有着洒脱的英雄气概。直到生命走到最后一刻，他仍是那个祖慰，没有丧失任何生命的尊严，他告别人世的方式完全符合祖慰对祖慰的要求。

"坟墓是你们的归宿,不是我的;因为凡是能够通过智慧思辨而上升到普遍关照的人,都会克服个体肌体的死亡。"(卡尔维诺解读薄伽丘《十日谈》)祖慰先生也拒绝了坟墓。坟墓不属于他,花开时清香的、金色的、轻盈的,如"无数金色小眼睛看着挚爱之人"的桂花树,才是属于他的。

郁达夫在忆鲁迅的时候说道:"没有伟大的人物出现的民族,是世界上最可怜的生物之群;有了伟大的人物,而不知拥护、爱戴、崇仰的国家,是没有希望的奴隶之邦。"我在这里想套用一下:没有形成自己的面容的民族也是可怜的,而如果知识分子在让自己民族的面容呈现为日益封闭之态,则更加可悲。当然,事情的另一面是,用梅列日科夫斯基的话来说,如果一个民族的面容还在形成中,那正说明这个民族是有希望的。在我看来,塑造一个民族的面容,是这个民族的知识分子的责任。知识分子如果以丑陋面目存在于世,是可耻的。祖慰先生为我们展示了生命与面容的优美,展示了一个人可以如何生活,如何爱,如何老去,以及如何与人世洒脱作别。祖慰先生离开我们,很多其他的二十世纪八十年代的风云人物也已或进入暮年或告别人间。对于一个二十世纪八十年代才出生的人来说,我更想思考我们从这个年代能够继承什么,以及我们这一代人在告别世界的时候,能够为未来留下什么。与祖慰先生的结识给我带来了巨大的鼓舞,我的精神世界因此而获得了一次重新打开。这段宝贵的时间虽然短暂,但是我从先生那里所受之惠是受用不尽的。人一生中能够有这样的契机,是非常难得的。因此我希望把我所理解的祖慰先生,我在先生身上看到的最重要的东西,总结和传达出来。

我们和祖慰先生的最后一次聚会所读的诗中的一首是叶芝的《随时间而来的智慧》。

> 虽然枝条很多,根却只有一个
> 穿过我青春的所有说谎的日子
> 在阳光下抖落我的枝叶和花朵

现在我可以枯萎而进入真理。

现在我仍想用这首诗作为送别，献给一生热爱真理，也只屈服于真理的祖慰先生。

原载微信公众号"我思故我在"2022 年 3 月 14 日

【主编者言】成为父亲才知道做父亲的不易。但是真正理解父亲，却多在与父亲天人永隔之后。做父亲的无暇表达、不善表达，他的爱意，只有脱离现实空间才能细细品味。

当我成为父亲，我才"认识"父亲
——父亲三周年祭

杨学武

一

父亲去世已三年多了，而我在他临终前就构思立意并随即写下题目的这篇纪念文字，却迟迟未能完稿。期间曾数次在电脑里打开页面准备续写下去，可每当回忆父亲的人生经历以及父子之情，我的心境就情不自禁地沉重起来，一种难以言状的哀惋之痛，致使大脑混沌乃至思维短路，写作便不得不一次次被迫暂停……有人说"父爱重如山"，我真真切切地感受到了父爱如此之重，可谓"重于泰山"啊！

2019年2月20日（农历正月十六）凌晨，父亲在老家县城医院走完89年的人生之旅。从父亲生病住院到不治而逝的一个月里，我从京城匆匆赶回一直陪护左右。在他生命最后一刻，我俯身托着他的头，生平第一次把他拥抱在怀里。父亲几乎没什么痛苦的表现，脸庞静谧安详，眼睛微微合拢，鼻息渐渐停止，只是嘴巴一时不肯合上，似乎还有什么话想说……父子心有灵犀，我知道他想说还有几个心愿尚未得以满足：一是孙女尚未成家，二是孙子尚未成年，三是自己晚年亲笔写就的回忆录尚未发表。

父亲近年来尽管嘴上常说随时准备"向阎王爷报到"（他不是共产党员，没资格"向马克思报到"），但其实他内心里很想活到百年，以期自己最后的那三大愿望能够实现。他身体一向很健康，从未生过什么大病，平时偶尔感冒也不大情愿吃药，还指望凭自身的抵抗力战胜小毛病。父亲这次是因噎食呛咳引起肺部感染而住院，病情开始并不严重，而且经过全面检查，他除肺之外的四脏六腑均完好无损，医生说像他这样的耄耋老人还有如此好的身体状态，实属不易和少见。因此我们家人便掉以轻心，以为父亲会平安无事。父亲更是乐观得很，积极配合医护治疗，还不时地与病友谈笑风生，信心满满地声称要尽快出院与我们欢度春节……然而病魔并不以我们的意志为转移，就在大年三十前夕，父亲的病情突然恶化，我们不免忧心忡忡，父亲反而泰然自若，他由乐观转为达观，坦言这次真的是要"向阎王爷报到"了。

正在父亲去世前四天（2月16日），我获悉李锐先生驾鹤西去，随即又收到我最敬重的师友、著名诗人和杂文家邵燕祥先生发来的一封邮件，他附上一封写给李锐的旧信，托我从网上转发以示悼念。父亲虽处于病危之中，但他头脑一直清醒，我附耳告诉李锐逝世的消息，他默然良久，眼含泪花，长叹一声……父亲虽是芸芸众生中的一个小人物，可他与李锐同是"天涯沦落人"——正是在当年那场批判彭德怀及其同伙（包括李锐在内）的"反右倾"运动中，年轻气盛的父亲，以时任信用社会计的身份，在乡村两级的批判会上发言，竟然不识时务地说了几句不合时宜的话，便被当作同情"反党分子"的人而遭到批判。随后在"四清"运动中，本已有"前科"的父亲，又无辜被打成"四不清"分子，不仅撤销了他的信用社会计职务，还连累我们家被抄，致使我们家从此多年"不得翻身"——过着极度贫困且备受歧视的日子。父亲的这段不幸遭遇，是他人生中最大的伤痛，而令人不胜唏嘘的是，正在他即将"向阎王爷报到"之际，李锐先走一步"向马克思报到"去了。两个毫不相干的人物，却因一场政治运动而同时改变人生，并差不多同时走向人生的终点站，这似乎也颇有戏剧性。

父亲病重期间，大孙女和小孙子从京城回来看望，他还不忘谆谆教导，叮嘱姐弟俩各自早日成家立业。也正是在这个情景中，我触景生情想到了本文题目：当我成为父亲，我才"认识"父亲。

二

在时代洪流中，父亲那段不幸遭遇不过是沧海一粟，似乎微不足道，可他给我们家造成的灾难，却是不能承受之重。父亲虽算不上那种罪大恶极的"地富反坏右"之类，但由于我们家地处鄂西偏远山区，穷得连地主富农都少得可怜，乡里只有一个地主分子早在"土改"时就被枪毙了，村里只有一个富农分子也在"文革"前就一命呜呼了。这么一来，作为有所谓"四不清"问题的父亲，就被视为准坏分子，每当什么运动来临，乡村（后来实行人民公社后，村变为生产大队）召开什么批判大会时，就要把他拉来当"活靶子"。父亲的命运真是可悲可叹，他不仅生不逢时，而且生不逢地。

父亲是家庭的顶梁柱，梁柱既倒，大厦将倾，我们家的厄运接踵而来，首当其冲的是我哥杨学文，紧随其后的便是我。父亲当年给我们兄弟俩起名字，其望子成龙之心可谓"昭然若揭"：一文一武，光宗耀祖。可我俩的名字实在有点"名不副实"——我哥身材魁梧，一点也不文弱；我身材瘦弱，一点也不孔武。我俩身体与名字如此"错位"，与我们出生成长的时代背景大有关系。我哥生于1952年，那是中共建政初期，大体上实行与民休养生息的政策，老百姓的生活还过得不错。而当时我家远比别人家好过一些，这主要得益于父亲担任信用社会计，每月有一定数额的津贴贴补家用。不难想见，我哥出生成长正值"黄金年代"，可谓"吃得饱，穿得暖"，身体自然是茁壮成长。而我出生于1957年，简直是生不逢时——这一年是反右，紧接着是1958年的"大跃进"、1959年的庐山会议及其随后的"反右倾"、1959至1961年的三年困难时期、1966年至1976年的"文化大革命"……我完全是"生在运动中，长在运动中"，母亲生下我半年后就去参加"大办钢铁"，爷爷在家以米粉糊糊喂养我，早期严重营养不良，后期更是生活在水深火热之中，我似乎命中注定就是一个"三等残废"（小个子）。

"文革"初期，我哥本已上高中读一年级了，不料在"教育要革命"的指示下，原来的考试升学制革为推荐选拔制，于是我哥那届学生便被"遣返"——重新由所在大队的贫下中农和党支部进行推荐选拔，才能确定是否继续升学读书。而就在推荐选拔过程中，我哥因父亲有"四不清"问题被打入另册。就这样，我哥在不足15岁时便回家务农，未满18岁当民工修建县城高阳大桥时，因为在洪水中抢救工地上的建筑材料不幸牺牲。

我哥的不幸早逝，不仅让父母悲痛欲绝，也让我过早地承受家庭负担。父亲自从挨整后就很少在家，长年累月一直在外搞建设（如修建铁路、公路、电站等），每年回家的次数屈指可数。长期以来，家务劳动就一直靠母亲和我哥，而我哥去世那年，母亲在生产队种田时不慎从三米多高的土坎上跌落，致使肩胛锁骨粉碎性断裂，从此干活不能负重。我当时年仅12岁，年幼的妹妹刚上小学二年级，家务活的重担就压在我稚嫩而又瘦弱的肩膀上了。

最让我吃不消的家务活是挑水，至今一想起当年挑水的苦楚，依然头皮发麻脊背发凉。我家房前屋后都是大山，平均海拔1200多米，干旱少雨，吃水尤为困难。平时吃水靠在附近山坡上挖的小水坑，水源靠天下雨，而小水坑管不了多久就底朝天了，年内大部分时间要到一两里外的大水坑里去挑，倘若遇到特别干旱季节，还要到两三里外的溪沟里去挑。我个子小，挑水的扁担比身子还长，带绳的水桶也有身子一多半高。到离家远的大水坑去挑水，要经过很陡的山坡，一担水约三十公斤重，我当时体重不到五十公斤，挑起来本已十分吃力，而在羊肠小道爬坡下坎，水桶便上下左右来回晃荡，如遇陡坎和急拐弯，不是碰石头就是磕地面，桶里的水就不由自主地泼洒出来，有时仅剩一半，有时一干二净……我多少次随着泼洒的水而以泪洗面，母亲更是看在眼里疼在心里，平时尽量节约用水，不到水用干不忍吩咐我去挑水。父亲每次回家，临走时的重要任务就是挑水，总要把家里的水缸、水盆、水壶都盛得满满的，为的是尽可能助我一肩之力。有道是"远水不解近渴"，而对我来说，近水也不解远渴啊！

我小时候自然不理解乃至埋怨父亲为何老不在家。看着别人家都是年轻力壮的父母挑水，我那颗受伤的心，比扁担磨破的肩伤还痛。我从儿时到成年，与父亲几乎没有正儿八经的谈话，他是有苦难言，我是有苦无言。直到后来，通过母亲对父亲的"控诉"，以及父亲对自己的"辩护"，我才知道父亲的难言之隐——他自从挨整后，灰头土脸，自暴自弃，不仅在村里要夹着尾巴做人，在家里也像小媳妇一样大气不敢出一声。也许是一种逃避的心理作祟，他宁愿在外吃苦受累，也不肯在家备受歧视。

晚年的父亲大约为了弥补早年对我的亏欠，总是尽量不让我干家务活或其他体力活。我刚参加工作到单位报到时，父亲执意要帮我送行李，我两手空空在前面走，他背着行李在后面跟，引得单位的人笑话我像公子哥。后来父母随我进城生活，每当家里购买柴米油盐之类的用品，父亲几乎包揽所有的搬运任务，想方设法不让我动手。直至父亲都已七老八十了，我每次从京城回老家，他总是提早在家楼下等候着，将我带回的行李物品搬进六楼的家里。那时县城的住房没电梯，他一件件、一趟趟地搬运着，我和家人要是自己动手，他就流露出满不高兴的神色，我们只好乖乖地顺他所愿……看着父亲弯腰负重在楼梯上攀上爬下的背影，我不由想起朱自清写他父亲的《背影》，而且感到我父亲此时此刻此情此景的背影，似乎比朱父的背影别具一番风情和别有一种意味。

三

如今是"啃老"和"拼爹"的时代，而在我小时候所处的那个时代，父亲实在没什么家产给我"啃",更没什么权力和关系之类的资源让我"拼"。老家由曾祖父和父亲隔辈两代人所修建的一栋土房子,二十世纪八十年代变卖时仅值一千多元,我当即指着自己刚买的一台进口彩电,笑着对父母说:"你们的全部家业,买它还不够啊!"在我成长过程中,父亲不仅无法为我提供任何帮助,反而因他"四不清"问题的影响,我的命运和前途一度阴云笼罩。我二十世纪七十年代中期高中毕业成为"回乡知青",乡里每年有上大学和招工的名额分配,我却从来与之无缘。身体瘦小的我在生产队劳动所挣的工分,到年终分配时连自己的口粮款都抵扣不上,母亲常常既心疼又心忧地对我说:"你连自己都养活不了,怎么指望你给我们养老啊?!"……直到"文革"结束恢复高考,我才得以上学"跳出农门",参加银行工作端上了"金饭碗"。而在我当上县农业银行行长后,父母按当时政策规定享受"农转非"待遇,不到60岁就跟我进城过上了衣食无忧的退休生活。父亲大约有自知之明,知道我的时来运转并非杨家所赐,而要感恩那个伟大人物邓小平。因而自邓小平逝世后,父亲每年都要在邓小平的忌日烧纸叩头,用最传统的方式表达最朴实的感情。他还不知多少次用最通俗的语言对我说:"你今天吃的这碗饭,是邓小平赐给你的!"

我随着人生阅历的广度和深度与日俱增,尤其当自己成为两个孩子的父亲之后,逐渐认识到父亲虽在物质上未能给我什么,在我成长过程中也不仅未能提供帮助,反而使我小小年纪就吃苦受累并遭受种种歧视不公,但他给我遗传了文化基因——他一辈子酷爱读书,对我的影响至大至深,使我自识字以来就与书为伴,几十年如一日。我也正是凭着爱读书会读书的特长和本领,才得以坚持自学参加高考跳出了农门,并在文学创作上小有成就,成为一个小有名气的杂文作家。因此,我还是要在上述父亲说的那句话的后面加一句:"我今天吃的这碗饭,也是父亲赐给我的!"

父亲曾读了12年私塾,这得益于我的曾祖父杨继世,他苦于杨家祖辈都种田务农,梦想杨家后辈出个秀才,便发誓砸锅卖铁也要供他的长孙子读书。然而上帝给曾祖父开了个大大的玩笑——饱读经书的长孙子杨永惠只"秀"了几年"才",就因言获罪当了几十年的下等农民,而从小喜欢放牛不喜欢读书的次孙子杨永枫,却靠踏实肯干当上了国家干部。母亲为此愤愤不平,不惜恶语相向讽刺父亲"读书读到牛屁眼里了"——母亲说的是家乡话,大意是一钱不值或毫无用处。

父亲虽读书而"无用文之地",但爱读书痴心不改,直至"死而后已"。他后半辈子之所以仍痴爱读书,其实是完全把读书当作一种精神享受了,而这也许只有真正的读书人才能理解。我儿时记忆中对父亲最深的印象,是他在下雨(雪)天不能干农活和家务活时,以及每年春节的几天假期中,总要抽空躲在家里阁楼上看书。后来才知道他看书为何不在光天化日之下,一是怕母亲眼见心烦,二是怕别人见他看的书是"封资修"而惹出麻烦。父亲久而久之形成了习惯,以至于他后来在我京城寓所里看书时,也习惯成自然地找一个"见不得人"的僻静角落。母亲一生最大的爱好是抽烟,父亲一生最大的爱好是读书,我自移居京城后每次回老家看望他们时,给母亲的必备礼物是中华牌的高级香烟,给父亲的必备礼物则是他最喜欢看的书刊。父亲最喜欢看历史读物,他在京城照看孙子的那几年,把我书柜里历史方面的书刊几乎"一扫而空"。我在父亲去世两年前,特意购买了一整套蔡东藩的《历代通俗演义》,他一一读过,就在他生病住院期间,他还不忘告诉我那套书看完后放在哪里。我长期订阅文史期刊《炎黄春秋》,每期看罢便保存起来,每次回老家时带给父亲,他从不嫌它们已"过期",如饥似渴地读得津津有味。正是在阅读《炎黄春秋》过程中,他格外关注当年那次庐山会议的唯一健在的见证者李锐先生,李是该刊的顾问和撰稿人。而这也正是在他病重期间,我要将李锐先生逝世的消息告诉他的缘由。

父亲爱读书,更爱藏书。私塾先生把几十本"四书五经"之类的线装书送给他,他当作宝贝装在一个大木箱里,以为可传之于后人。然而"文革"爆发时,"破四旧"运动如火如荼,他从几十里外的工地上赶回家,连夜将这些书付之一炬,而他自己花钱购买的《三国演义》和《东周列国志》,却手下留情保存下来,如今成为父亲留下的最大一笔遗产,也将成为我们杨家的"传家宝"。这两本书是人民文学出版社和作家出版社于1958年分别出版的，精装本，共计6.8元人民币。这笔钱当年在我家财务开支账上简直是个天文数字——父亲在队里干活所挣的工分，以男劳动力平均10分计，分值只有1角2分钱，如按一年约300个劳动日计，总分值即劳动收入约36元。父亲买这两本书，就将近花去他年劳动收入的五分之一，由此可想而知他爱书真是到了如命的程度。

父亲花重金买下的《三国演义》《东周列国志》，成为我爱好文学和历史的启蒙书籍。尤其是《三国演义》，与我结下了不解之缘。"文革"爆发时我上小学三年级，父亲忍痛割爱烧掉那些"封资修"的线装书后，把同样是"大毒草"的《三国演义》《东周列国志》锁在一个小木箱里，藏在家里楼板夹层中。父亲无论怎样望子成龙心切，那时也不可能让我看这两本书，除因我当时还看不懂（两本书皆为繁体竖版）之外，更重要的是别人知道我看了这样的书，一旦向有关部门告密了，他就说不定会被扣上一顶"毒害青少年"的大帽子，其结果恐怕不仅书保不住，儿子也要跟着遭殃。我原本不知道父亲藏有这两本书，自他外出搞建设之后，我在家就"天马行空"了，偶尔一次翻箱倒柜时意外发现了小木箱，并用平时观察积累的小窍门打开了那把小铜锁，第一次见到了杨家的"传家宝"。大约是父亲遗传的因子开始激活了，我好奇地拿出《三国演义》，通过查字典的方法将它"生吞活剥"了一遍。

人们通常认为严父慈母，我家反而是严母慈父。母亲对儿女管教之严，在当地众人皆知，她信奉"棍棒之下出孝子"，我小时候比较调皮，对母亲的棍棒大有"切肤之痛"。而父亲一则受儒家教育多年，二则长期不在家，因而很少打骂儿女。从我有记忆能力起，记得父亲只打过我一次，而这一次就是《三国演义》惹的祸。自从发现并偷看了《三国演义》，我有了"吹牛"的资本，平时就给邻居伙伴们讲刘关张"桃园三结义"、诸葛亮"手摇鹅毛扇"之类的故事，这样一来便有人知道我家有这本书。一个姓陈的邻居伙伴多次向我求情借书，我冒着胆子把书偷出来借给他，说好务必要按时归还，否则父亲回家知道就麻烦了。我是按惯例掐指计算父亲从远方工地回家的日期，不料父亲这次回家却提前了两天，加之那个陈姓伙伴不讲信用未按时还书，结果被父亲抓了我的现行，把我痛打了一顿，并将小木箱的小铜锁换成大铁锁，彻底封杀了我偷书的机会。直到粉碎"四人帮"之后，父亲才郑重其事地把《三国演义》和《东周列国志》移交给我。我比这两本书大一岁，如今我已年过花甲，它们也"人老珠黄"。我在儿子18岁生日那天，也像父亲那样郑重其事地将它们移交到儿子手上，期望杨家子子孙孙代代相传。

由于与《三国演义》有如此这般的不解之缘，我记不得究竟读了多少遍，书里几乎每个人物形象和每个故事情节，都在我脑海里刻下了深深的烙印，一辈子如影随形挥之不去。而不知是否因我读《三国演义》太"过"了，在写作杂文时总不由自主地引用其中的人物和故事来"谈古论今"。1990年我出版第一本杂文集《盛世明言》，给中国杂文界元老、人民出版社原社长曾彦修先生寄了一本请求赐教，他在回信中除勉励之外，特别谈及我集子中的几篇文章在引经据典时总与《三国演义》有关，并以该书只是演义并非正史而认为引用不妥……曾老是名人大家，能得到他老人家的批评赐教，对当时在杂文界不过是刚入门的小字辈的我来说，无疑是莫大的荣幸。此信不久在《文汇报》发表，时隔20多年后，我在参与编辑北京市杂文学会会刊《北京杂文》期间，特意将此信重新发表。在一次拜访曾老时，我还给他解释了当年为何对《三国演义》那般情有独钟，他听了哈哈大笑，说我这也算得上"中毒太深"。

父亲当年购买两本书所花的那笔重金，可谓一笔风险投资，后来在我身上得到了重金难买的回报。2015年11月末，我的第7本杂文集《文人的政治幼稚病》准备出版，我在撰写《后记》时，特别写了一段与父亲有关的附言：

> 就在我重新整理书稿写此后记之际，年已86岁的父亲不慎摔跤，致左臂肘弯处骨折。妹妹在老家打电话告诉我这个消息后，我心里咯噔一下不安起来，老年人最怕摔跤，一旦卧床不起，生命就岌岌可危了。我非常希望父亲健康长寿，让他见到我这本书，曾给铁志兄发微信询问这本书能否在年内出版，并说明想将这本书作

为新年礼物送给父亲。我之所以把这本书与父亲联系在一起，是因为他当年在"反右倾"运动时说了几句不合时宜的话，后在"四清"运动中被打成"四不清"分子，被撤销了信用社会计职务，家里被抄，几乎"弹尽粮绝"，我与哥哥差点饿死……读过12年私塾的父亲，从此不得志，便把满腹希望寄托在儿女身上，可我哥哥不幸在修建县城大桥时因公牺牲，我就成为父亲唯一的希望了。我想让父亲在生前看到这本书，意在安慰他：您当年说了几句实话或真话遭受厄运，我如今出版这本也算是说实话或真话的杂文集，应不会有您那样的下场了。我以前几次出书时，父亲既高兴又担心，我如今再次把书奉给他，老人家该可放心了罢。

附言中提到的"铁志"，即著名杂文家、《求是》杂志副总编朱铁志，他与我是互为知己的文友。拙著《文人的政治幼稚病》，是他担纲主编的《中国当代杂文精品大系》丛书其中一部，该丛书被视为杂文史上的大制作，收集了包括邵燕祥、牧惠、王春瑜等30余位当代杂文家的精选作品。该丛书是在几年内陆续出版的，铁志原与我商定我俩的集子押后，他见我微信后，随即联系该丛书责任编辑柯湘女士，拟将我的集子提前付印，回信请我"安心静候"。尽管种种原因导致我的集子未能在年末赶印出来，但幸运的是父亲的摔伤并无大碍，他的骨头复原和再生能力竟然与年轻人差不多，不久就痊愈了。来年我把新书送给他并讲述了这段小插曲，他还幽默了一句："我还没到'向阎王爷报到'的时候！"而令我无比感伤的是，铁志在半年后（2016年6月25日）不幸辞世，他"出书未捷身先死"——其杂文集《理智的勇气》直到2017年3月才问世。

我的师友、广东省文联原副主席、《粤海风》原主编徐南铁先生，曾几次听我讲述过父亲的经历，他要我把父亲的回忆录整理一下，可选一部分在他的微信公众号"记忆"上发表。我却迟迟未能完成这件事，既给父亲造成了莫大遗憾，又辜负了南铁先生一番好意。南铁先生是多才多艺的文化名人，他给我写了一幅"文化养人"的字。我一向不主动向名人求字求画，早些年曾两次去著名漫画家、书法家方成府上拜访，我的文友、杂文家、《人民日报》"大地"文艺副刊主编徐怀谦,在我第二次行前特意提醒我向方老求字,我却羞于出口,怀谦为之惋惜。我把南铁先生写的这幅字送到琉璃厂装裱后挂在客厅里,不单喜欢他那既气势磅礴又飘逸灵动的笔力,而且更喜欢他那甚合我心的"文化养人"。我每见这四个字,就触字生情地想起父亲给我的养育——遗传的文化基因和给予的精神食粮,它们是我今生今世取之不尽用之不竭的宝贵财富。

2019年2月某日起笔

2022年8月29日完稿

原载微信公众号"记忆"2022年10月6日

【主编者言】作者的母亲有故事。故事中显露了革命的勇气，也展示了人性的光彩。其实所有的母亲都有自己的故事，虽然故事大相径庭，却一样闪耀着母性的光辉。

母亲的故事

徐新南

1936年8月下旬某天下午，赣闽边界古镇石塘，收敛了往日的浮躁与喧闹，一阵鸡飞狗跳忙忙碌碌的整顿之后，县里的官员和地方的绅士，簇拥着省里面下来视察的禁烟委员会的年轻的专员穿街过巷进行检查。

长街寂寂，里弄深深，飘拂着绅士的长衫，清脆的皮鞋鞋跟敲击着青石板路面的嘚嘚声，一阵风一样地刮过。家家掩门闭户，气氛十分紧张。

石塘镇为赣闽通钥，挟纸茶竹木出产之利，连史纸赣红茶名扬天下，雄踞茶路纸路端头。故客商云集，富甲天下，素有小苏杭之称。民风奢靡，纸醉金迷，嗜烟嗜毒，积重难返，而且地处赣闽边界，是为禁烟的重点难点。

年轻的禁烟专员徐先兆，上任伊始，就以石塘禁烟为重点，大加杀伐，查处了一批官员，关停了不少会所，并将不少积瘾难改的烟民收容进了戒毒所，其中包括了他后来的岳母。一时间禁烟活动搞得颇有声色。

小地方的人毕竟胆小，只敢在紧闭的门窗缝隙后面窥望。

可是偏有天不怕地不怕的人，一扇门呀的一声打开了，走出了一个十六七岁的嬉皮笑脸的看热闹的丫头。她目不转睛地看着视察的人群走过，似乎颇中意年轻专员的风采。为了引得专员的注意，她调皮地敲响了手中的食盆，哩哩哩地叫了起来，假装呼鸡喂食，引得走过的人群回头观望，人群中的族长保长赶紧过来呵斥。小丫头又哩哩哩地叫了一声，和回头一望的专员的眼神对了一个正着，才抿嘴一笑，悄悄地退去，把门关上。

若干年以后，母亲还说，你父亲的眼睛真是又大又有神啊。我说父亲的眼睛并不是十分大呀。母亲说你不知道，他现在是老了。

后来读到歌词——只是因为在人群中多看了你一眼，才知道这种看对了眼一见钟情的力量。

接下来的故事十分传奇：外婆抽鸦片烟欠下赌债，把家产败光。为了还债，把母亲卖给县保安团团长做小妾。母亲不同意，找到了父亲告状。父亲处理了这件事情，也许对这个天不怕地不怕的小女子有几分好感，也许是怕事情有反复，留下了名片，说有什么困难可以去省城找他。

天高皇帝远，保安团团长当然不会就此罢休，逼债逼嫁，气焰嚣张。母亲无奈，一个人勇敢地跑到了省城找父亲求助。现在有高铁动车，石塘到南昌似乎是一步之遥，可是当年一个女孩子要到省城，确实是关山万重，天远地远的。母亲只身一人，背了一竹筒米一竹筒咸菜，搭乘一叶小舟，从河口进信江过上饶入鄱阳湖，再上溯赣江，两个多星期后千辛万苦地赶到了南昌。

其时，一起日本留学的父亲的前妻已经和父亲离婚，手续办下来，父亲身心疲惫精力憔悴，伤寒旧症复发，病情十分危重。母亲全副身心投入了父亲住院的护理工作。母亲做事肯吃苦，办事又细心周到，她的奉献、忘我付出感动了父亲所有的亲友，特别是感到几分歉意的前丈母娘。她特别看好母亲，是她老人家亲自说合，并对母亲从厨艺到家政进行全面的手把手的培训。就这样在大家的扶助下，母亲和父亲结婚了。母亲比父亲小16岁。

母亲就这样走进了徐家这个大家庭。我爷爷是前清的秀才，几代耕读传家，薄有资产。他捐资办学，创办地方完小观音堂小学，自任校长，为地方上培养了不少可用人才。辛亥革命时期，爷爷曾经做过代理县长，在赣东北是一位很有影响的乡绅。那时县以下全无村乡机构，全靠地方士绅维持，爷爷丰额高准、面如冠玉、五绺长须，是百里挑一的人才。老辈人说，步云兄丰神俊朗，徐家子孙，无人能出其右。

徐家是大家族，妯娌之间闲话，笑母亲不是花轿抬入徐家的。母亲很在意，郁郁不乐。奶奶很喜欢这个勤快能干的新媳妇，笑说不碍事，我也没坐过花轿，是用箩箕挑来的（童养媳）。

奶奶也是个有故事的女强人，三寸金莲，一双小脚，还成天忙个不停，把老徐家管理得井井有条，三代同堂，长幼有序。母亲未进徐家门，就听到过奶奶威风凛凛的传说。爷爷风流倜傥，曾在外养二奶。被她知道了，便率领姑姑婶婶们，六根拈槌（洗衣杵）打入县城河口，把人家家具摆设打得稀巴烂。那女子又羞又恼，扭打中一口咬住了奶奶的儿根手指。奶奶负痛一把抽出，把人家一排门牙生生拉了下来。

一天，村里来了一个县法院的差役送传票。传票是给我同族的先成叔的，和他打官司的就是我的爷爷。母亲接过传票看了看，是为欠债不还的事情，就对差役说我们两家已经和解了，不打官司了。并在传票签了字，让差役带回交差。

爷爷知道了这件事后，匆匆从学校赶回找母亲问罪。

厅堂里爷爷一边啪啪啪地抽着水烟筒，一边吹着胡子，十分生气，连声说这媳妇也太大胆了。奶奶也很生气，说母亲平时蛮聪明的，难道不懂得不打官司借出去的钱就收不回来吗？怎么做这样败家的事情。母亲垂手站立一边，听爷爷奶奶的训斥，也不十分惧怕。

母亲细声耐心地和爷爷奶奶理论：先兆读书用的是众上的钱，托的是文三公的福（先祖文三公倡导建立家族的学田制度，以学田收获所得资助家族中好学上进的青年），先兆读书有成全亏了众上的资助。我们家也应该以家族的团结和睦为重，不敢以怨报德。再说我们和先成叔打官司，结下怨怼，从此家族不和，是祖宗大人所不愿意看见的。将心比心，若是将来先兆和他的兄弟打官司，你老是不是也不愿意看到呢？几句话说得爷爷摔门而去，但也从此不再谈和先成叔打官司的事了。

村上有一位穷苦的远房亲戚詹叔，腊月里生下孩子，大雪天拿渔网和破棉絮裹身御寒。母亲看了十分不忍，送去自己的棉絮。来年开春还为他筹资买渔船，因此彻底解决了他家的困难。三十年后，我和大姐去老家探望祖母。大姐深夜突发急性盲肠炎，盲肠穿孔，亟需马上送到四十公里之外的上饶抢救，而水陆交通一时无着，我们万分焦急。消息传出之后，是詹叔的孩子扛着船桨来敲我们的门，连夜用小船费尽艰辛把我们姐弟及时送到上饶，天亮前就做完了阑尾切除手术。真是拜母亲大人积的德，乡亲们知恩图报鼎力相救，据医生说再晚一小时就有性命之忧。

母亲在省城生活，能够接触到一些先进的科学卫生知识。老家古埠村不少孩子罹患天花夭夭，她知道了很心疼，自己买了疫苗回来给村里面孩子接种。村里孩子出生后存活率很低，一般孩子生产七天后才知道这个孩子留得住还是留不住。她了解到主要是脐带风问题，那年月都是在自己家里接生孩子，根本原因是接生时器具消毒不过关。母亲就让家家产妇准备好酒精，并传授酒精消毒的方法。因此有位乡亲喜得贵子，高兴得硬是要让孩子认母亲为干娘，而且强行插入我们兄弟大毛二毛的序列中，因此我就有了一个叫四毛的异姓兄弟。

母亲在老家古埠口碑人缘甚好。我们家干腌菜、霉豆腐干、豆豉果、番薯片、花生豆等常年不断，都是母亲回乡时贫苦的乡亲所送。后来土改，爷爷被划为教员兼地主，在批斗中未吃大亏，也和我们家平素为人处事低调，母亲广结善缘有关。否则有一两个冤家对头，性命也难保。

1947年秋，父亲在回家的路上失踪，被两个彪形大汉掳走。开始还以为是绑匪绑票，后来才打听到是被国民党特务秘密逮捕。也不送正式的监狱关押，而是羁押在山里偏僻农家。晚上睡觉一边一个大汉，还故意在你面前，给手枪上了子弹。

爷爷和母亲动用了多方的关系，到处托人找人，打通关系，希望能够把父亲救出来。可是地方官员装聋作哑，往日的朋友也推说实在没有办法，徐先兆是共产党，这是上面派下来大案子，谁也救不了。碰了很多钉子，爷爷和叔叔们都绝望了。

母亲当时怀孕在身，行动不便，在家焦急等候消息。看到事情越来越没有希望了，很着急，打了个轿子赶到县里。

母亲到处找关系求神拜佛，依然没有作用。有个县里面的官员看母亲怀孕在身到处奔走求人不易，便说如果有人能够证明你先生不是共产党，这事或许还有希望。

父亲在大革命时期与同学袁玉冰、黄道创立改造社，改造社是江西最早的宣传马克思主义的社团组织。方志敏也是由父亲介绍加入了这一组织的。改造社成员近四十人，大多数成员后来都加入了共产党，有一半多成员献身革命成了革命先烈。父亲于1925年在东南大学入党，闹学潮被孙传芳政府通缉，逃到上海。"八一"南昌起义前夕，他被党中央派回江西，担任《江西民国日报》总编，后来又负责编辑团省委机关刊物《红灯》杂志。他参加了"八一"南昌起义。"八一"南昌起义后随部队撤离南昌，任第25师（周士第师）政治部的上尉，跟随朱德、李立三的指挥部行军，也是陈毅在抚州追上"八一"南昌起义部队这段传奇经历的见证人。部队在三河坝溃散后，两万人只剩下六百人。父亲为幸存者之一，为逃避通缉而远赴日本留学。

抗战开始，父亲带着刊载国共合作消息的报纸进入福建长涧源，找到老同学黄道领导的打游击的闽赣边红军游击队。在国共两党之间斡旋协调，最终安排达成了闽赣边红军游击队下山抗日，组建新四军。黄道的儿子黄知真在我父亲任校长的狮江中学读书，后来该中学成了新四军的联络站，被国民党借故查封。父亲虽然在留学时期就脱离了党组织，但是一直以来思想倾向上是靠拢共产党的。他在黄道安排下，去国民党华振中师从事抗日统战工作，先后转战九江庐山和广东潮汕，宣传民众，武装工农，功勋卓著。他在信江农专教书，将毛主席的《沁园春·雪》《新民主主义论》纳入教材给学生上课。国民党特务密切关注父亲的一举一动，已经将他作为必须铲除的共党分子列入黑名单。

其实父亲前些天已经躲过了一劫，父亲晚上骑马经过某地方武装哨口，差点被乱枪射杀。因为他们接到县里发来消息，说是晚上有土匪头目骑马过境，务必击毙。听到拉枪栓声，父亲警觉地立即勒马，那马一声长嘶，竖立起来。父亲及时按亮手电筒，照着自己的军服和臂章（临时借的），才幸免于难。

母亲白天到处找关系，晚上住客栈，忧心如焚。无奈中找算命先生卜吉凶，算命先生问了生辰，掐动手指，半天叹了口气说：人还在，星相黯淡，困厄难解，凶多吉少。

母亲不甘心，还是到处活动。过了几天，上街时被算命先生叫住，说时辰变了，要母亲再打一卦，或许还有转机。卦打下来算命先生说，这下好了，先生有救了。东南方有贵人来相助，十日之内可以逢凶化吉遇难成祥。

母亲很高兴，但贵人是谁，到哪里去找呢？恍惚之间，但见四周人头攒动，许多人忙忙碌碌打扫卫生，清理街面。过了一会又见县府官员地方绅士整饰衣冠纷纷往接官码头方向走，母亲便拉下了一个熟人打听情况。那人说道，你不知道吗？贵溪人黄维兵团司令回家给母亲做寿，要经过此地呢。

母亲一听大喜，莫非贵人就是黄维？

当天在黄维下榻的客栈，母亲见到了黄维。黄维长衫布履，折扇轻摇，一副文人打扮。黄维说，先兆和我在中学读书时就认识，抗战时期我们在赣东北征兵，他有不少学生参加了我们的部队，十万青年十万兵马。他看了我母亲一眼，很认真地问，先兆不是共产党吧？母亲忙说，不是。

"好，这样就好！"黄维说，"我来办这件事，你就等消息吧！"

在下一码头上饶，依样是党政军特各路政要排班列阵码头恭候，秩序井然。黄维全副戎装一上岸即拉过有关负责的官员说道，徐先兆是不是在你那里，他是兄弟的朋友，他不是共产党，兄弟可以向上面负责。说完还拍了拍胸。当时情况流传有许多版本，此是其一。

几天以后，薄暮时分，母亲与刚获释的父亲从上饶乘船返回下古埠，信江上长风浩荡，桨声欸乃，水声潺潺。父母亲依立船头，庆幸九死一生终于脱险。

离老家下古埠十里,就有岸上人和船上艄公拉长了声音遥相应答。

敢问宝船上可有古埠徐先兆先生?

喏!

于是爆竹声响起,船过哪个码头,哪个码头就燃放鞭炮,就这样络绎不绝,爆竹声响了十里。

爷爷和父亲的朋友、门生故旧,以这样的方式欢迎父亲脱险归来。

父亲关押太久,神经受了刺激,见了孩子都不太认得。母亲于是把父亲送到茶山寺休养了一阵。那段时间,母亲是下古埠了不得的功臣,爷爷奶奶也夸奖母亲每逢大事不糊涂,沉稳大度有担当。

从当年母亲出逃,父亲的英雄救美,到父亲这次遇险,母亲的美救英雄,乡亲们都说是穆桂英救杨宗保。母亲在对父亲救赎中完成了对自己的救赎,实现了她从一个稚弱的古镇小女子到有担当有决断的大家庭主妇的华丽的转身。

抚顺战犯管理所里面最桀骜不驯的两位战犯,当数文官杨不平,武官黄维,他们都是父亲的朋友。战犯特赦后,黄维两次回省都来探望了父母亲,父母亲也到过北京黄维宅上回拜。在一大群党政、安全部门官员和记者长枪短炮的包围中,三位饱经沧桑的老人默然静坐,言语不多,稍显平淡。但是从他们深深的对望中,你可以看到这些老人心底的万丈狂澜和百年世纪的风云。

父亲获释之后不久即逃到上海迎接解放,经当年"八一"南昌起义期间认识的陈毅介绍到江西南下工作团工作。南下工作团的几位主要领导都是父亲的老熟人。父亲南下后开始做上饶行署黄知真专员的秘书、革命烈士子弟学校的主任,后来由信江农专转到南昌大学教书,以后一直从事教育工作。

我们家开始和这些领导走得很近。刚解放,弋横起义赣东北苏区出身的领导们就把方志敏母亲从弋阳漆工镇接来南昌养老。因为父亲和方志敏关系,母亲亲自参与为她老人家南湖边找房子、布置家居购置衣物、安排生活等事务,也为刚进城的领导和夫人们的生活起居甚至着装方面,提供咨询和参考意见。那时母亲身上的时髦衣服都是留不住的。

父亲的好朋友黄贤度是抗战时期上高战役著名的抗日县长，地下党员，后任省人大副主任。省里面很器重他，要安排他来领导全省的统战工作。但他有两个老婆，按照政策，必须离掉一个。省领导举棋不定，两位夫人大的端庄大度，年轻的美丽贤惠，原拟议留下年轻的可以帮着做统战工作。征求母亲意见，母亲的看法却不同。说是于情于理，应该留下原配的，一是她孩子多，需要照顾，二是年轻的聪明能干，离开了还可以嫁人，还可有发展。年纪大的离了，正常的生活都难以维持。当时省领导便说，双文嫂是女萧何，很有决断，处理问题合情合理。先兆哥要让她出来参加工作，我保证两年之后把她培养成为一个最好的女县长。

两位夫人都是父母亲的好朋友。年轻的陶璞平，离婚后黯然去了上海，真的嫁了一个上海滩排得上号的小老板。后来因为历史问题，去新疆劳改了好些年。落实政策后回了上海，晚景颇好。而多年来母亲还一直关心并力所能及地照顾着她留下的一双儿女，这是后话。

父亲是旧社会过来的人，在国共两个圈子里摸爬滚打多年，阅人无数，交友无数。新中国成立初期，土改肃反，大批亲朋故旧受冲击者，搭得上边的都上门求助，一时门庭若市。父亲母亲宅心仁厚，在家里为他们安排食宿，确有冤枉的，还会去向省领导反映。次数多了，省领导颇为不悦。特别是土改后爷爷从乡下进城后，省里面还安排了一个江西省文史馆参事的职务。省领导对父亲说，你也太没有立场了。依我看，你父亲的事就不要管了，把双文嫂办出来工作才是正事。我和你说起来是同志和兄弟，这事情若是同志间相求，绝对是没有商量余地的。这事办了，从此以后我也只能够当你是我的大哥了，同志之情再也没有了。大有割袍断义的意思。到了反右运动，便传出话来，说是省领导说了，先兆虽然是好人，但耳朵太软，要给他顶帽子压着，省得他到处替人说话。但是在处理上要从轻，他家孩子多，不要影响生活。

1960年父亲戴着"右派分子"的帽子举家下放弋阳谢源村，临行前他慷慨抒怀赋诗一首："又当为国献身时，携妇将雏鬓有丝，痛恨十年犹白面，敢从今日树红旗。"他是真心打算通过艰苦农村劳动，改造好思想，能够摘掉"右派"帽子。在谢源，他和生产队长谢明章结为好朋友，向贫下中农学习，踏实劳动，努力改造思想。有次挑粪滑倒掉粪坑里面，大冷天，爬上来自己洗洗，换了衣服又去挑粪，也不和母亲说。

母亲知道后很难受，隔几天借故回了省城。这首诗送到当时的省委领导那里，省领导看后叹了口气，说先兆也是六十岁的人了！恻然之余将他调回南昌。才下放三个月，便上调回昌，同行二十多人均受惠，也是史无前例的事情了。学校为了摆平和其他下放教职员工的关系，让父亲他们在市郊白马山校办农场又劳动了一些日子。

三年困难时期江西省没有饿死什么人，究其原因，现在大家都公认和当时省委领导的温和政策有关。在当时整个国家大讲特讲阶级斗争政治斗争的环境下，省领导在与父亲关系的处理上，可以说是有原则，有立场，有一定的政策水平，同时也不乏人情味。

改革开放后，在湖北武汉主政的黄知真书记，还把父母亲接去做客，执弟子礼招待甚恭。

领导们、老革命家们有他们高尚的理想情操、原则和规矩，父母亲也有他们的平常人难得的固执和坚守。

俗话说，江山易改本性难移。父母亲心肠太软，无论是早先的土改肃反，还是"文革"后的拨乱反正平反冤案时期，总之各种运动冲击下的"难民"，稍有关系的，都会找上门来。我们兄弟多少次和形形色色的上访求助者，各种各样的"反革命""阶级敌人"，同一桌吃饭，挤一床睡觉。

家里经常高朋满座，入不敷出。有的人一住几年，有的人住着住着，还竟然谈起恋爱来了，母亲还要出面费心平衡他们的关系。记得我们家最后一个上访常住客人张先生，有八十多岁了。他睡在我们家客厅里面好几个月，每天晚上鼾声震天，有时突然又不打鼾了，我都会奉母命前去看看他有无呼吸。常言七十不留宿，八十不留餐，母亲也确实害怕会出意外。我和母亲说，是不是让张先生去外面住，会出事情的。母亲说人家哪里有钱住店啊，不是困难他们哪会找上门来。张先生名石谯，参加过"五四"运动。后来他上访的问题得到了解决。

母亲年轻的时候，漂亮聪敏善交际，家里客人多，鱼龙混杂：国共两党、军政两界都有，名媛巨贾、学者名流，亦时有过往。师大朱企霞教授回忆说，徐先兆家像是《红楼梦》里的大观园，美女如云，吴士栋、黄贤度、杨不平等人的如花美眷，撩人眼目。

在各种政治运动激烈交替进行的漫长岁月，家里又是另一幅截然不同的景象了。家里虽然破败凋敝，那些带着各种伤痛的被侮辱被损害的亲友还是常常来寻求安慰。母亲总是耐心接待，语气温馨，陪着人家流眼泪，抚平他们受损的人格尊严的伤痕。物质条件匮乏时，没有好茶好饭，也还有好言好语相待。这些人有的来这里是和母亲作最后告别的，说水泡一个此生了，来生再会！母亲会悉心劝解疏导，尽力解开他们的心结。母亲常说的一句话我都耳熟能详："一个人有自杀的勇气什么事情办不成？！"有些人来这里借钱借粮，其中一些人每月十号借十元钱，每月二十号准时奉还；有些人高谈阔论，大呼小叫；有的人枯坐终日，不发一语。在那人人自危朝不保夕的年代，母亲像萤火虫一样，以她那微弱的人性光辉，温婉柔韧的性情，温暖着照顾着身边的人，特别是我的父亲，相濡以沫互相支持着，度过了那些最艰难最黑暗的时光。逼仄阴暗的斗室，因为有割不断压不灭的弥足珍贵的亲情友情，也会成为人生苦旅中人们企望眷留歇息的温暖港湾。

过去我们家中挂有一张彭友善先生画的蕉竹图，上面写着父亲的一首打油诗，是母亲用小楷工笔誊就的。

远看不知是什么，

近看方知是芭蕉。

下面还有几根竹，

摇曳寒窗慰寂寥。

来家的客人看后都会会心一笑。

我感觉这幅画可说是父母亲一生的写照：芭蕉叶厚荫浓，子息繁茂，翠竹虚心有节，清奇挺秀，芭蕉翠竹相扶持，是父母亲琴瑟和谐的象征。

岁月摇曳，风云激荡，

寒窗与君共，

相知慰寂寥。

谨以此文纪念母亲逝世十周年。

原载《江西文情》2022年4月5日

【主编者言】每个人身上都刻着时代印记。人生的故事也就是时代的故事。那年头就连何为父亲节也不知道，但是作者对父亲的那种真挚情感，却是源远流长，生生不息。

父亲节想起不会做饭的父亲留给我的美食记忆

刘国辉

父亲节到了，网上一片刷屏。妻子和儿媳做了满桌好菜，让小孙女给我们父子敬酒：祝爷爷、爸爸父亲节快乐！

望着满桌的佳肴，看着高兴的小孙女和家人，高兴之余，其实我的内心满含酸楚。当然，不能扫家人的兴，只能饭后用文字记录下来。对于我来说，没有父亲的父亲节是不值得祝贺的，也是不完整的，只能靠回忆来弥补这种缺欠的伤痛，度过这个沉重的节日，以兹纪念！

高小毕业的父亲在新中国成立之初是东北小县城的知识分子，主要的工作经历是在县委党校当教员。因此，虽然后来在县里的物资局、食品公司当过短时间的干部，并在这个岗位上离休，人们还是习惯称呼他刘老师。

爸爸作为土生土长的东北男人，是不会做饭的。"火头军"，真正的"烧火者"，是儿时有关爸爸在厨房的记忆，而且记忆分两个阶段：第一阶段是拉风箱，呼哒呼哒的声音在厨房响起，很快就会有饭菜的香味传来；第二个阶段是风箱改进为手动鼓风机，连续不断的风力会使火力持续，也会更节省力气！至于后来上中学时家里已经升为电动鼓风机，进入烧火做饭半自动化状态，只记得当时为之欢喜雀跃，高兴从繁重的劳动中解放出来，倒淡化了爸爸拉风箱的身影。

以爸爸的工作职位，其实是可以像其他干部一样，不进厨房的。但是家中十口人，我长寿的祖父、体弱多病不能下厨的母亲、我们姐弟七个孩子，都靠父亲一个人的工资养活，爸爸不能不超越那个时代东北男人不做饭的普遍现象，走进厨房，承担起烧火的重任。爸爸在年仅63岁、刚刚离休三年就因为肺癌去世，当时我就在寻找原因：他烟酒不沾，常年劳动，喜欢运动。每天清晨很早就起床，在炕上都要用双手擦揉一遍脸和上身，然后出去跑步，再回家烧火；在那个年代很少有人坚持这样锻炼身体，可以说是有超前意识的好习惯，无论如何不应该和肺癌沾边。从家族上讲，我祖父长寿，以86岁高龄寿终正寝，无疾而终，也没有这类疾病遗传。最后归结起来可能是"火头军"的经历损害了父亲的健康，因为那时一日三餐烧劣质煤、烧"糠醛"（玉米芯提炼出化工产品后的废弃物），这些烟雾对肺部的影响远远大于吸烟，这可能是爸爸身患癌症的主要原因，是那个时代物质匮乏带来的难以回避的最最深重的灾难和挥之不去的伤痛。

虽然爸爸不做饭只烧火，却给我留下了几个深刻的美食记忆。

菜包饭。当年东北细粮很少，每个月每人只有一斤白面、一斤大米，玉米、高粱、小米等粗粮是主要粮食。如果不是逢年过节，如果没来客人，是吃不到白面大米的。那时候吃得最多的是玉米面和小米饭。我不愿意吃小米捞饭，干干的没有油性，感觉难以下咽，被妈妈戏称为"从小嗓子眼太细"。所以每天早上剩下的玉米面大饼子，晚上会留给我吃，这是父母姐妹对我这个家中唯一的男孩的"孤宠"方式之一。可不是每天早饭都能剩下玉米面饼子，所以晚饭面对小米饭就时有为难之色。爸爸发现我的不悦，这时就会充分显示出教师的耐心，像对待我们的学习一样，循循善诱："咱们今天吃菜包饭，最好吃了！"他到厨房找来大白菜叶、大葱、大酱，有时还会让姐姐们打点鸡蛋酱，然后把菜叶铺在桌子上，放上小米饭、大葱丝、大酱和菜，一起包起来，递给我们："快吃！快吃！看是不是比大饼子香！"在爸爸积极热情的鼓动和带动下，我觉得确实菜包饭比碗里的小米饭香很多，不知不觉就吃饱了！爸爸叫着我的小名说："小子，我告诉你个诀窍。以后要吃菜包饭，一定要用蔫了吧唧的大白菜叶，这样才会好包好吃。"爸爸走了后我再没有吃过菜包小米饭，只保留了喜欢吃蘸酱菜的习惯，延续至今。

粉皮。东北小城在二十世纪六七十年代，没有卖鲜粉皮的地方，更不像西北有吃凉皮的习惯。我对粉皮的最初记忆是逢年过节要做凉拌菜，我们家凉菜用的干豆腐、白菜丝、海带丝都是买来的，只有粉皮是爸爸自己做的。有时爸爸还一边让我烧火一边教我做法：先把淀粉调成糊状，烧一锅开水，然后把调好的淀粉舀两勺放在小搪瓷盆里，放在开水中快速转动，成型后用开水再一烫，拿出来凉水一过揭下来，就是一张薄薄的粉皮。切成细丝，和其他菜一起加上各种佐料凉拌，一道刘氏拌凉菜就大功告成，好吃不腻，深受喜爱，往往是所有菜中最先被吃光的一道！而我家凉菜中的粉皮是区别别人家凉菜最主要的东西，也是爸爸很得意的一项做饭手艺，虽然只是其中的一道工艺。一直到我三姐从北京上学回家带回"唐闻生拌凉菜"的方法，我爸爸的这道粉皮才退出刘家菜谱！

灯笼挂。二十世纪六十年代出生长大的孩子，对肉的向往是铭刻在味蕾深层记忆里的。原因很简单，因为能吃肉的机会太少了！虽然现在肉食太多，吃肉过多带来更多富贵病，甚至要冒着半身不遂的风险，但是这个年代以及此年代前出生的人还是"前仆后继"，不是认识不到危害，而是源自血液里和味蕾深处的诱惑难以抵御，不由自主地屈服于自己年少时充溢身心的欲望！古人认为吃饭穿衣三代人才能学会，其实摆脱饥饿时代对美食的渴望和贪婪，也需要经过三代富裕才能实现。儿时的东北只有过年才能杀口猪，放开吃上几顿猪肉，平时很少吃到肉，即使有也是很少的几片肉在一大锅菜里面，荤腥不多。平时一般的节日是家中改善生活的日子。爸爸买回来一套"灯笼挂"，就是猪头猪脚以外的全部猪器官：心肝肠肚肺。那个时代这些下水相对猪肉来说，是物美价廉的。采买之外，爸爸的工作主要是清洗加工，反复用碱面清洗肚、肺，特别是肠子。一定要清洗干净，这是爸爸以外其他人都不能胜任也不愿意做的工作。妈妈虽然身体不好不能动手，却对干净要求极高：不能有丝毫腥臭味，不洗摘干净她这一关就很难过去。爸爸在不大的房间里用大小盆折腾清洗时，我很愿意在爸爸指挥下在旁边打下手，递盆、倒脏水，看似愿意干活，其实心中充满企盼：这些好吃的东西只有一步之遥就可以吃到，所以乐此不疲。虽然"灯笼挂"上锅焯煮时已经不用爸爸操作了，但我觉得爸爸清洗时的认真和严肃已经具备了好厨师的威武，觉得这道美味是爸爸带来的！直到如今，我家七姊弟都喜欢吃猪下水。我更有甚，虽然血糖已高，面对肥肠、肚片的诱惑，仍然"宁死不屈"，誉为最爱，一生难以舍弃这道小时候爸爸带来的美味。

荞面饺子。爸爸除烧火之外，包饺子时无论擀和包都是家中主力。有一年春节，应该是我六七岁的时候，家里因为春节前来客（读 qiě）太多，把所有的白面都吃光了，三十年夜的饺子是用荞面包的。我在外面和小朋友疯玩一晚上，快吃年夜饭时才回家吃饺子。看见荞面饺子黑黑的，别人家都是白白的，立刻委屈不已，难以忍受，使出"少爷脾气"，号啕大哭。爸爸见状，马上安慰我道："过年了，不准哭。咱家有白面饺子。这样吧，你再出去放会鞭炮，回来爸爸就把白面饺子包好了。"我将信将疑出去，爸爸从白面口袋底抖搂出一碗白面，掺上一些荞面，包了十几个"白面饺子"。等我回来时煮上，和荞面饺子一对比，果然黑白分明，这才让我过了一个不再哭的年！姐姐们笑成一团，这成了我儿时的诸多糗事之一，常常被姊妹们提起。温馨美好的回忆中更增加对爸爸的思念。饺子是永远能吃撑了的美食，还有一个重要原因：爸爸喜欢把干红辣椒用火烤一下，然后掰成小块放在蘸饺子的调料蒜酱中，焦香扑鼻，食欲大增。究其来源，我觉得爸爸是因为没有那么多油炸辣椒，或者说怕浪费舍不得用油，便因陋就简，用火烤一下，无意中创造了一种特殊的烤干辣椒的香味，自然醇厚，绕梁三日，闻其味、食其香，均远胜于油泼辣椒。这是爸爸在饮食上的独家发明，也是我唯一一项继承爸爸的厨艺，一直至今。

熏兔肉酱猪蹄。爸爸最后一个工作岗位是在乾安县食品厂。哪年哪月已经记不清楚，一天夜里，家人都已经躺下要睡了，爸爸回来叫起我们，说在食堂买回了熟食，让大家吃点再睡。姐弟几人一听，立马穿衣起来，哈，居然有这么多酱猪蹄儿、熏兔肉，还有其他熟食！真是难得。原来食品公司今天做多了，没有卖完，内部可以优惠买一些，爸爸不惜破费，犒劳我们！姐、妹和我几个立即毫不客气，直接手撕嘴啃，吃得津津有味，直到打了饱嗝，无力再战。在我的记忆中，这次突如其来的熟食大餐，是我一生中吃得最香的熏兔肉、酱猪蹄儿，味道之醇厚、滋味之悠长、得来之意外，是大年三十以外家中消夜之唯一，永远铭刻在内心深处。上大学时在古典文学书中看到"过屠门而大嚼"，不用老师解释，脑海中立刻出现了这次家中消夜大吃的情景。

爸爸不会做饭，对吃饭也从不挑剔。当然那个时代物质的匮乏和家庭负担的繁重也不允许爸爸挑剔。小时候过年节或者改善生活，家里有时会炖一只鸡加上蘑菇，爸爸都挑鸡头、鸡爪子、鸡尖吃，还说这些最好吃、他最喜欢吃。时间长了我们知道他是把好肉好吃的都让给爷爷、妈妈和我们，但爸爸坚持如此，大家渐渐也都习以为常。其实在饮食上爸爸也和他对其他新生事物一样，喜欢尝鲜，充满探索和好奇精神，只是经济条件不允许才压制了这方面的愿望。记得上大学时方便面刚刚出来，回家说起，爸爸觉得不用煮、开水一冲就能吃很奇怪："这还能好吃！半生不熟的。"第二年放假，我从天津带回几包方便面，他认真泡了，吃完后说："想不到，也不难吃。"一问价钱，好几毛一包，连说："太贵了！不值！不值！"当然，爸爸饮食上也有最爱，而且以能吃自得自傲，那就是一顿饭中，肥瘦相间的猪肉片，尤其是先炉后熥的五花肉片，蘸着蒜酱，他能吃满满一水舀子，用碗来换算就是两大海碗。爸爸以外，我还没亲眼看到谁能够一次吃这么多肉。当编辑时，读到苏东坡《猪肉颂》中"早晨起来打两碗，饱得自家君莫管"，甚感亲切，觉得爸爸在吃肉这方面超越古人，因为两大碗红烧肉的能量和质量远远比不上两大碗白肉硬。爸爸一顿吃这么多肉必须有一个前提，就是必吃小米饭。小米饭的没油和肥肉的多油相得益彰，在爸爸看来是天下最好的美味。可是那时一年也只能吃上一两次！杀猪时和过年时！至于其他美食，无论啥菜系，在爸爸看来都挺好吃，尝过了、赞过了，也就过去了。

说爸爸不会做饭其实也冤枉了爸爸。爸爸晚年，特别是我们家七姊弟都离开乾安老家以后，爸爸为了照顾妈妈学会了做饭，当然只有他和妈妈两个人在家时他才做饭。地主出身、凡事高要求的妈妈虽对爸爸的厨艺水平不甚满意，只是没有别人做，自己又无能为力，没办法只能勉为其难地接受。但我知道，爸爸和做其他事情一样，只要需要都喜欢自己动手，都会有自己的心得。在他住院治疗癌症期间，他和我专门谈到自己做饭体会到的两个收获：其一是蒸鸡蛋羹不能用凉水，用凉水会起泡，必须用温水冲才会细嫩，这是反复实践得出来的；其二，"都说和面要'软面饺子硬面汤（指面条）'，这话不对。应该是'软面饼、硬面汤，不软不硬是饺子'。等我病好出院以后，我给你做一次"。

那时没有菜谱，没有人指导，这些可能是常做饭之人都懂得的技巧，他却是靠自己逐步实践摸索出来的。不知要经过多少次实验，难为了一辈子不会做饭的爸爸。我当时就真诚夸赞他深得做饭三味，已经令人刮目相看，一定要等他病好出院后给我们做，轮流每样都吃几顿，这样才能证明所言不虚。爸爸听后，脸上洋溢出幸福、自得的笑容；而我只能转过脸去，悄悄擦去眼中的泪水！

爸爸没有战胜病魔，也从来没有过过父亲节，我永远也不会吃到他亲手做的软面饼、硬面条、不软不硬的饺子皮。

壬寅年父亲节，写毕，泪流满面
原载《随笔》2022年第5期

【主编者言】所有的行业，都会有一些神仙般的人。他们如龙一样搅动历史风云，让蕴藏在岁月中的人文精神扶摇直上。艺术内在的生命力指引着他们美丽的前进步伐。

"老神仙"小传

胡 平

一

庐山脚下的九江。

九江市中心的一幢两层砖木结构老屋，沿街延伸有一两百米，家居，又做货栈。在这至少经历150年寒暑的老屋，打开李见深儿时小房间的窗户，夜空风清月朗，能看到二十多公里外山上小镇——牯岭的灯光。八九月间，他感觉那灯光，不是平日的星星点点，似有若无，而是亮得特别有广度，有气概，如离家不远的甘棠湖风雨欲来时拍打湖岸的訇然。

1961年8月23日至9月16日，在庐山举行的中共中央会议，史称"第二次庐山会议"。查百度百科：这次会议是为了纠正我们党在实际工作中"左"倾错误，使国民经济走出低谷，所做的又一次努力。

努力何其蹒跚，艰难。

时代的一点灰，落到一个人、一个家庭头上，便是压上一座山。

二

父亲李玉昌，做瓷器和丝绸生意，常跑景德镇和上海，腿勤口勤，精打擅算，"小心驶得万年船"。略有些田亩收租，一入新社会，成分是资本家兼地主，基本上就趴下。趴了，也躲不过小李飞刀般的运动，曾跳楼自杀，但"犯罪未遂"。1957年，几个兄弟全部被打成右派。1945年抗战胜利，大哥是唯一逃走的人，随国民党军去了台湾，此后，在岛上结婚成家，再没回来。

李见深小时，总见祖母在大门口趴着，目光涣散，缺牙的嘴巴鸭嘴一样扁着，嚅嚅自语：大儿子走了多久，什么时候能够回来？

"四清""文革"，一回回抄家，难得少许的安宁。昔日被外公抱在怀里上庐山的母亲，以小学老师的微薄薪水养家，将自己往日的旗袍和父亲的西服、绸缎面长袍，从箱底取出，剪开来，买来几毛钱一包的染料粉泡水，脸盆放在煤球炉上加热，把衣片染成黑或深蓝，再改成孩子的衣裤。做这些，多半会关紧大门，李见深仍感觉后背凉飕飕的，像有阴森的眼在门缝盯着……

以后，全家被赶去乡下，打小在瓷器堆里滚的李见深，坐在家门口突击卖瓷器，老屋的阁楼上全是老瓷器，有些还是几十、上百年的古董，现在就当下市前的萝卜、白菜卖了，碟子、碗，一两分钱一个……

三

那是一趟从二十世纪七十年代末、八十年代初开出的中国列车。"大山踊跃如公羊，小山跳舞如羊羔"，高昂的汽笛，拂去来不及擦干血泪的"伤痕"之声；滂沱的蒸汽之雾，茫茫苍苍，遮掩铁铆松动的路基，两侧积满河泥腐叶的堤岸。

那个时候的中国人，还不识"没有一片雪花是无辜的"，只要一开始出发，除了几个捉去号子里的"死党""余党"，俨然个个都是"新长征"路上的新人，鼓涨风篷似的热情，五彩幻想在空中碰得作音乐之响。李谷一、李双江、郑绪岚、关贵敏、关牧村、苏小明……人们持有美妙的歌喉和对未来美好的想象力，却罕有对"长江三峡""风陵渡"的直言和洞察力。与许多眼睫扑满霜凌、爬出下水道的中国人一样，李见深也在这趟列车上，不过他扎着马尾辫，一张如在晨光里开出的喇叭花一样年轻的脸。1982年，摩拳擦掌考研，首考中央美院，考完那天，正好是大年三十，晚上返程。

那时，还是绿皮火车，窗外爆竹声喧天，京都的万家灯火，织成缤纷而虚幻的罗绮，渐渐抛在后面。夜色中掠过他眼前的，再没有那些痛苦的记忆，而是和中国的古代文化记忆、出土的文物和久远时代的视觉相关，比如汉代霍去病墓前的石雕，宋代天水麦积山的泥塑，四川乐山大足的佛像、造像。大学本科里，他足足一年在汉唐宋明里穿越，还屡屡与一千六百余年前的一位伟大乡贤，枕流听风，品茗采菊，两人的故乡同属浔阳柴桑（今江西省九江市）。

临近零点，餐车打通，座椅子全部收起，旅客和乘务员搞了一个通宵舞会。歌声如湿了翅膀的鸽子，扑簌簌地掉了下来，伴着铿锵有力的车轮声，李见深又一次深深激动，感恩中国在改革开放的路上，自己亦将永远在路上。

四

1993年，受邀在美国底特律艺术中心任驻坊艺术家，已转入陶艺圈的他，盯上了阿尔弗雷德大学（Alfred University），美国五大艺术学院之一。大学在一个叫阿尔弗雷德的大村庄里，周边都是牧场。一百多年前，这所在纽约州一片荒野上开垦出来的学校，如今是全世界最好的陶瓷大学和艺术学院，陶艺方面位居全美第一。

他曾带朋友去牧场主家里做客，主人的女儿在弹钢琴，主人跟他和朋友谈马奈的《草地上的午餐》，莫奈的《日出·印象》，朋友诧异了，一个养牛的，也能扯印象派？朋友不知道，牧场主本人就是阿尔弗雷德大学毕业。这户人家，与当代中国财富的大海上拍出惊天大浪的巨鳄们相比，不过是只小蝌蚪，但后者看起来，远没有前者幸福。这种生活方式中的美学、人文状态，令李见深沉醉不已。

这所大学本身，也与他的母校截然不同。

当年，景德镇陶瓷学院有一座美术系大楼，大楼有五层，大楼只有两个门，一个进去的大门，一个是后门，后门在他记忆中永远关闭，大门晚上十点锁上。曾有个外教来找他，聊晚了，两人得翻窗出去。在阿尔弗雷德大学艺术学院，搞不清楚有多少门，仿佛到处都是门。在景德镇陶院，若要到艺术学院美术系办公室，只要上楼，一拐弯就到了，上华山绝顶只有这么一条路。但要到阿尔弗雷德大学找到艺术学院的办公室，条条大路通罗马，不少于十条通道可以去。这像在国内，没有太多的选择，也不会迷路；在美国，有太多的选择，却有风险。

当然，两所大学也能找到相同处——在公厕里发现的种种涂抹，文字有别，但"闷骚"一样，青春期的荷尔蒙一样……

五

1994年，阿尔弗雷德大学赠送一些本校出品的书，给来访的景德镇陶瓷学院校长、教授，第一本书《铜红》，第二本《青釉》。第三本书更神了，精装本的《景德镇》，把那遥远城市的前尘后世、众多窑口、造型纹饰、断代特征等，正中肯綮，娓娓道来。

此非个别情况，李见深曾在西弗吉尼亚大学做访问学者，有一位研究中国陶瓷的专家，把中国古代的各种釉料翻了个底朝天，并给转成美国的配方。今天在美国，所有设有陶艺专业的学校，都可见国内早惊鸿远去的钧釉、乳浊釉、天目釉……他还读过英国一位著名陶瓷专家的书，专写中国古代官窑的釉，既懂艺术又懂技术，如军情六处鼻祖。这些书可共认为陶艺界的《圣经》吧，国内的入门者，常常遇到的抽象、模糊，皮不连筋，骨不粘肉，乃至自诩为秘器暗门的高冷，在此，统统被一网打尽。

至今，国内一些专家、学者、地方或部门官员，说起景德镇，几十年一贯制，仍是"新平冶陶，始于汉世""白如玉、明如镜、薄如纸、声如磬""工匠四方来，器成天下走""共计一坯之力，过手七十二，方克成器"……今日，高鼻子蓝眼睛红头发黑皮肤，像桃花投入春水一样来你这里，感兴趣的是景德镇瓷器曾经对人类文明的踊跃参与，这座城市施予西方对古老东方那份绮丽浪漫的期待，手工艺创造与自然形态蔬笋日子的生活，对当下全球正大不安人类的一份灵魂安抚……怎么不能换点新词说说呢？

从像拿块砖头在手里的大哥大问世，到今天的轻巧、智能、多功能、可折叠，君不见，移动电话已经换了多少代？

六

1995年学成。

一年里有半年在路上。从二十世纪九十年代以来，应邀访问、讲学、主办个人展览，遍及世界各国，其陶艺作品在美国、加拿大、澳大利亚、意大利、挪威、韩国、巴西、日本等许多国家美术馆、艺术机构，均有收藏。并为加拿大总督、挪威女王特别定制陶瓷作品。2013—2014年央视十套《人物》、四套《华人世界》、一套和九套的《瓷路》专题纪录片均有介绍。

美国著名陶艺家、艺术教育家，纽约州立陶瓷学院教授韦恩·海格比，如此评价："李见深的作品自然、率性，充满了爆发力，与完美相比，更像一种随意性的挥写。他把泥土当作最原本的材料，泥是感性的、可触觉的。对他来讲，手中的泥，经过火的锤炼变成一种热望，引证那永远的浪漫遥想；唐诗宋词的场境、居屋、人物和人性之间的亲昵、脆弱，交织在作品中，唤起人们浮于脑际的往事；吟唱般的抒情与忧伤记忆，展现遥远古代中国神话中的景致与魅力……"

一年中有半年的时间在国内。他是把全球做陶瓷、说陶瓷、做陶瓷教育的老外，直接带到景德镇来的第一人。

一般地球人，皆知晓是中国发明的瓷器，许多人却不知道，或忽略掉景德镇这座城市，且"景德镇"三字，对老外来讲，中文发音紧促咬牙，很难被记住。如几百年前的洋商定制景德镇瓷器，只能在广州交易；大抵二十世纪九十年代之前，老外很难得进镇上，也不知道怎么进来。当时，从九江到景德镇，要过三个渡口，其中一个在鄱阳湖，经常刮大风，顺利的话一天能到，不顺利的话，要在中途滞留一两天……

交通条件渐有改善，城市环境又是一个问题，有碍观瞻的违章建筑，比比皆是，玻璃碴一样刺眼。看得见的地方，总是尘灰蔓延，旮旯暗角，总是垃圾成堆。几百个高高矮矮的烟囱，浓重的烟雾若一条巨蟒，翻滚着霸凌着天空与地上，人们在这"巨蟒"的挤压下讨生活。陶院一些从江南水乡来的新生，出了火车站，到了位于新厂的老校区，身上脸上一抹，簌簌掉一层黑粉，像是在抗日神剧里做了群众演员，惊得三魂掉了两魂，马上转头返车站，只因当天没有返程的列车，否则，当即就拜拜了……

此种条件下的二十世纪九十年代，李见深将一批批的老外，"忽悠"到上海虹桥机场，他们换乘小飞机，只能坐二三十人，噪声大不说，一遇强气流，就有剧烈的颠簸。但来到景德镇——涵盖了陶瓷文化、陶瓷工艺、陶瓷设备、陶瓷工匠的庞大、复杂的物质遗存，是一个活着的历史宝库，一座24小时开放着的博物馆，是人类手工文化和陶瓷文化仍在呼吸的巨型"化石"，老外们倦容还未撤退干净，惊喜、欢乐就跃上了脸，几乎个个都像退潮后在海滩上拾贝壳的孩子……无论从社会学、人类学，还是文明史、手工业历史维度上看，景德镇都是全球第一，全球唯一。

2000年金秋，景德镇主办首届国际陶瓷研讨会。作为主要推手，李见深提出会议的主旨为：第一，瓷的精神；第二，高岭的意义。此次研讨会，有100多位外国专家、艺术家参加，有接续李希霍芬130年前那次科学考察的意味，也成为新时期景德镇与世界对话的滥觞，现在内容广泛、规模宏大的景德镇国际陶瓷博览会，年年踏着金秋十月，风姿绰约，款款而来，已经举办了17届。

七

25年前，走在野草缠脚的三宝小路，仍可听见的十几架水碓的声响，粉碎着三宝瓷谷一片的瓷石，也不尽地分割晨昏：冬天雨水很少，晚上听过去，缓慢的"砰咯、砰咯"声，非常孤独，像失双的白鹭；一场春雨过后，"哐切哐、哐切哐"，任性，纵情，似有思春的呐喊。还有，枝头上雨点一样洒落的鸟叫声，撕开晨雾升起炊烟的鸡鸣声，偶有村民经过的打趣声、哗然声，稻田里有轻风拂过的沙沙声……这一切混沌、刷满岁月"包浆"的声音，敲窗过耳，让李见深白日神智清明，夜里睡得深沉。早上醒来，不像他在国外国内许多地方打开双眼，神志有些恍惚：我这是在哪里？

花一万美元，在三宝谷里买下一块叫"四家里"的地方，原本是一个荒芜已久、建筑倾塌的村子，只有几个老人寡妇守节般存在。陶渊明的《桃花源记》，是一个梦，宛若一朵云，从公元四世纪飘到今天，此后中国的文人大多在形而上的这块云里徜徉。当这块云飘到这代文化人的时间段，同为柴桑子遗的他，不仅是心念神往，还想让这朵云形而下，化作一滴滴雨水，落在三宝，让三宝做一个看得见摸得着、真正走得进去的世外桃源。

他的设计是——

将旧城改造拆毁过程中废弃的旧砖瓦、旧家具、旧物件留下来，聚合在每一房每一室，重现千年来如老树般的生活年轮。他常坐的就是一把舒适又简洁的竹椅，坐上去不由得盘起腿来，舍不得离开，时而会想"千年来，景德镇的农民种完田，也是坐在这椅子上围炉夜话的"。

当手工制陶，已然成了工业化产品时代的一股清流，他要引这股清流——把陶瓷的精神隐逸在每一天的日出月落，每一场的春风秋雨，每一餐的寻常烟火中，即"西边务农，东边作陶"，还原和保留中国最传统的制陶场景。

再有，residency——艺术家、作家、音乐家为某机构工作的驻留时间——这一概念，在全球有几十年历史了，如硕大的鸽子棚，扑棱棱放飞文化交融的银色羽翼，还鸣响"友谊""和平"的鸽哨，他自己就是这"鸽子棚"的受益者。他定义三宝村为一个具有东方人文精神的国际艺术村落，让景德镇的制瓷传统与国际化的审美实现平和的对话，向世界打开一扇千年瓷都的窗户。

你看他自用或送朋友的一柄柄毛笔吧：在加拿大东端大西洋边，在美国西部大峡谷，在澳州黄金沙滩，在瑞士日内瓦湖岸的石垒间，在他去的所有地方，收集可做笔杆的材料。景德镇三宝初春的竹根，加上密苏里黄鼠尾毛，纽约上州猎手奉送的公鹿尾毛，三宝村路边拾到的羊毛、牛毛、兔毛，统统凑集、梳理起来，制成笔锋……

开村典礼的盛况，就是毛笔的盛况，那天有100多个老外参加。从1998年正式对外开放以来，至2019年底，三宝国际陶艺村已经接待来自全世界的陶艺家和国内艺术家、专家、学者2万余人。那些年里，每年有几百名美国、加拿大、澳大利亚、日本及欧洲各国的陶艺家，在这里创作、交流、研修。

艺术、灵感，来自同一片泥土山水。食物来自同一片田间、河渠，当然各吃各的。但有些日子里，你来自法国，这一天全村的膳食交给你，你做一天的法餐；巴西的，你搞一天烧烤；希腊的，你们做一顿希腊饭。而三宝的国际村宴，一年总有几次，李见深已经做了20多年。一口直径一米的大锅，晨起炖汤，选本地应季食材——肉类、豆制品、蔬菜，一应俱全，统统下锅；再在院子里全体动手,包上几大蒸笼的饺子粑。食客们人手一碗,三三两两,散坐在春日的阳光里,吃得痛快,聊得舒心。

若再将旁边那堵由中外陶艺家联手打造的千年陶艺墙摄入镜头,墙系由断臂的观音、有裂纹的领袖像、没有头的菩萨、变形的龙缸,乃至渣饼、破钵、碗底等"垃圾"组成,不但构成了一部伟大的别具深意的现代艺术作品,而且,还原一段暌违久远、稀缺久远的场景,这场景令世人温暖,木讷的人也会变得浪漫起来。

岂止是人?他养了一条狗,好几年里,他说中文,它不动,只要说"come on(过来)",它马上疯疯癫癫过来了。

岂止是狗?疫情期间,李见深抱了两窝鸡、一窝鸭。番鸭是第一次孵蛋,抱了一半跑了。后来让母鸡去继续孵,最后孵出来,一窝黑鸭子跟着它,成为村里一处有趣的风景线……

八

在路上。

2017年11月。李见深出现在西双版纳,他是"澜沧江—湄公河流域国家文化艺术节'陶艺之光'国际陶艺汇——傣陶声音"的总策展。

人类制陶,经历了漫长的过程,直到4300多年前新石器晚期,才大抵形成一套完整的技艺和烧制方法,其显著特点是平地堆烧:先把牛粪均匀地堆在地上,达到一定厚度,往上面堆积做好的陶坯,再均匀地捂上一定厚度的稻草,抹上一定厚度的泥巴,开上透气孔和点火口。点燃火,让火慢慢燃烧。烧到一定时候,把所有的透气孔打开,经过两天两夜的烧制,陶器就烧好了。

这一古老的烧制方法,经过历史风雨的冲刷,在起源地和百越族群南迁而传播过的许多地方,早已被其他烧制方法所取代,只有在西双版纳傣族的慢轮制陶技艺中，完整地保存了这一方法。李见深希望通过艺术节的平台，解开新石器时期制陶之谜，解读陶的文化意义和时代精神，推进傣陶的设计创新、产品创新，推动一个中国"陶"时代的来临。

2019年4月，李见深及其团队作为"新马家窑"国际陶艺创作营的策划执行团队，从三宝的浓春出发，来到春日刚至的马家窑。

位于甘肃临洮县的这个村庄，榆钱花开得满树都是，成了孩子触手可及的零食，更成了牛羊难得的美味。站高处，能看到的是大片大片的玉米田。色彩上，玉米秆的紫，玉米颗粒的黄，也和村里盛产的陶土色调，相映相承。

到了这里，你就会体会李见深何以稀罕并亲制毛笔。人们很难想象，如果把时间退回三千年，或更久远，正是在这块土地上，先人如何想到，取什么材料加工，制成了世间的第一支毛笔，并以它为绘画工具，以线条为造型手段，以黑色（同于墨）作为主要基调——中国书画艺术的童年，便跌跌撞撞起步了，如流动的水形波纹、蛙类斑斓的皮纹、男女人形的模仿……稚拙、粗犷，甚至是粗糙，但几何学里，最朴素的点、线、面的关系在毛笔下诠释，中国文化里的阴阳对比，也在毛笔下初现雏形；尤为重要的是，马家窑的彩陶，奠定了中国画发展的历史基础与以线描为特征的基本形式。

李见深邀请所有参观创作营的中外艺术家，在方形的陶土上，印上自己的手印。无论把手印放在一起，还是单独框裱，皆能成为一件独特的空间装饰。所有人的手聚集在一起，构筑的是一种走向未来的力量。而来自世界各地的手放在一起，就意味着交流、沟通和文化的融合。

其间，李见深团队策划执行了两场村宴。一堵厚实、矮壮、斑驳的夯土墙外，是五千年前人类生活的遗址现场，墙内清走的只有牛粪，一草一木，原封不动地保留下来。燃篝火，架土灶，撑起蒙古包，摆好方桌与条凳，现场制作临洮地方小吃，烤洋芋，烩大锅菜；还有来自民间的草根艺人，奉上羌傩祭祀舞、秦腔、变脸、打西番婆等精彩节目，最后，皓皓星空下，大家围绕篝火，跳起锅庄舞……

今夕何夕？此地何地？

是三宝国际陶艺村搬来了西北高原？

还是西北高原在以一颗壮丽的天狼星，向遥远的三宝致意？

不及三个月，李见深出现在浙江苍南桥墩镇碗窑古村。这是他第三次来桥墩。

历史上，"实业瓷矿，屋宇连亘，人繁若市"。产品销往福建、江西一带。至二十世纪七十年代，全村4000多人，只有30多人务农，其他几千号人基本从事手工制陶。全村18条窑全部开工，每月能卖掉160余万只碗，碗窑人因此富甲一方。之后，碗窑村风光不再，二十年内渐渐衰落，目前村里仅剩一条古龙窑……

李见深沉思于碗。

他有一个做了多年的项目，做100把壶、1000个杯子、10000个碗，取名《日复一日》。碗看起来简单，就两条线，一圆线一斜线，不像雕塑有那么多变化。过去满窑的时候，窑口等最不要紧的位置就放碗。但中国古老的大地上，不论南北，绝大多数的民窑，都主打碗，碗、盆、瓮、缸，这类东西出来之后，先民才有了烹饪储存的条件。而且，碗也是区别东西方文化最早的器具之一，从五千年前马家窑的彩陶开始，碗和钵子的形态，至今没有改变。未曾改变，说明神州先民对碗这类生活器物确有执念。你看阿拉伯国家、西方世界，小容器上一定会装上个把子，大容器上还一边安一个把子，大罐便是这样，但中国人大罐也不装把。有把，便于随人移动和挂上马背。无把，则有些风雨如磐、安土重迁的意味。何为农耕民族，何为海洋民族、游牧民族？这或可视为一个小小的注脚。

李见深眼中，碗窑村是走失在深山里的一个宝宝，是中国五千年农耕社会在陶瓷领域里的一道深情回眸。他满怀信心，向当地政府建议，由他牵头邀请

10名联合国教科文组织的陶艺大师来碗窑村,用村里的陶土和龙窑,做1000个碗,形成1000个不同国家风格的碗(有亚洲、欧洲、非洲的,有中国、美国和日本,等等),结合大师的碗,把碗窑打造成世界民窑博物馆。同时,龙窑复烧作为整体撬动碗窑复兴的转折点,并申报世界民窑文化遗产。

九

三宝陶艺村村口,土墙上的一幅壁画《三宝赋》里,画了这片土地上的诸位"神仙"——陶神、风神、雾神,还有窑神等簇立一起,仿佛窑事已毕,天气正好,有暇"神聊",捎带吞吐此间山水草木的灵气。我看那窑神,双目透射,脸肉精瘦,神似村主。得便,一次撞见壁画作者,她说:"李老师烧的窑,窑窑都成功,窑窑都好,而且,李老师本来就是守护这块地方的老神仙。"故将李见深封为"窑神"。

他何止是三宝村的"老神仙"?

你看他做的作品《日复一日》,他拍的那些以《民窑的声音》为代表的一堆片子,你看他走的那些路,前面提到的西双版纳、甘肃临洮县、浙江苍南,只是近几年去的,空间与时间更远、更持久的路,不胜枚举;或者说,如他养的番鸭划水,只干不说。

其中,"中国民窑万里行",由他牵头组织,国内外学者、艺术家共同参与,足迹几乎遍及国内重要的古民窑地区。当初比他年纪大的,现在有的去世了,健在的,也快接近90岁。这项具备史诗意义的工程并未加鎏金镜框,成为政府投入,而是自筹或由国外基金会资助。有米开饭,米少喝粥,没米找米,断断续续,至今为时25年。其主旨为"捕捉丰富的制陶的技艺,多彩的地域特色,记录一个曾经伴随着千年的农耕文化的陶瓷手艺精神,与在工业化与城镇化的过程中也许是最后的民窑手艺人的生存状态"。

李见深说:"民窑是一望无际的大海,御窑、官窑,只是一片淡水湖。"

他,还是一个站在凌波浪头上,守护着这大海的"老神仙"。

十

李见深的目光,不仅留恋在往日中国陶瓷的江山上,还在当今现实的陶瓷世界里梭巡。

景德镇瓷器在高温1300℃以上烧制出彩,但他不主张全国都逐鹿高温,而根据本地条件,可烧1200℃的中温釉、1000℃的低温釉,以满足解决艺术上的多种需求,降低生活用瓷的成本,易于批量生产。他一直在做这方面的尝试——把所有和陶艺有关的低温、中温完整的技术收集、推广,变成陶艺普及最大的机会。中国陶瓷艺术的体量是巨大的,千万条支流小溪汇集一起,中国将成为世界陶艺的大海。

近二十年里,李见深一直在思索文化和艺术,怎么样与当下的精神生活联系一起,如何转换陶瓷的传统价值,介入当代的生活形态。他锁定了墙面砖。念兹在兹,所有材料里,陶瓷具备的中国元素最为典型,是属于本民族的建筑语言。配以匠心独运的创意设计,在感觉、触觉、视觉上,具有无限的可能性,比起用金属、石材,肯定更具中国味道。而墙面砖,则是城市外观设计颇要紧的元素。疫情折腾不止期间,多少人的心思"躺平",他的心,却如郑和下西洋的舵轮一般旋转,那是大湾区的风在召唤,佛山、南海、潮州……

中国南方,不乏敢挑事担事、更善做事的公司,有抓文化艺术与抓GDP同样硬气的领导,又具良好资源,其陶瓷建材、卫浴产业,若称国内第二,无人敢说第一……

他又在路上了,早就不是二十世纪八十年代国内青年艺术家的标配——束马尾辫的长发。光头铮亮,劳作时常有豆大的汗珠沁出来,让我记起,早年去御窑遗址公园参观，拾到一块古窑砖碎片，上面有经千百次烧炼后吸附的窑汗。身形瘦削，手上的筋结盘突。视天气，普通的汗衫或大褂，戴一顶草帽或便帽。若不是帽子的材质、颜色有些别致，路人视他，当是还在为儿孙辈鞠躬尽瘁的农民工，或是免费混乘公交车的退休老头。

没有人能料到，未来几年，在大湾区若干城市的广场、街头，将会出现艺术公厕——不仅会给人们带来舒适的使用体验，而且充盈艺术感，有可能让人横生妒意：真想抢劫这厕所了——其创意者是他，其组织者是他，参与者里，多是他联系的国外优秀陶艺设计师。

十一

现在，全球几乎所有爱陶瓷做陶艺的人，都会说"三宝"，知道"三宝"。然而，在寻常工作、生活中，哪能看出这是一位中国当代最具影响力的国际陶艺大师呢？

这个小个子永远在路上，永远不知道他的下一个兴奋点、爆发点，在哪里。

唯一可确定的是，他的生命，有一股"虽千万人吾往矣"的精神力量，对多少人漠视或不屑于去碰的边界，他凝然静虑，胸怀真宰，而后出发，一旦抵达，总能破一根文化与艺术的红丝绳，或踩出一方文明与友好的红地毯。

微信公众号"三宝论坛"2022年9月20日

【主编者言】所谓随笔，当随意一点，随和一点，随性一点，尽可能避开套路，尤其要与抒情散文拉开距离。要有深意，却又不要死抠微言大义。这篇文章的放松似乎有点意思。

鱼　群

田　鑫

　　罐头瓶子里，是已被阳光炙烤得快要窒息的鱼。我拎着瓶子穿过死寂的巷子回到院子时，刚好遇到塞在我家厢房的那群人。回来的路上我还在想，今天的村子有点怪，竟然没有人，原来他们都汇聚到我家了。

　　这让我有些惊讶，在此前，这是常态，父亲卸任后，我们家门口已经可以捕鸟了，鸟还没来，人却来了。此刻，厢房门被他们的身体堵死，我看不见内部，也没有进去的意思，就蹲在院子里欣赏我的鱼。

　　我把罐头瓶子拎起来，在阳光下看一眼挤在一起的小鱼，再看一眼挤在屋子里的那些人，第一次把人和鱼联系到了一起。这两者是多么相似，厢房里，声音把屋子上方的空间也都填满了，我听不清他们在说什么，一个声音叠着另一个声音；拥挤的鱼，用气泡填满罐头瓶子没有被水没过的地方，我看不明白它们在干什么，一个气泡贴着另一个气泡。

　　能想象得到，矮小的父亲正夹在人群里，像罐头瓶子里最小的那尾鱼，活跃，又显得慌张。这群人的聚集一定和他有关。彼时，他在村里担任村长，管理着三百多户一千多口人。我确定，村庄里有多少人，涝坝里就一定有多少条鱼，父亲掌管的村庄，鱼和人的数量要对等。

　　在一条鱼看来，整个涝坝都是它的；而在父亲眼里，整个村庄也是他的。

现在，他从管理岗位退下来，如同退潮，所要面对的情况就不一样了。

说到退潮，我见过涝坝在太阳的作用下水汽升腾的样子，叛徒一般的水分子，随阳光而去，丰满的坝面日渐消瘦，终于在某一天，河床外露，涝坝变成水的废墟。大大小小的鱼干躺在大地之上，满地腥臭。

小小的涝坝，退潮的过程是缓慢而又煎熬的，在这方面，它和大海是无法相提并论的。大海在退潮前，毫无征兆，水像是商量好了似的，携带大量泡沫迅速撤退。来不及钻进沙子里的螃蟹，慌张、机械的身体用一点一点进入沙体的方式，掩饰着内心，它表现出来的动作慢条斯理，让它看起来不至于狼狈。

此时的父亲就像大海退潮后的螃蟹，他没有表现出烦躁和不舍，我怀疑他是用从容淡定做掩饰的外壳，就像螃蟹用缓慢掩饰慌张。但是他在管理这个村庄时得罪过的那些人，才不管这些，他们在父亲"退潮"后，很快就找上了门。

露出水面的螃蟹，总要面临被捡拾的风险，父亲也如此，躲不过去。

因为痴迷于观察罐头瓶子里的鱼，以至于当天是怎么结束的，其间又发生了什么，有哪些耐人寻味的细节等，这些问题都被我忽略了。其实，对于父亲的理解，还有很多空白尚存，比如父亲担任村长时是怎样的，退潮后的十年间，又经历了哪些失落，我都无法说清楚。因为我这尾在村庄里生活了十八年的鱼，在父亲游走在乡下的日子里，顺着考试这条路，游到了城市里，混进了城市的鱼群里。

父亲的前半生，和我抓到的那些鱼的前半生一样，并不被我所了解，但是这些鱼后来的命运，都被我改写了，父亲也是。我在城市里落了脚，有了自己的孩子，就把父亲这尾在乡下生活了五十多年的鱼，硬生生拽进城市的河流。

去接他那天，父亲明显有些烦躁，不断整理着那几件在乡下穿的衣服，我说该走了，他让我等等。我站在高处一直看着他，这才明白，他是去向涝坝告别的。涝坝是他最初的起点，是他熟悉、亲近并且不断回去的地方。

在那隐秘的涝坝底部的鱼群，肯定不知道有一个人站在涝坝边，心里默默地说着什么，它们照旧游来游去，不知疲惫。就跟我留在乡下的亲人们一样，它们遵循着乡下的惯例,而站在涝坝边上的父亲,从这一刻起,已经代表另外一种身份:离岸的鱼。

进城后的日子,父亲适应了很长时间,毕竟一条鱼被投放进陌生的水域。我们小心翼翼地配合着他,其实也是自适应的过程。好在,一切都如意。

日常,我们很少吃鱼,曾琢磨过其中的原因,猜想和小时候乡下没鱼可吃有关。妻怀二胎那段时间,我照着网上的菜单,学着给她做鲫鱼炖豆腐。

一次,女儿站在厨房看我杀鱼。她惊讶地看着我将一条活蹦乱跳的鲫鱼裁成一段一段,有一段仍在动。女儿说,爸爸,你看鱼都疼得跳起来了。

我继续解剖一条鲫鱼,女儿围观,狭小的厨房里,一场关于死亡的交谈,在锋利的菜刀之下推进着:爸爸,这条鱼死了以后会记仇的。爸爸,人的肚子是鱼的墓地。爸爸,你杀了鱼,它的孩子会来报仇吗?

在一条鱼的启发下,女儿近乎成了一个富有哲思的诗人,我却只能用"鱼的记忆只有七秒""人是食物链最顶端的动物"等蹩脚的答案回应她。面对我的回应,她不知所以,一脸嫌弃地转身去看动画片,留我一个人面对着一条鱼发呆。

鱼沉默不语。在一条鱼身上,想闹清楚生命与死亡的边界到底在哪里,何其容易。我看了一眼窗外的蓝天,入秋之后,天一直蓝得让人心慌。此刻,乡下的天空是不是也是这么蓝呢?乡下的涝坝一定知道答案,它装着整个天空呢。正因为如此,涝坝在这个时候也应该蓝得让人心慌。

更多时候,涝坝是空得让人心慌,若不是有留守的鱼群在它的内部游动,你会怀疑它已经死了很久。是鱼群让村庄暗自生长,并一直保有活着的力量。

原载《黄河文学》2022 年第 2/3 期

【主编者言】以作品的情感线索去映照作家的人生,这或许是一种解读方法。本文作者承认,小说不等于现实,但认为作为孤旅者的张洁,在作品里留下了很多"密码"。

孤旅者张洁:爱比死更冷

黄 卫 宋春丹

如果用现代心理学的语言,张洁或许可以说是一个终其一生在亲密关系上都存在难以克服的障碍的人。对此,没有谁比她的自我解剖更严厉和无情。

"不论从哪方面讲,吴为都是坠入滚滚红尘的大俗一个,能指望大俗们拒绝哪怕芝麻大的诱惑吗?更不要说其他的诱惑,比如说爱情。"在她的茅盾文学奖获奖作品、灵魂自传《无字》中,她这样写道。

纵观张洁的小说,从《爱,是不能忘记的》,经过《沉重的翅膀》,到《无字》,就像一个完整的爱情故事的不同章节,从刻骨铭心,到默然无语。

张洁曾写道,自己一生的几个大愿望,可以说没有一个落空,只剩下最后一个愿望:期待一个完美的死亡。她理想的是,死在一个没有人知道她是谁的地方,比如异国他乡,比如在风的呼啸中,比如在背包徒步行走的旅途。

2022年1月21日,85岁的张洁在美国静静离世。

爱,是不能忘记的

回头去看,张洁发表于1979年的成名作《爱,是不能忘记的》就像一封含蓄而热烈的情书。

单身母亲钟雨默默爱着机关里一位年长的领导干部。这位老干部曾在上海做地下工作，出于道义和责任娶了为掩护他而牺牲的老工人之女。钟雨为了透过他坐的小轿车的后窗看一眼他的后脑勺，常常煞费苦心地计算他上下班经过的时间；他为了看她一眼，天天从车窗里盯着路旁流水一样的骑车人，但两人连手也没有碰过。"文革"中老干部被整死，钟雨独自守着这份感情直至生命最后一刻。老干部送她的27本一套的契诃夫小说选集生前与她须臾不离，死后随她一道火化。

钟雨的女儿在看了母亲留下的日记后感叹：那简直不是爱，而是一种疾痛，或是比死亡更强大的一种力量。

小说不等于现实，但张洁却在里面留下了很多"密码"：老干部是因反对一位权倾一时的"理论权威"而受到迫害的；他骨头很硬，说就是到了马克思那里这个官司也非打不可；他常年害气管炎，走路快了就微微喘息。

张洁后来坦承，自己那时没有取笔名是包含了一番痴情的。因为当时她正热恋着一个人，希望这个名字在报刊上的不断出现会给他"一些刺激"，要是换了名字还有什么意思呢。

女作家张辛欣发表处女作与张洁只隔半年，很早就与她相识。张辛欣记得，她们俩曾一起在长安街上朝西漫步，张洁边走边给她背诵刚刚写好的《爱，是不能忘记的》。黄昏将临，落日温柔地在树影和楼群中时隐时现，她觉得一切仿佛刚刚好。

她觉得张洁的文字里，每一个普通的场景都是一个漫长而完整的等待。她见过张洁那套老版本的《契诃夫选集》，一本本薄薄的小册子，"给她长久的、单薄的梦作着一个巨大的后盾"。

但有一次，她感到自己被张洁伤害了，因为张洁跟别人说，她之所以对张洁好，是想用她的真实故事来写小说。她想来想去，决定去找张洁当面说清楚。张洁不在，她对着张洁的母亲把心窝子掏了一遍。后来还是她自己想通了，明白张洁由于从小到大的经历和现在所投入的巨大漩涡，可能有"不信任一切的瞬间"。

故事的男主人公，待到尘埃落定后张洁自己对着世界大声宣布了："我的先生是我的骄傲，我的爱。他就是大名鼎鼎的前一机部常务副部长孙友余。"

张洁是 1966 年底在一机部全体职工参加的批斗大会上第一次见到孙友余的。她 1960 年从中国人民大学计划统计系毕业后分到一机部，这才第一次根据台上之人脖子上挂的牌子将部领导对上号。因反对康生被打成"三反分子"的副部长孙友余穿了一件破棉袄，嘴上挂着一个与那天的天气一样冷的笑，造反派要他老实点儿，他依然很冷地笑着。从此，这个"硬汉子"形象刻在了张洁的心中。

和《爱，是不能忘记的》中的老干部略有不同，孙友余不是上海地下党员，而是周恩来领导下的重庆地下党。他的妻子不是牺牲的老工人之女，而是他的地下党同事。那时他的工作需要一个"烫头发涂口红"的女士打掩护，就这样促成了这桩婚姻。

张洁说，自己后悔去参加了那个批斗会，因为这是她的后半生落入"无尽的劫难"之始。但她在拿到自己出版的第一本书时也感慨："我的痛苦，其实就是我的财富。"

沉重而飞扬的翅膀

张洁曾说，自己是一个感情重于理智的人，写《沉重的翅膀》并非因为对体制改革等有多少研究，而是"爱屋及乌奋力而为"之举。

这部小说动笔于 1980 年，四个月写就，共 26 万字，1981 年 7 月起分两期在《十月》上连载，是新时期第一部正面反映工业改革的力作。

小说一推出就成为一个引人注目的事件。这是因为，小说离现实非常近，写的是1978年末至1980年初发生在"重工业部"的故事，而且涉及相当高的层级，用很大的篇幅和尖锐的笔触呈现了部长和三位副部长的形象以及他们之间的矛盾冲突。

其中，副部长郑子云是小说着力塑造的改革家形象。部长田守诚则被描写成一位"风派人物"，凡事都要"等一等看一看"。"就像北京冬天刮的风，一上来就是七八级，飞沙走石的。它不能老这么刮吧，刮上一两天，就会转成五六级、三四级，最后变成一二级。"

不难理解，小说刊登后立即引来"对号入座"，引发轩然大波。

时任人民文学出版社总编辑的韦君宜很欣赏这部小说。她认为，里面写的每个人物都是人，尤其是把高级干部写活了，而过去一写到高级干部就会脸谱化。小说在《十月》连载后，她立即紧锣密鼓安排单行本的发行。排版完成后，一位上级领导却打来电话，认为小说有严重错误，要求停止印刷。

韦君宜告诉张洁，她准备挽救局面。张洁说，某部已向上级告了她的状，但自己一个字都不会检讨。韦君宜劝她修改书稿，以便中央在必要时好出来说话，"不要使他们一点回旋的余地也没有"。

经过上百处修改，《沉重的翅膀》于1981年12月由人民文学出版社出版。

1982年6月，《文学评论》杂志编辑部召开了关于张洁创作的座谈会。在会上，盛英发言称，张洁受西方写"失望者的希望"思潮的影响，《沉重的翅膀》想飞却飞不起来。蔡葵说，张洁的作品细腻，在知识分子圈中比较受欢迎，但她的作品有时不够含蓄，匆匆忙忙回答问题。《沉重的翅膀》议论很多，有些议论是把结论直杠杠地塞给读者。她的作品离生活似乎太近，这跟"体验生活"是不同的问题，应该注意典型化。类似的讨论会和批评意见很多。

张洁又按要求对小说进行了修改，几乎改写了全书的三分之一，删掉了"早已过去了，那歇斯底里大发作的时期，然而，那种病毒却在一定程度上已渗透骨髓"等比较激烈的用语。1984年7月，《沉重的翅膀》修订本出版，次年获得了第二届茅盾文学奖。

北京作协原副主席李青告诉《中国新闻周刊》,她 1980 年在北京市作协的生活会上与张洁相识,那时 43 岁的张洁面色憔悴,穿一身棉袄,戴着在家搬蜂窝煤用的套袖。《沉重的翅膀》出版后,她的整个面貌和气质发生了明显变化,开始穿旗袍、化淡妆,变得更自信,有一种内在的自尊自傲。

不仅如此,《沉重的翅膀》还使张洁走上了国际文坛。

1985 年,这部小说的德文版由联邦德国汉瑟出版社翻译出版,并且一夜间跃居畅销书榜首,满街都是张洁小说的海报。

当年 8 月,张洁在汉堡接受了德国《明镜周刊》的采访。她回忆,房间里有三位 60 开外的男士等着她,全是一副大记者的派头。主编麦耶尔和记者莱因哈特不歇气地交叉提问,似乎生怕留给她半点喘息时间,摄影记者丹赫盖尔的镜头不停地咔嚓着,录音机上的大磁盘带缓缓转悠着。她觉得,他们就像几条老狼,随时准备把她吃掉。"不过我也是一条老狗了,无数次被他人咬过,为了自卫也咬过别人。"

德文版是根据初版翻译的,对方问卷首语"蛟龙失水被蛇欺"(人民文学出版社修订本改为"谨将此书献给为着中华民族的振兴而忘我工作的人")是何寓意,她说是针对郑子云副部长而言,他是改革者,但脚底下根基不稳,不过那是四年前的事了。对方问,现在改革者们的处境好多了吧?她说,死抱住陈规陋习不放的人还会有,但中国人民要与穷日子决裂、要前进不息的决心是阻挡不了的。

《沉重的翅膀》还出版了英国版、美国版、法文版等十多个版本,张洁周游欧美,接受过不下 200 次外媒采访。作为西方眼里"中国第一部政治小说"和最重要的改革文学之一,《沉重的翅膀》在西方受到很高的评价。

德国的书评写道:"正统派"和改革派这两大阵营互相牵制,它们的搏斗不像拳击手那样明显、看得见,而类似摔跤运动员扭作一团。奥地利电台的介绍说道:张洁把中国人气质中那种一脉相承的成分描写得很深刻,这就是一种等级观念。瑞士《每日导报》的萨卡尔写道:这部小说毫不忌讳、直截了当地揭示了尚未解决的经济领域中的问题，抨击了中国一些生了锈的社会结构。就思想性和形式而言，它跟十八九世纪的欧洲文学有些相似，因此读时我的脑中闪过"诗意的现实主义"这个词。张洁写作的独特之处在于她能把中国特有情形的细节描写与她对人类生存状况的根本观察融为一体。

1986年，巴金和张洁成为诺贝尔文学奖的候选人，外媒迅速做了报道，但张洁没有向国内透露此事。她说，有什么好说的，炫耀新娘不是你吗？

1989年10月，她在意大利接受了马拉帕蒂国际文学奖，这个奖一年授予一位作家，索尔·贝娄、勒卡雷等都是其得主。1992年，她当选美国文学艺术院荣誉院士，获此荣誉的中国作家只有她和巴金。

无　字

《沉重的翅膀》的结尾最初是带着悲观色彩的，后来被改掉了，现实生活中孙友余则离开了副部长岗位。在张洁看来，主要原因是"力主改革中箭下马"。与此同时，经过五年的漫长诉讼和满城风雨，孙友余与发妻离婚，与比自己小22岁的张洁结婚。张洁感慨，自己当初为了嫁给先生真是"上刀山、下火海、波澜壮阔、九死一生"。

但这段婚姻很快就面临了各种考验。

先生风流倜傥，虽然是老气管炎了，却寒冬腊月衣领大敞，每年总是闹到进医院，张洁被磨得歇斯底里发作。先生每年认真替她填写世界名人录，将各国评论文章装订成书本一样齐整的册子，却经常嘲笑她读过的名著少，净写些鸡零狗碎。先生的亲朋圈，对她也多有排斥。

离婚案期间，L先生和太太串联了11位老战友联名致信法院表示反对，被孙友余戏称为"十三太保"。在其他"太保"们先后与孙家重归于好后，1994年4月的一天，L夫妇终于大驾光临前来晚餐。

一大早张洁就带着保姆去当时北京最好的超市——国贸大厦的惠康超市采购。偏偏先生圈定的"奶油蘑菇汤"所需调料酸奶油连着跑了四个商场都买不到，张洁急得满头大汗，"浑身轻颤"，但没奈何只能用甜奶油将就。

晚餐客人除了L夫妇，还有Z夫妇，两对从未见过面的夫妇一见如故。除了张洁，五人都生长于显赫家庭，从小受过良好的西式教育，个个英语流利，在饭桌上谈笑风生，她几乎听不懂他们的谈话。L太太眼睛从不看她，道别时也回避与她握手。她觉得，自己始终是一个局外人。

张洁婚后，母亲不愿意跟他们同住，张洁每天像上班一样两边跑。这是一种左右牵扯的日子，这边先生怪她没有好好照顾家，那边她又为没有用心陪伴母亲而抱愧。

在张洁的生活中，父爱一直是缺位的。她记忆中的父亲是一个遗弃妻女的不负责任的男人，甚至是一个家暴男。"或因他的心情不好，或因为没钱买米，或因为前方战事吃紧，或因为他在哪里受了窝囊气……好像一揍我，他的心情就可以变好，就有钱买米，前方就可以打胜仗，他便不再受人欺凌。"而母亲则是"有一口粥她就给了我，有两口粥还是我的，除非有三口粥，才有一口是她的"。多年来，母亲、张洁以及张洁和前夫所生的女儿，三代女人相依为命，现在女儿长大出国，张洁再婚，母亲形只影单。

更大的不幸降临这个家。母亲长了脑垂体瘤，同时还有严重的脑萎缩。那时老年痴呆症还不为人所熟悉，张洁只是觉得，母亲的脑子里好像什么都装不进去了，经常陷入昏睡，腰也塌了肩也歪斜了，衣着不整，再也不是以前利索精神的样子。她走路磕磕绊绊，两只脚掌蹭着地面，张洁一见她这个样子就心里发紧，觉得她是在懈怠自己，就带着责备的口气要她"好好走"。

母亲做了脑垂体瘤切除手术后，张洁误以为她已治愈了。母亲站不起来，反而从椅子出溜到地上，张洁心中害怕，想要激励她自己站起来，狠下心就是不去搀她。母亲使不上劲，累得浑身发抖，她觉得母亲那样子就像一匹跌倒在地、驾不动辕的老马。

出院七天后，1991年10月28日，母亲在夜里突发心梗去世。不久，张洁见到一匹老马滑倒在结冰的路上，无论怎么挣扎也爬不起来，她站在大街上不能自已地放声痛哭。

这些血泪般的文字写成的长篇散文《世界上最疼我的那个人去了》于1993年10月出版。张洁后来说，这是一气呵成的，她一直没有勇气回头再看一眼，不论心理或精神能力都承受不了再读一次的情感打击。

她的婚姻也再次走向了尽头。

张洁1989年在美国康涅狄格州的卫斯理大学访学时开始写长篇小说《无字》，写得并不顺利，母亲去世和家庭变故后，她精神抑郁，1994年才重头再来，1998年后真正进入状态。2002年，《无字》由北京十月出版社出版。

女主人公吴为是一位离异作家，带着女儿禅月和母亲一起生活，遇到大她20多岁、出身地下党的老干部胡秉宸后被其革命经历与才华吸引，与他有了婚外感情，在经历令人身心交瘁的风风雨雨和离婚诉讼后，两人结婚，婚后矛盾重重。当初胡秉宸怎么用手段迫前妻离婚的，现在就怎么迫吴为离婚，与前妻复婚。

小说的扉页写道："献给我的母亲张珊枝。"这部作品使得张洁成为国内唯一一位两度获得茅盾文学奖的作家。

在责编隋丽君的眼里，张洁绝不输于萧红或张爱玲诸君。她回忆，几次谈稿时，谈到人物命运，张洁竟痛哭失声。

张洁对作家王绯谈到，自己不能把人生的许多欠债一一偿还，也无法为自己犯下的许多错误甚至罪过一一去求恕或道歉，唯一可以做的便是蘸着心血写一部卢梭式的忏悔录。

作家李青认为，《无字》可以看作张洁最深刻的灵魂自传。这是一部重要的反思性作品，但可能是个人好恶等原因，目前研究者比较少，需要慢慢被发现。

与张洁相交多年、对她深为了解的王蒙为该书写了一篇书评《极限写作与无边的现实主义》)。他写道,这是一部豁出去了的书,是一部坦白得不能再坦白、真诚得不能再真诚、大胆得不能再大胆的书,是如同极限运动般的极限写作。

他也提出了自己的质疑:写作者其实是话语特权一族,对待话语权是否也应像对待一切权利一样谨慎运用?一部小说和一部揭发材料之间的区别应该怎么样界定?爱情的乌托邦破灭了,是否也该有记忆的诗篇存留下来?能不能对某些价值再手下留情些?

但他承认,小说确实是写出了一种大时代的小女人的内心,对于文学画廊是一个新贡献新丰富。他说,即使你再挑上一车两车毛病,你无法否认这部书的不凡与独特。它像火一样的灼烫,像冰一样的冷麻,像刀一样的尖刻,像蛇一样的纠缠。它孤注一掷,落地有声。它是一部用生命书写的,通体透明、惊世骇俗、傻气四溢的书。哪怕捉襟见肘乃至破绽百出,也比许多游刃有余无懈可击的书更能掀动读者灵魂里的风浪。

另一种无字

张洁说,完成《无字》后,她觉得已经完成了"责任"方面的任务,可以进入自己的精神世界了。

她自嘲,在年轻人心里自己大概跟巴金、冰心一样古老了,就像一条又笨又大的鱼给扔到了岸上,只能瞎扑腾,唯一的愿望就是能回到水里去。

2006年,在医生的建议下,她开始画油画,无师自通。

她的家里满是画布和颜料,房间墙上全是她的画作。她画风景、静物、动物、人物肖像,无一例外都没有标题,只有"Zhang Jie"签名和时间。她的画常常有种荒败甚至压抑之感,比如孤独一朵开败了的花。铁凝说,自己在画布中重新认识了张洁,她如孤侠行走天下。

李敬泽认为，这是《无字》之后的又一种"无字"。他觉得很难想象一个提着毛笔画几根竹子涂几笔山水的张洁，画油画的张洁才是张洁。国画难免要写字，要题跋，张洁却唯求无字，"油画至少让她不用跟这个世界再费口舌解释或者争辩"。

2012年4月，人民文学出版社出版了11卷《张洁文集》。张洁没有将《爱，是不能忘记的》收入其中，认为那是"误人之作"。那些描写婚恋生活的散文，一篇也没有收入。

晚年她在被问到喜欢北京的家还是美国的家时说："我喜欢流浪。"2013年，她出版了最后一部作品《流浪的老狗》。

她曾为作家祝勇的小说写过序，序中说，有人生来就是为了行走，我把这些人称为行者。行者与这个世界似乎格格不入，平白的好日子也会觉得心无宁日。只有在行走中，他的心才会安静下来。不过他是有收获的，这收获就是一脚踏进了许多人看不见的色彩。

经在美国结婚定居的女儿一家催促，她决定移民美国。她开始断舍离，卖掉北京的房子，送掉所有的东西，甚至分批销毁了信件、日记、照片及一些手稿。

张洁坚持要送自己的作家朋友徐小斌一双意大利大牌高跟鞋，因为鞋码不合适，徐小斌婉拒了，但她一定要送。徐小斌觉得她很有气质和风采，只是她认为自己老了，不太喜欢和年轻人接触。不过她会在邮件里给徐小斌打气："理直气壮地做人，只要闷头写好自己的书。"

2014年10月，张洁个人油画展在中国现代文学馆举行。在展览上，她公开了遗嘱：不发讣告，不举行遗体告别，不开追悼会。她还拜托朋友们不要写纪念她的文章，只要心里记得曾经有她这么一个朋友就够了。最后她说："张洁就此道别了。"

这也是中国现代文学馆原副馆长周明最后一次见到她。周明说，张洁过去爱憎分明，对喜欢的人就来往密切，对不喜欢的人一概远离。而在画展上看到她，明显感觉到她变得更爽朗，像是放下了一切，心无挂碍。

她的小公寓在纽约哥伦比亚大学校区，很安静。王安忆对记者回忆，2016年她在美国纽约大学驻校，住的地方靠近哥大，总幻想会不会碰到张洁，可惜一直没有碰到。李陀的住处与张洁就隔了一条马路，也没有碰到。

张洁晚年，《北京文学》杂志原副主编兴安经常帮她打理一些事务。他曾问张洁希望自己的作品对别人有怎样的影响，张洁说，现在已是"小时代"了，他们这些人的书不能影响谁了，但她相信还有不多的几个读者能懂她，这就够了。

她曾在一篇散文中写到契诃夫死时那个著名的场景，庆幸他在大时代的风暴到来之前、在品位和优雅永远消失之前就离开了这个世界。直到最后一刻，他还能握着一杯香槟，对死亡说："我很久没喝过香槟了。"然后从容喝完，躺下，对着"未来"，永远地、安静地转过身去。

原载《中国新闻周刊》2022 年 3 月 14 日总 1035 期

【主编者言】我们的一切，长相、性格、气质，甚至人设和成就，都毋庸置疑地与母亲有关，都可以从母亲那里找到根源。人生的长度与宽度、厚度，都留下了母亲有意或无意中设置的密码。

母亲节，尤其想念妈妈的日子

李　萍

小时候不知道有母亲节，知道有母亲节且它日益成为我们共同节日的时候，母亲已离开我们了，但我时常会想起妈妈的模样和在她身边的日子……

我的妈妈是一个很普通又很伟大的女性。在我还没上小学的年纪，爸爸因医疗事故去世了，这对妈妈来说是晴天霹雳式突如其来的打击，把我妈妈的心震得粉碎！爸爸那时在一所农业专科学校工作，18级干部的工资养活我们全家人，虽经济时常拮据，但妈妈善于持家，相夫教子，家庭和睦，乐也融融，当外出读书的哥哥姐姐放寒暑假回家时，是爸爸妈妈最开心的时刻，大家不仅能吃上妈妈圈养了一年的肥鸡，还会聚在一起开家庭晚会，吹拉弹跳，各显神通，邻居们都好不羡慕。

可这一切在爸爸突然离世后完全改变了，我非常清晰地记得那天送别我爸的场景：送别的师生队伍好长好长望不到头，我妈带着我们几个孩子走在队伍的最前面，妈妈哭得死去活来，无以自制。我已不记得妈妈是过了多久才活过来的，我只隐约记得学校派了好几位老师在家里轮流守候抚慰母亲。从那天起大概在几年内，每个星期妈妈都会带着我和妹妹到爸爸的墓前哭诉，回来好久都无法平静。每到夜幕降临我就有一种莫名的恐惧，害怕黑暗。所以我小时候喜欢亮着灯睡，或赶在大人们在讲话、家里正热闹的时候就入睡，觉得有安全感。

妈妈刚刚从极度悲痛中醒过来,"文革"开始了,我和妹妹每人每个月18块钱的抚恤金中断了。没办法,妈妈只好白天在农校做临时工,并在好心人的帮助下,领些活回家干,如帮人洗衣熨衣、织毛衣等,就这样没日没夜地操劳,含辛茹苦地把我们都拉扯大了。在那个年代,没有读过多少书的母亲,却没有让她的儿女在学业上落下一个,每个孩子都勤奋学习,凭自己的努力得以安身立命。每当听到周围邻居叔叔阿姨夸奖我们的时候,妈妈总会露出无比兴奋和骄傲的神情!我知道在妈妈的心里,孩子着实是她生命价值的全部,是她精神的全部寄托!

妈妈虽不能教我们什么新知,但是我们的人格品行深受妈妈的影响。妈妈最常说的一句话就是:做人要有志气,人穷志不穷;与人相处,要将心比心,人敬你一尺,你要敬人一丈。她对我们品格上的要求有时到了极苛刻的程度,在同龄的孩子中,别人都把我们当作榜样了,妈妈有时还会因我们偶尔的言行闪失大发脾气。受到严厉训斥,小时候我们很不理解。等我当了妈妈时,才越来越深刻地体会到妈妈这份严厉的苦心。

妈妈的性格很敏感、倔强而通达。我记得爸爸去世后,每次我到学校饭堂打饭回来,妈妈总会问我同一句话:"今天见到谁了,有没和你打招呼?"开始我都如实回答:"我碰到张老师了,他还问候您呢。"我看到妈妈的脸上即时流露出欣慰的笑容。"我见到王老师,他没和我打招呼。"妈妈即显难掩的忧伤。慢慢地我似乎理解了许多,学会了"察言观色",开始是想博得妈妈开心,后来我更明白了妈妈情绪变化的原因,是她担心没有父亲的孩子会受到委屈,她就像老母鸡保护小鸡一样,本能地要保护自己的儿女。以后妈妈每次问及我此类的事情,我总会往好里说,有时甚至往好里"编",为了让妈妈不再为我们担心。长大后我们兄弟姐妹都有一个不约而同的默契,给妈妈汇报时,报喜不报忧。我们不想妈妈为我们操心,并学会了帮妈妈分忧解难。也许是因为这种成长的经历,我们家的兄弟姐妹与同年的孩子相比,似乎更懂事早熟,更有同情心和自尊自强，应验了那句"苦难是生命的乳汁"之哲理。

说到妈妈的倔强，在我看来也许有几分湖南人的基因，但更多的是爸爸突然离世带给她的磨难和历练而就。在"文革"动乱时期，也是我们生活最困难的时期，过年了，没钱给我们添新衣服，妈妈总会想着法子弄点花样。姑姑早年去南洋，"文革"前每年都寄些阿华田、衣物回来。妈妈拿一条裤腿剪下来就给我们缝一件小裙子，后来这来源也没了，妈妈总逗我们说，没有新衣服，旧的只要穿得干净整齐也很好看，不必羡慕别人。

我还特别记得一件事。小学一年级我幸运地进入了当地一所部队干部子弟学校。那时我爸工作单位所在地只有三大机关，周围都是农村，如果进不了这所学校，只有到附近村里的小学上学。开始我是走读，而其他的学生都住校。每天来回要走四五里路，上三年级时妈妈怕我不安全，和学校政委要求给我转成了住校生。虽然一到周末，别的孩子父母都开着军用小吉普来接他们回家，我只能步行回家，但我还是很开心，我好像享受了高干子弟的待遇了。有一天我们正在大操场做早操，我妈突然出现在操场边上，手里捧着用手绢包着还有温热的番薯。当老师告诉我时，我的第一反应是很不情愿，觉得妈妈怎么这时候来，被那么多同学看见。妈妈把番薯交给我，看到我快乐地和老师同学相处，就放心地回家了。我长大后渐渐明白了自己那瞬间的"不情愿"就是虚荣心，虽然我从未和妈妈说破此事，但妈妈离开后，我常常会莫名地自责和内疚。妈妈为儿女所做一切的背后就是基于她内心的那份倔强：要让没有爸爸的孩子像其他孩子一样生活得有尊严。

母亲开明通达的个性对一个以相夫教子为己任的家庭妇女而言也是十分显然的。虽然妈妈对我们的品行礼数要求很高，但从不干预孩子的婚恋、工作等选择，我们兄弟姐妹无论是上山下乡还是当兵考学，只要我们是走正道的、追求进步的事她都支持，只要对孩子的前途有利，她从不会拖后腿。当妈妈知道我开始谈恋爱，而对象是一个高干子弟，她只委婉地提醒了我一句："不要看重别人的家庭背景，重要的是他真心爱你。"这种道理今天看来似乎很普通，但对一个从旧社会走过来的妇女而言，确实表达了她内心开明通达的定力。想起在那艰苦的岁月，妈妈一人托起一个家，让家中的每个儿女都获得全部的母爱，儿女们健康快乐地成长，成为对社会有用的人才，就是妈妈您一生价值的诠释。

  在2022年母亲节这个特别的日子，我想以此短文缅怀我亲爱的妈妈，一位极平凡而伟大的母亲。母爱是温淳，母爱是包容，母爱是无私，母爱是与生命相伴的永恒，是深藏儿女心中永远的思念！

2022年母亲节凌晨

原载微信公众号"记忆"2022年5月11日

【主编者言】每一个人离去，要带走很多东西。那些记忆都是私人财产，但我们还是热衷收集，汇拢起来说不定要改写历史。不过那种改写都是鸡毛蒜皮，只留给自家珍惜。

大哥一九四七

毕星星

大哥大我 19 岁，生日又比我早，家里面说起，经常顺口说大 20 岁。家里有一个大过 20 岁的大哥，他就成了连接上一辈和小弟之间的中转，我家上一代的家事，有好多，都是从大哥那里知道的。

大哥年轻时代从军南下，1950 年就定居在成都。那一批南下干部，后来大多都成了当地大大小小的单位领导。他们之间的友谊交道也很深。在成都，当地人经常称他们"山西梆子"，这不是戏曲，那是一个由共同经历组成的亲密的人设圈子。

1949 年从军，到前两年，像他这样的离休干部在世的已经不多。我呢，这几年从山西去找他，来来回回也就是想闹明白一个问题，依照家里的生活，我家也不是一个穷家，那些年，他怎么就能选定自己的道路，参加了革命。我们那里说这个，都叫作跟了八路军。

大哥从军以前，是运城师范的，中学生。

民国时代，运城地区就那么几所中学中专，运城师范前后改过几个名字，晋南中学，太岳中学等，不管怎么叫，在运城它都是首屈一指的好中学，分设初中部高中部。近几十年，山西全省都知道运城的康杰中学高考了不得，它的前身就是晋南中学。

能进这个中学的子弟，大多都是家境较好的，有的就是富甲一方的大财主。我家不算富，七八口人，24亩地，22间房子，土改时确定成分为中农。可我家早早扎下了让子弟上学这个根子，高祖曾祖那两代，他们就决心供祖父进北京上大学，不惜变卖田产。父亲也是极力供养孩子上学，大哥就这样进了当时城里的学堂。那可是十里八乡难得有这么一家。

二十世纪四十年代，运城都已经是新式学校。一个中学生，经历了日寇占领时期的奴化教育，接着又是国共内战。那时，他还没有什么革命理想，谈不上什么信仰。

依大哥说，对八路军最早留下一点印象，是从抗战开始。日本人来了运城以后，山西国共合作抗战，薄一波领导的牺盟会在稷王山组织培训，父亲参加了集训。回村以后，父亲积极宣传抗战，买了红纸，裁成许多小条条，毛笔写了"打倒日本""不当亡国奴"，在村里到处张贴。有上一辈的老人说，嗨，这娃张狂啥里，咱老百姓，谁来了不是纳粮。父亲立刻变了脸，"这一回可是亡国灭种哩！"1941年、1942年，有一支八路军的文工队，路过高头村，他们演街头剧《放下你的鞭子》，教唱《保卫黄河》《在太行山上》。队伍也曾经想把大哥带走，终究因为他还小而作罢。父亲说，你还是上学吧。最终送大哥去运城上了中学。

这一支八路军给大哥留下的印象非常好。大哥说，回想那时，他们队伍整齐，人精神，心气旺。一支仰起脸盘唱着歌儿走向未来的队伍，那歌儿唱得好啊。我就没有听国民党军唱过什么好歌。

1947年冬天，解放军包围了运城，开始攻打这座位于山西南部的中心城市。

运城不算大，在山西，那时最多也就算个中等城市。可是运城攻坚战在国共战史上赫赫有名。查《毛泽东选集》一至四卷，几次强调过。我想应该是运城的攻坚战，出现在解放军战略反攻初期，那时解放军还没有学会攻城，在国共力量对比中还没有形成一边倒的优势。艰难的攻坚，打不下再后撤，积蓄力量再打。解放军前后三围三打，史称"三打运城"。

国共两方，在山西的西南角捉对儿厮杀，城外炮火连天，枪枪见血，师范的中学生，就被包围在了城里。

炸弹枪炮就在耳边轰鸣，飞机从头顶掠过。这一群中学生，当然要想，自己到底该怎么办？

大哥也曾想到逃离。我一家远房亲戚的孩子，也在运师和大哥同班，他提议逃到西安去，西安还没有战事，他叔叔在西安做生意，躲一躲再说。大哥最终还是没有拿定主意跟他走。西安，在胡宗南手里，安全吗？靠得住吗？

羊驮寺飞机场，城北的据点都攻下来了，胡宗南从黄河南岸调兵增援，解放军后撤。这就是一打运城。

战火稍歇。大哥他们溜出了城，回了家。

我们村在峨嵋岭坡底，这一带还住着后撤的解放军。我家里就有一个长官几个兵。院子打扫得干干净净，水缸里挑满了水。听说这家的学生回来了，几个当兵的笑脸迎上来，这家有一个中学生，上师范的！一个像是小排长或连长的也围了过来，知道这是个乡村的秀才，一个一个过来说话，那眼光里满是友好。

大哥心里在想，共产党也不是什么红头发绿眼睛，一个一个挺可亲么。

部队里也有识文断字的，来了一个指导员什么的，听说大哥是师范学生，他拿来了几本解放区的书，《蒋党真相》《四大家族》《人民公敌蒋介石》，陈伯达编写的，还有任弼时的《土地改革》。你是师范学生，能看书，你自己好好看看，看不懂的地方问，我来讲。

大哥的一些中学时代的图书，一直存放在家里，二十世纪五十年代还翻出来过，后来就遗失了。

在家里住了几天，大哥回到了学校，悄悄地给班主任说，我家里住上了解放军，他们怎么怎么样。班主任吓坏了，连忙捂住他的嘴：出去可不敢说！

围城的风声越来越紧。城门城墙都是十分坚固，一时半时攻不破。听说解放军在城外开始挖坑道，通过坑道迫近城墙，城里一下慌了。城防开始组织城里人工"反坑道"，就是守城的先在城外围绕着城墙，挖一圈坑道。这样，一旦攻城坑道挖过来，就会透底透顶，城里立即组织火力阻击。挖坑道是个劳力活，城防组织民工，人手不够，呒喝师范的年轻学生也挖沟去了。长期围城，城里已经开始挨饿。他们这些青年学生呢，出城挖壕的，城门口搁一个大竹筐，装满了白馍馍。上工，可以领一个吃，挖一天土，回城，还能领一个吃，总归能填了肚子。

城外的坑道越挖越近，城里也就越来越风声鹤唳。在城门洞附近，城防都挖了大坑，放进一口大瓮，每当夜深人静，布置人值守，耳朵贴着大瓮听动静，一旦有"咚、咚"的挖洞声，立刻通知戒备。好几次双方挖得碰了头，马上火力全开，大炮轰平，封锁了洞口。城里城外已经是剑拔弩张，绷紧弓弦，时刻准备交火。

运城内的国军，主要是胡宗南的钟松部。过一阵，陕北也是战事吃紧，胡宗南决定调出一部分部队回援。听到这个消息，守城的阎军保安团大惊，他们知道，这些杂牌军根本抵挡不住。运城十五专署于是发动了一个"运城市民挽留国军"的行动。打听到国军出东门，挽留的人群布置在东门聚集，拦路哭求。现场有人主事，举行了杂闹的挽留仪式。主事者站立高处领仪，他先说明了国军留守的重要，然后带领聚集的民众哭求，面对回撤的国军，"一鞠躬"、"二鞠躬"，"三鞠躬"，再喝一声"哀——"于是四周围观的人群都开始放声大哭。这个仪式，活像运城乡下死了家人办丧事，那肯定是学来的。来这里的人，也不全是装模作样，好多小商小贩不了解解放军，想象城破以后的乱打乱杀破门放火抢劫，十分恐惧。人越围越多，哭声哀求声响成一片，最后胡部只有开枪，才闯出东城。

三打运城，一场十分惨烈的拼杀战，双方都杀红了眼。在这一小块肥沃的土地上，流足了血，堆满了尸首。

挖坑道，铺门板，一声呼唤，运城周边的乡村，家家户户拆门板，送到战场的门板有15万块。1947年冬天凛冽的寒风里，运城周边农村，家家户户门框开着黑乎乎的孔洞。

战场需要，拆了房子，大檩条、木椽，在城外杂乱地堆成小山。

各村已经打好的棺材，纷纷抬过来放在前沿阵地。那些选进突击队的小战士，他们前年还是爹娘的宝贝哪，这会儿纷纷抢棺材。抢上了，拿笔写上自己的名字，就算是占下了。那是报定必死的决心，预先看到了自己的死地。

1947年12月27日，运城总攻战打响。

云梯登城失败，尸体填满了城壕。

坑道挖到北门，3000斤炸药炸红了天，北门一节城墙崩塌，攻城部队一拥而入。

1947年12月28日早晨，运城宣布解放。

大哥他们还在课堂上，老师告诉学生，趴下，趴下，趴在课桌上，两手抱住头。

一夜枪炮，天亮了，枪声稀稀落落。大家觉得，战事结束了。

一个解放军指导员样子的军人，走进了教室。招呼大家，同学们，你们是运城师范的学生吧，大家不要慌乱。运城解放了，这下不打仗啦，大家安心。

开始有人群涌上街头，有敲锣打鼓欢迎解放军的。老师对一班同学说，咱们也去欢迎解放军去，排队，一个跟一个。我走前面，喊口号，你们跟着我喊——

老师喊：欢迎"共匪"！

同学们跟着一起喊：欢迎"共匪"！

这哪儿不对劲呢？每一次大哥讲到这里，我们都会一阵爆笑，接着神色凝重起来。多么可笑的欢迎队伍。大哥感叹地说，长期在国统区形成的习惯，不是一朝一夕能改变的。解放，不是那么容易的事情。不是每一个人，都明确地向往新世界。不是每一个人，都明明白白拥护解放军。1947年的中国，两种力量两种命运的决战还在较量，国共大决战胜负未见分晓，犹疑旁观，裹足不前的人很多。就说走向新时代的人们，依然因袭着许多旧习惯、旧脑筋。它这样揪着活人的心口，使人反过来思忖自己，步子也不是那么轻盈的。

大时代的列车不由分说,轰隆隆地驶过来,形势逼人,每一个青年,都必须尽快地回答一个时代之问。高头村的教书先生见了大哥,也意味深长地逼问:起孩呀——大哥小名起孩——说说你的打算

事蒋乎?事毛乎?

目睹了蒋阎统治区的腐败和解放军队伍的可亲可近,学习了新民主主义的理论,见证了解放军的英勇无畏,从运城百姓的毁家支前看到了民心,这个运城师范的小青年,心里的走向日渐明确。

1948年解放以后,土地改革立即在新区推行。这个运城师范的小青年,在村里积极投身土改,他开大会,呼口号,从村门到关帝庙会场一路拉满了自己写的标语,画上了讽刺地富剥削漫画,他还和一个同学登台表说自己编写的快板——

阎锡山,不是尿,

山西叫他闹了个穷——

父亲那时非常担心,一方面,他看到了解放军英勇作战不怕死,另一方面,又看到了蒋阎军装备好炮火猛,解放军能打得过人家吗?谁能看得透。

这个中学生已经不再犹豫,他心里有了主见。他已经做好了选择。经历了1947和1948年的洗礼嬗变,他的心思一片澄明。

新生的红色政权很喜欢这一批师范学生,毕竟在当年,能够上到高中的年轻人还不多。运城解放以后,解放军给举行短期集训,动员他们参军。部队需要这样年轻的文化人。

1949年1月,大哥参加中国人民解放军。

1949年8月,新兵到临汾集结,大哥进入新成立的西北军政大学教育科,当干事。

西北军政大学教育科干事,这是大哥参加革命工作后的第一个职位。

我曾经问过大哥,你的同学中间,参军走的有多少?有不愿意去的吗?

大哥沉思了一会,说,参加解放军的三分之一,投奔国民党的三分之一,

离校回村的三分之一。

革命大获全胜的前夜,有人投身,有人落伍,有人投奔了敌方。竟然这样势均力敌。多么严峻的选择。

大哥对于人生这个重大选择,谈起来一向是兴致勃勃。正是这一选择,开出了他人生的鲜花朵朵,成就了一段一段五彩年华。

我还认识大哥几个同学,其中一位,1946年就投了洛阳的国民党青年军。刚一参军,就成了校官。洛阳和运城很近,同学几次穿上黄呢子军大衣,来学校衣锦还乡,全校同学眼热得很。解放后,这一段历史问题重压在身,1957年被划成右派,艰难挣扎几十年。他就是现在成都有名的画家"邵牡丹"。

大哥在老家邻村还有两个同学,运城解放以后他们回村躲了起来。就这样成了农民,后来勉强做了小学教师,早年负才使气终于泯为众人。

多年以前大哥回乡探亲,这两个同学赶来聚会。有个叫陈铭三的悄悄地对我说,你知道我为啥起这样一个名字?

铭三,就是铭记三民主义呀!多年了,我从来不敢给人说。

青年时代的政治取向,无疑要影响一生的生活道路。

大哥他们的西北军政大学,归属贺龙所部的西北野战军。1949年奉命进军大西南,大哥成为那一批南下干部的一员。当年12月,大军解放成都。大哥在军管会,奉命接收各艺术院校,组建四川音乐学院、四川美术学院。

在成都街头,大哥插旗,招募音乐学院的工作人员,有一个华美女中的女生来报名应征。大哥教育她,要认真学习"莱延安文艺措谈会上的讲话(在延安文艺座谈会上的讲话)","要图抄夫理的小雪(读赵树理的小说)"。这个土八路、北方佬,那时还不会说普通话,一口运城的土话。

这个中学女生,后来成为我的嫂嫂。

挟胜利之师的威风,这个小青年志得意满,心雄万夫,阳光穿破云层,他俨然就是锦绣山河的主人。那一年,大哥20岁。

2021年刚开春，侄儿告诉我他爸住了院。

大哥已经九十二岁高龄，这个年纪入院呢，叫人担心凶多吉少。

我连忙赶到成都。大哥九十多岁，依然眼不花耳不聋，耳聪目明，反应机敏。他还是喜欢和我对谈，翻检四十年代的岁月往事。

痛心的是，这一场对话，我们没有能够说完。大哥的双腿水肿，一看就是比较麻烦的病。侄儿悄悄对我说，他爸是癌。

我回山西不久，就得到大哥去世的消息。

关于二十世纪四十年代末，我们的国事家事，运城那一场战事，大哥仿佛说着说着，戛然而止。许多历史的线索由此中断，许多混乱的线头，许多朦胧的面目，一些来龙去脉，一些转折的秘密、往事，我还在吃力地追寻，大哥却是决绝地带走了。

每一个人的离去，都要带走很多东西，包括历史的记忆。这是一笔财富，一库宝藏。我追到千里之外，挖呀淘呀，还是没有赶在太阳落山之前完工。哐当一声落日西沉，只留下无奈的痛惜和哀戚。

在成都的时候，我是想和他多谈，再多谈。那情形，想起来有点残酷，像是面对一个弥留的亲人，在生命的最后一刻，我拉住他的手，焦急地问他要存折。

这些年来，我们兄弟天各一方，很少对坐畅谈。大哥去世以后，我开始搜捡关于三打运城的历史资料，也是想理清一个家庭的前身和接续，极力拼接一个完整丰满的青年大哥。七十年的远距离观察，足以让一个家族的历史脉络蜿蜒浮现，一个人生的上游得以显影。1947到1948年，历史提供了两年时间让大哥走向成熟。我们这个家，走出了一个年轻的革命者。

大哥去了，小弟会记住这两年，记住你年轻的18岁。

原载《散文》2022年第9期

) 情怀

【主编者言】望着水望着天,或者望着群山起伏,望着无际草原,似乎面对辽阔独处,思绪才能够驰骋。可惜我们总被身边的纷纭遮蔽双眼。"心远地自偏"自是另一种境界。

泳池边的遐思

瓜 田

我躺在一把沙滩椅上,琢磨着"拥"和"享"两个概念有什么不同。

这把沙滩椅,坐落在热带雨林中的一个游泳池边上。

游泳池,呈一个猪腰子形。猪腰子不好听,还是像一个腰果吧。整个小区,就像一个热带花园,游泳池就得向自然靠拢,弄得横平竖直,就把环境的自然味道全毁了。

你到游泳池,就该赶紧游,游完了,就走人。怎么还躺下了?还、还琢磨起"词条"来了?问得好。我正想跟你分享点想法呢。

照在北京的习惯,我进了天通苑的游泳池,一头扎进去,以蛙泳为主,兼搞一阵子自由泳和蝶泳,一口气划拉上一千米或者八百米,完成任务,然后爬出来冲洗一番,走人。加上走路,前后费时80分钟。年轻的时候,钱紧,时间不大值钱。当年临时买票,大的游泳馆,票价高达80元一次。如果你只游100米,平均往前拱一下,就是八毛钱。你想,一边游,一边数钱:八毛——一块六——两块四……揪心不揪心?为了降低成本,提高效益,你轻易不能出来。

进入老态,时间和钱都不大考虑了,就想改改节奏,搞点"慢生活",仔细品味品味生活的"质感"。我不是不知道慢的好处。我曾经拿嚼花生米做比喻,提醒人们对生活要仔细咀嚼呀,就像把花生米彻底嚼成糊状,把味道嚼出来,把营养吃进去。回想起来,实在惭愧,在许多情况下,我自己何尝不是囫囵吞枣呢!我曾经从包子铺走出来,让对面来的人给问住了:"你吃的包子,是什么馅儿的?"我愣住了,真没留意,包子是什么馅儿。

慢节奏和快节奏,差别是显而易见的。心态变慢了,从容了,感觉就细腻了,对环境的新发现,也就越来越多。游累了,上岸躺一会儿,就觉得头上的蓝天白云,美得不行,就笑话自己以前催命似的赶时间,活得很没有味道。你静静地仰卧着,就发现周围的楼,比你站着的时候高多了,天也蓝多了。白云顽皮地在楼顶上晃来晃去,也显得格外地亲近。空气是香的,甜的。这个甜,绝不是"某某山泉有点甜"那种甜,是真甜。香味也是真的,你用眼睛四周随便一撒目,就能找到几棵正在开花的树,这香气,实打实的,其来有自。这树,你叫不出名字,但它一点也不计较,还是不知疲倦地散布香气。百香果,原来只会吃,不知道结在哪里。这回就知道了,头顶上有百香果攀爬的木廊,棕色的、绿色的百香果,满眼都是。热带雨林没有半点儿污染,一块雨云飘过来,逗你玩,撩下来几把雨水,你吧嗒吧嗒嘴,砸在嘴唇上的雨水,也是甜的。这种仙境,你不好好享受,着急忙慌地回家作甚?

这就是我躺在沙滩椅上琢磨"拥"和"享"的由头。这个美丽的雨林小区,我只拥有一个小小的蜗居。但这并不妨碍我充分享受这里的阳光、空气和绿树葱茏的环境。比起我的"拥有",我可以"享受"的,简直太奢侈了,不成比例。远处有人在说笑,只闻人声不见人。大家都融化在浓浓的绿海里,为什么非要看见呢?游泳池的边缘,没有一处是直的,一路都是拐来拐去地游,无法计算游过的米数。既然是健身加娱乐,计算米数干吗?享受需要一个心境。同是清风明月,王维和苏轼在朝堂春风得意的时候,就视而不见;等被人家赶出了朝廷,处处受冷落,清风明月就成了朋友,就变成了笔下的名篇佳构。

我们大多数人,都过于看重"拥有",而忽视了"享受"。不要说大自然恩赐的好东西我们视若无睹,就是自己声称"拥有"了的东西,你又享受了多少?一些阔人和贵人,在世界各处都购有豪宅,但细问一下,真正有享用的好心情,并在其中美美地住上几天的情况，又有几次？他忙什么呢？忙着买下一个呀。有的人，名贵手表一大堆，根本戴不过来。有时候苦于不知道戴哪一块更能抬高自己的身份，有时候则担心一不留神曝光，成了"表哥"，引来纪检部门的关心。最后是叹一口气，全都放回保险柜。所以，享受的另一个前提，是你喜欢阳光，光明磊落。豪宅也罢，名表也罢，你不能说人家没有拥有，但坦坦荡荡地享受，就不一定能做到。也有些耐不住寂寞，受不了"锦衣夜行"的折磨的，结果，刚一嘚瑟，就翻车、就砸锅，悔不当初。

前些年，有一个段子很流行，好几位朋友都拿它做过文章。段子说，北京西山风景绝佳之处有一片别墅，每一幢都价值不菲。其中有些是山西煤老板买的。话说其中的一个小庄园，煤老板主人无暇享用，雇来一个表弟照看、打理。表弟勤勤恳恳，把一切都收拾得井井有条。老板十分满意。表弟说，你弟妹带个孩子在家里，苦巴巴的，还不如让她也来这里，给我做个饭，帮我干点活儿，我也能轻松一点。老板觉得，自己毫发都没有损失，没有不同意的道理。表弟又说，那个花圃，种花也没有人看，还不如让我种点玉米、蔬菜，又方便，又省钱。老板也连连说好。几年下来，别墅经营得有模有样，谁见了都说好。一次老板到北京办事，顺便过来看看，只见表弟一家，红光满面，别墅里鸡鸣狗吠，其乐融融，一派田园风光。老板坐在那里，喝着表弟刚泡好的茶，突然慨叹道："我这上亿的资产，敢情是给你买的！"这故事是真实的，还是虚构的，并不重要，重要的是，煤老板一语道出了"拥有"和"享受"的重大区别。

事情就怕往深里探求。

上面的故事，大概率是我们这些凡夫俗子编造出来的，里面有点嫉妒富人的小心思、小龌龊。你只看到了企业家的忙碌、奔波，席不暇暖，焦灼不安，无情绪体味平静生活的美好，甚至有时候还闹到破产跳楼，可焉知人家就没有创业者的豪情和建功立业的巨大成就感？得一代风气之先的改革弄潮儿，比"肯与邻翁相对饮"的唐朝人，不是更能满足人生的追求吗？你真不能简单地判定煤老板和表弟的生活情趣孰优孰劣。多元的社会，多元的人生，价值尺度也应该是多元的。

西方有一些退伍的特种兵，酷爱战事，极喜欢这种刺激强烈的游戏，一听见枪声，就兴奋。他们对打什么仗，跟谁打，并不太关心，也不是特别在意每月的高薪酬。他们玩的就是心跳。他们的活法，常人难以理解，但你不能武断地说人家是不会享受生活的疯子。这就是人各有志了。

咱是凡人，就照凡人的活法行事。

实话说，凡人的活法，也不止一万种。就连同一个人，也是多元的。譬如在下瓜某，在游泳池躺着看天，只是其中的一种。如果有人来找我，说某处的正义之战，战情危急，兵员缺得厉害。听说你老人家行侠仗义，就想请你出山。护照和机票也都带来了。你猜怎么着？说时迟，那时快，只听"啊呀"一声，瓜田先生一个鲤鱼打挺，跳将起来，大呼"备——马——"（巴、台、仓！如果乐队配合默契，这里还应该有个过门儿，我唱一段儿西皮快板再走）。马，肯定是没有，只有一辆破车，于是驾车直奔机场而去。老汉虽然年近八秩，体力尚佳，自忖扛起一杆AK47，背上十个弹夹，走上几十公里的路，小意思。男儿何不带吴钩，耄耋之年，得酬"马革裹尸"之壮志，乐何如之！一个快80岁的老翁，如果战死，能省下一个18岁的小伙子，这不是太划算了吗！这就叫老骥伏枥，千里之志不灭。枪林弹雨中的人生体验，也不是谁都有幸享受的。

所以，随遇而安，随缘自适，我神游归来，只能回到沙滩椅上，张望一下游泳池的风景，把"享受"的"进项"搞得更夸张一些，实现效益最大化。

这不，头上的面包树，又掉下来一片大叶子，黄澄澄的，足有一张A4的纸大小，又厚又重，十分好看，叫我爱不释手。这面包树，哪里像面包呀？我得百度一下，给一个树种命名，总得有点道理吧。

微信公众号"记忆"2022年8月26日

【主编者言】山水的诗意是天造地设，还是因目击者的诗心呼唤？其实诗心的铸就也因山水养育，更有日月星辰的灵气和寒来暑往的滋润。诗意与山水交集，就成人间好风景。

诗意云和

杨晓升

一

"江南美，风景旧曾谙。"

江南美景何处觅——上海，苏杭，南京，抑或宁波？

不，对许多人来说这些地方早都去过，太熟悉太无新鲜感了！我带你去一新地方——云和。

是的，云和——听说过么？我猜你可能没听说过。不仅你，偌大的中国，天南地北多数人恐怕都未听说过。反正我去之前，从未听说过云和这个名字，并非孤陋寡闻，而是我中华大地，幅员辽阔，可揽美景各美其美，实在太多，让人应接不暇。说到云和，早在抗战时期，就藏在深山无人识，连名字都鲜有人听说。也正因如此，抗战正酣的1942年5月，为保存实力指挥抗战，民国浙江省政府改驻云和，以云和县为临时省会，历时三年零四个月。一个曾经的省会，迄今却鲜为人知，岂不咄咄怪事？细想也不奇怪，中国的美女数不胜数，除了经常在屏幕上频频曝光露面的明星，世上的美女你能见过多少呢？

云和县，地处浙西南，居瓯江上游，是丽水市地理中心。云和始建于明景泰三年（1452），自古喻为"洞宫福地"、山水之城。若以北京为经，珠穆朗玛峰做纬，云和恰在两线的交汇点。云和的地形，是三面环山，地势隐蔽，易守难攻。"九山半水半分田"是其地理面貌的形象写照。到处是山的云和，森林覆盖率如今达到百分之八十以上，空气质量优良率达到百分之百，是名副其实的天然氧吧。云和山川灵秀，物博人勤，淡泊宁静，质朴天成，是中国木制玩具城、国家卫生县城、国家级生态县、全国文明县城、全国平安县。最著名的特产——木制玩具，占到全国木玩市场的56%、全球市场的40%；最著名的景观——云和梯田，被誉为"中国最美梯田"，被美国有线新闻网CNN评为中国最美的40个景点之一。

云和，多么美好的名字，它是祥云的故乡吗，它是人与自然和谐相处的乐园吗？

虽然不曾听说过云和，但是，仅是简单百度了一下，就让我生出许多冲动。云和，这个养在深山无人识的美少女，你到底是怎样的绰约风姿呢？

二

因了散文家陆春祥兄的邀约，我终于来到云和。时值2021年仲夏，浙江正是多雨季节。云和的天像一个不时哭闹的孩子，时雨时晴。天空云层密布，时而像羊群赶路，时而又像棉絮翻飞。雨水将天地不时淋湿，氤氲的雾气将眼前的世界罩上一层神秘的面纱，群山，森林，村庄，梯田，河流……这一切仿佛让人置身仙境，倍觉奇妙神秘、扑朔迷离。

此刻，我们正乘坐缆车由低向高、又由高向低地穿行在白银谷景区的上空，观赏着眼前的美景。恰逢晴天，蓝天辽阔，祥云飞渡，群山青翠，草木葱茏，脚下绿浪翻滚，是绿得耀眼的大片竹海，远处层层叠叠是美得炫目的五彩梯田。主人介绍说，这一带叫白银谷，是江南典型的火山峡谷，是一个天然大氧吧。峡谷中，古道迂回，山泉飞溅，一年四季云雾缭绕，犹如一幅云中画卷。

为何此处叫白银谷？这得从中国银矿的开采史说起。

中国的银矿开采史，像一条抛物线，而明代处在抛物线的最顶端。明初，云南矿事未开，浙江银矿产量居全国之首，云和便是重要的白银区。朝廷还在黄家畲、石富（今石浦）两个村设立银官局，委派中官（太监）任银官，征集矿头、矿工开矿炼银，定期向朝廷缴纳"银课"，从"坑根石寨"到"七星墩"的峡谷，就是明代矿工搬运银矿、运送银两的古道，因此被称为"白银谷"。

白银谷为何有大片梯田呢？

梯田，顾名思义，就是在坡地上分段且沿着等高线建造的阶梯式农田，它不仅仅承载着人类的生产与生活，更是一片人间仙景。

梯田和梯田文化是人类文明的伟大奇迹。在山区只要有人类栖身繁衍，人们就不约而同地开垦了梯田去增加耕种面积，去保持水土。地球上的梯田景观各有千秋，凝聚了世界上不同民族、不同文化的智慧。是山，给梯田支撑起骨架，让它在天地之间站起；是农耕文明，给了梯田灵与魂，让它蜿蜒于世界各地讲述着不同的乡土故事。

放眼全球，世界上的著名梯田，有菲律宾科迪勒拉山区的伊富高梯田，秘鲁古印加梯田，南美洲的古印加梯田，瑞士日内瓦湖畔的拉沃梯田。中国也有很多著名梯田，如云南元阳的哈尼梯田，广西的龙脊梯田，贵州的加榜梯田，湖南的紫鹊界梯田，福建的尤溪联合梯田，江西婺源的江岭梯田……

在中国，"梯田"一词最早见于南宋范成大的《骖鸾录》(1172)，书中记述："岭畈上皆禾田，层层而上至顶，名'梯田'。"

云和梯田最早开垦于唐代，盛兴于元、明，距今有千年历史，随明代银冶炼业的兴起逐渐形成今日之梯田群。清同治《云和县志》载："云以前，土广人稀，田多荒芜，谷贱伤农，粮多逋欠……自坑冶盛，人亦日众，由是垦辟众而田土辟也……"

古时，云和梯田一带为云和的"三都"，千百年来，畲汉两族人民和谐相处，肝胆相照，创造了深厚的梯田农耕文化。

畲族自称"山哈"或"生哈"，畲语"哈"的意思是"客"，"山哈"即指居住在山里的客人。畲族祖居广东潮州府，明代至清末迁入云和，云和畲民保存的两幅清代畲族《祖图》，以绘画的形式讲述盘古开天辟地、盘瓠氏成长的美丽传说，追溯畲族的起源。畲民们有自己的语言和风俗习惯，至今还保留着两头家、祭祖、对歌、织彩带、祭神田、犒耕牛、分红肉、摸彩鲤、引老茶等民间民俗。每年芒种，畲民们还要举行隆重的"开犁"仪式，祈祷风调雨顺、五谷丰登。

崇头镇吴坪村是一个畲族村，这里有原始的村庄、淳朴的民风、袅袅的炊烟、潺潺的流水、层层的梯田，人与人、人与自然和谐相处，共同吟唱一曲天籁般的"三都民谣"……

缆车来到白银谷白鹤涧山顶的七星墩观景台。放眼望去，七星墩成月牙型，四周有七座山包，布局酷似北斗七星，被当地人合称为七星赶月。脚下梯田似星月依托之银河，浩瀚无际。此刻的白银谷，山谷空灵，天空辽阔，山岭逶迤，树木无边，风吹云卷，山鸣鸟叫，令人陶醉。

然而，云和最美的梯田，并不在此处，而是位于九曲云环游览区，也是云和梯田的核心景区，景区包含"日出云海""芒种开犁""湿地公园""天籁云和"等点。据介绍，假若一年四季前来观光，那里有最美的曲线、最美的云海、最美的冰雪、最美的农耕文明，集中了中国最美梯田的最美元素。如此美的景区，我们自然不能错过。

步入九曲云环游览区，一块"梯田四季"的木制牌子跃入我的眼帘，上写："秋。金秋稻穗沉甸，像座座金塔顶玉宇，梯田展露出清晨她独有的娇羞。梯田在不同的季节有不同的颜色，秋天尤为好看，这时，田里的农作物都相继成熟，群山环抱中，一幅五彩斑斓的画卷直上云端，如窈窕少女般纯真自然。"如此迷人的描述，看着不由让人怦然心动。可惜眼下并非秋天，而是夏日。但主人说，云和梯田，秋有秋的色彩，夏和夏的韵致，其实一年四季，云和梯田风姿各异，都有独特的观赏价值。

主人还指着近处半山腰上一块坡势平缓、落差处翠竹簇拥的梯田介绍说，此处就是每年"开犁节"的举办地。每年芒种，云和梯田都要在这里举行隆重的开犁仪式。过去，云和先民为了答谢耕牛，每年春耕开始之际，都要到城郊的"先农坛"举办开犁节，由县官亲自带头下田耕地。"云和梯田芒种开犁节"就是"先农坛"开犁节的延续，活动内容有开山号子、芒种犒牛、祭神田、分红肉、对山歌等。

"开山锣，开山鼓，开山号，满山铺；喊声山神让让路，开片山田讨媳妇……"随着开山号子响起，犒牛仪式正式开始。各家主人把披红挂绿的耕牛牵到田头，将米汤、家酿红酒倒入木盆犒劳耕牛，表达主人对耕牛的感激之情。

"祭神田分红肉"是开犁节的重要仪式之一。神田，即同姓家族轮流耕种的公田，轮到谁家种神田，当年的祭祀费用就由谁家来负责。祭祀时，要在田中宰杀一头猪，再点燃香烛祭拜，以感谢护佑一方水土的神明，感恩祖先开垦这片土地。然后，将猪肉分成条状，贴上写着各家户主姓名的红纸条，让村民共享，寓意五谷丰登、六畜兴旺、宗族和睦。最后，主人将耕牛赶到梯田里耕一圈地，以示开犁……

在云和全县，如今梯田总面积达51平方公里，海拔跨度为200至1400米，垂直高度1200米，最多处达700多层，跨越谷地、丘陵、高山三个地质景观带，拥有梯田、云海、山村、竹海、溪流、瀑布、雾凇等自然景观，具有体量大、曲线美、震撼力强、四季风景独特等特点，是最具生态原始性的复合型生态系统，也是人与自然和谐相处的典范，而今已经成为国家AAAA级景区、国际艺术家创作基地、文化遗产抢救与保护实践基地。

站在云和梯田的核心景区，从我们下榻的民宿"云逸的院子"向下俯瞰，整个景区像一头躯体庞大、趴在山间休憩的麒麟，片片梯田就是麒麟身上张开的麟甲，在阳光的照耀下五彩缤纷、熠熠生辉。再一眨眼，眼前的大片梯田又仿佛换了景象，一如美丽少女扭动身躯时甩开的裙摆，将丰姿绰约的片片色块四下展开，在蓝天白云、山川林海的映衬下美不胜收、如诗如画……

三

人在景中走，诗从画中来。

在云和，诗画不仅仅嵌入自然，也已经走进人心。行走在云和的山水村庄，与云和人交谈、接触，我处处感受到云和人无处不在的对美好生活的向往、对诗意生活的打造与追求。

在白鹤涧山七星墩梯田景区脚下的白银谷坑根石寨，我们来到"温享书屋——云谷山房"，入门一块小黑板上写着："这里有书，也有茶。这是民宿，也是一种理想生活。您好，请进！"另一块小黑板写着："休闲，观山。中餐，住宿。吃山谷菜，听山谷风。咖啡，茶。"

进得屋来，随手翻阅一张制作精美的折叠小广告，是有关"云谷山房"的介绍："白云在天，明月在地，仰观山，俯听水，石畔草根，桥头树影，居处寄吾生，但得其地，不在高广，云谷山房落于云和梯田白银谷景区，设有客房数间，另有茶室、餐厅以备不时之需。"折页处两行字引起我的兴趣："开门接佳客，出门寻山水。只看花开落，不言人是非。"最下面一行是放大的字："愿我们每个人能为梦想而生活。"折页最后关于"山居"的介绍：渔／樵／耕／读／闲；窗明几净，心中无尘。

——多么富于诗意的民居，多么令人向往的诗意生活！

云谷山房年轻的女老板叫谷小杭，云和人，十年前毕业于江西财经大学，之后开始自主创业。她早期在丽江开民宿，近年又回到云和山村加开民宿，投资千余万元，购买改建民宿十余栋。周围的配套设施有云经堂（休闲亭）、野杂货、老茶面、咖啡屋，都是由原本破败肮脏的牛栏、猪圈改造设计而成。即便是现在，这些设施外观依然朴拙老旧，但室内却别具洞天，温馨宜人。桌椅、咖啡、茶具和各式食品饮料应有尽有，关键是风格和氛围都富于浪漫情调。很难想象原本落后贫穷破败的偏僻山村经此一改，有妙笔回春、点石成金之妙，我不由得对眼前这位年轻的女老板刮目相看。其实从外貌看，谷小杭长相平平，眼睛不大，肤色偏暗，一张鹅蛋脸绽出的笑脸，算得上是她最显著的特征。假若没有人介绍，仅从外貌判断，你可能会认为她是当地一位普通农妇，甚至都不会相信她上过大学。可就是这样一位其貌不扬的女子，内心却隐藏着浩大辽阔、诗意浪漫的情感世界，云谷山房所展现出来的高雅情调，正是她内心世界的生动外溢。不仅如此，她对诗意生活的追求，正影响并吸引着越来越多的志同道合者，如今与她同在此工作生活的年轻人已经有十余位，其中不乏远道从山西大学毕业投奔她而来的大学生，还有刚刚留美归国的研究生。投奔谷小杭而来的年轻人，都与谷小杭有着共同的志趣与爱好：爱山，爱草木，爱花鸟，爱宁静与淡泊，爱大自然中优美的景色和清新宜人的空气。

我问谷小杭：从经营的角度讲，丽水那边不是很好吗，为何想到来云和这么闭塞贫穷的山村创业？谷小杭告诉我，因为自己就是云和人，重要的是白银谷这一带有山有水有景，地理条件优越，随着人们对自然和悠闲生活的日渐向往，旅游开发的前景有着巨大潜力。不仅如此，这里距离云和县城仅有半小时车程，方便孩子在县城上学。闲聊之中，我点滴了解到她的家庭情况，她在云和县城有房、有车，孩子正在县城上小学。我忽然明白了：半小时的车程，拥有城镇和乡村两种不同生活，每天还都置身于生态优良的天然氧吧之中，何况还能兼顾家庭与父母，这不正是当下许多人内心所追求的理想生活吗？

也正因如此，每逢周末或节假日，来自云和县城、丽水、温州、杭州乃至上海等华东一带的游人，已经越来越多。

小桥流水，花草簇拥。谷小杭领着我们一行，沿着坑根石寨古朴崎岖的石径前行，并一一介绍着她周围的民宿和民居。

民宿近旁有一口老泉井，旁边矗立的一块褐色木牌，用中文、英文和日文写着"老泉井：又称明泉，开采银矿时建，迄今已经有400多年历史，泉水常年不竭，用此泉水沏茶，口感极好。"正因如此，当年银官局的太监将这口泉看作宝贝，据为己有，并在周围建造了围墙，防止矿工偷喝。太监们从井中取水泡茶，吟诗作赋，日子过得很滋润。

石径旁边的山溪，山泉水正潺潺流过。大大小小的石块成群结队挡住水流，迎着山泉飞溅的浪花嬉戏打闹。山泉两旁翠竹掩映、花草环绕。水流之上，一座古色古香、上带亭榭的木制桥梁将小溪两岸连接，这座桥叫银官桥。据传，当年为了监督运送银两的矿工，银官在白银谷通向山外的通道上修建了一座桥，矿工出山都要经过这座桥，并接受搜身检查，通过检查后方能出山。因此桥为银官执行公务的场所，故称银官桥。如今，这座桥已经成了坑根石寨的文物景点。从这里往远处看，村庄、飞鸟、山峦、梯田、森林和庄稼尽收到眼底。如此风水宝地，谷小杭的眼光以及她对民宿风格的独到创意，的确不凡。

然而，在云和，一样向往诗意生活、打造美好环境的又何止谷小杭和她的团队？

在石浦村村前有一堵人工砌成的石壁，石缝里密密麻麻种满多肉植物，远观似锦缎，近看如浮雕，如此富于创意的景观，你很难想象这是出自原本贫穷落后的山村。走进该村的巷道，我意外看到垃圾分类已经走进这个偏僻山村，一绿一灰两个小巧精致的垃圾箱，隔三岔五摆放在村庄巷道的路边，每处垃圾箱旁边还摆放一盆枝叶茂盛、清新悦目的吊兰。将垃圾与吊兰并列，让肮脏与雅致联姻，肮脏的垃圾因放入垃圾箱而被彻底遮蔽，雅致反而得以反衬与张扬，这不能不说是云和村民的一大创举。而穿行在坑根石寨和赤石村的村口或巷道，许多坎坡的石墙上，从石缝里绽开的红色玫瑰不时闯入眼帘，不仅赏心悦目，还让古朴的街巷生出丝丝缕缕的温馨与浪漫。

四

说到玫瑰，不得不说说云和的"玫瑰小镇"。

"玫瑰小镇"原本不叫这个名字,真实的名字叫赤石村,该村素有"云和木制玩具发源地"之称。因了赤石村毗邻云曼酒店,紧挨丽水最大的玫瑰主题民宿"云栖木屋",从2017年起,该村因势利导、因地制宜发动干部群众村前屋后大规模种植玫瑰,数量上万株,同时以"木"为特色大力发展木文化,新建了木制休闲长廊、木制休憩广场、爱情栈道、月洞亭、农耕园等项目设施,赤石村终于被打造成风情万种、富于浪漫气息的玫瑰小镇。

如今,走进玫瑰小镇,一如置身玫瑰花海,一面面玫瑰墙赏心悦目,一朵朵玫瑰花丰姿绰约,一股股浪漫气息扑面而来,一幢幢泥墙黛瓦的古朴农房,参差错落分布于青山秀水之间,与数不胜数的玫瑰交相辉映,风情独特,美不胜收。

云和著名的"云栖木屋"坐落于赤石村旁,是云和最美最著名的民宿,也是一家集住宿、餐饮、会议服务、休闲旅游等于一体的玫瑰主题休闲酒店。在这里,一幢幢木屋依山而建,美丽的云和湖景尽收眼底。"云栖木屋——一个藏在云里雾里的心灵驿站,云栖木屋——满园玫瑰在等着你渐行渐近的足音。"你看,如此富于诱惑的介绍,怎么不令人神往!

步入云栖木屋景区,石阶墙院,到处飞红走绿,到处鲜花点缀,尤以玫瑰为甚、玫瑰为盛。院墙外,左右两侧分别停放着一辆破旧的小型轿车,破损的车顶和早已经不见的轿车前盖处,竟分别长出色彩斑斓的鲜花,仿佛一群探出头来的小精灵在冲我们欢呼雀跃、列队迎接。院墙上隔三岔五悬挂着半月型花坛,开出一簇簇鲜花。甚至院墙的缝隙处,一簇簇不甘示弱的野花也探出头来争奇斗艳。院墙的窗户,或圆形或扇形,圈出远处的各种景色,像幅幅镶嵌在墙上的美丽图画。院里错落有致的顶顶帐篷下,色彩各异的花坛处,摆着圆桌和挂椅,显然是喝茶或喝咖啡的休闲去处。如此环境优美、富于浪漫情调的民宿,置身其间,谁能不怦然心动、流连忘返呢?

我们进入茶室,坐下来小憩,品茶,喝咖啡,嗑瓜子,吃水果,说笑聊天,甚是惬意。一路陪同我们的主人介绍说,要是能在这里住上一天,那才叫美呢!尤其是在月光如水的夜晚,远处的云和湖,湖水轻拂,波光粼粼,满天繁星相伴，拥着花香入眠，你会不知不觉进入甜蜜的梦境。清晨，推开窗，山风拂过，花香扑鼻，百鸟鸣唱，朝霞满天，你会感觉自己仿佛置身童话或仙境，一时间如痴如醉……

五

因了行程的安排，当晚我们并未入住云栖木屋，而是来到了云和另一浪漫去处——"十里云河"风景线上的长汀村，入住了这里的"阳光沙滩"中心景区边上的一家民宿。民宿的正门正对着阳光沙滩。时值正午，阳光下的沙滩柔情似水，瓯江江面波光粼粼、金光闪闪，格外美丽。

来长汀之前，我心生纳闷：作为典型的山区县，"九山半水半分田"的云和，怎么会有阳光沙滩呢？

当地人告诉我，这得从它的历史说起。

八百里瓯江穿山而过，长汀村就在瓯江边上。早年瓯江带来的不是诗情画意，而是长期的阻塞封闭。人们出入长汀只能靠船，交通极不方便，长汀像是被世界遗忘的角落。贫瘠的资源维持不了村民的生计，年轻人只能选择背井离乡，在外务工。随着长汀大桥及康庄公路的建成，云和县城到长汀村的车程大大缩短，丽水、景宁等周边县市到长汀的交通也变得更为方便。昔日"穷疯了"的长汀村的干部和群众穷则思变，逼出了"山里看海"的点子，利用长汀村石塘水库水位稳定、湖面开阔，湖光山色美不胜收的地理优势，发动群众沿湖建造了人工沙滩。

2016年，深山里的长汀村多了一片延绵千米的阳光沙滩。如今的长汀，阳光，蓝天，沙滩，棕榈，碧波，苍山，古道，白墙，黛瓦，一边是休闲时尚，一边是古朴静谧，游人如织却秩序井然，让人完全想象不到四年多前，它还是个逐渐衰落的空壳村。

入夜，漫步在柔软舒适的沙滩上，看着夜空下沙滩上影影绰绰的灯火以及三三两两的游人或对对情侣，聆听远远近近的鸟声和蝉鸣，我仿佛穿越到北国的北戴河疗养胜地和南国的三亚海滨，一种浪漫的气息瞬间扑面而来，一种久违的惬意很快弥漫全身。眼下这"天外飞来"的阳光沙滩，不正是云和人对诗意生活，对美好未来不懈追求的最生动写照吗？

阳光沙滩，紧挨着的水面是瓯江。假若是在白天，站在长汀村的高处放眼远眺，瓯江，像一条巨龙蜿蜒而来……

瓯江，她千回百转于崇山峻岭，蹒跚走过万年光阴，她有婀娜秀美的身段，也有气吞万里的伟岸；她是丽水人民的母亲河，是瓯越文明的摇篮，她不知疲倦地哺育着两岸的儿女，让他们在怀抱里静静地繁衍生息。

史料记载，自唐宋开始，瓯江航道沿线即为海上丝绸之路的重要节点。昔日两岸码头林立、烟火相望，船只帆影浮动、纤号声声，瓯江上人声鼎沸、商贾云集。二十世纪八九十年代，瓯江上游建造了三座水电站，形成了三座人工湖，现统称为云和湖。如今，沿路观湖，一路而上，水面常有云雾缭绕，宛若人间仙境，"十里云河"神奇景观应运而生。在这一条线上，沿途风光别致，风景秀丽，乘船沿湖而行，湖光山色尽收眼底。

那天，我们乘坐游艇行驶在十里云河的瓯江江面上，两岸青山如黛，树木葱茏，凉风习习，江水清澈如镜，蓝天和白云倒映在水中，在粼粼的波光映衬下如幻如梦、如诗如画。

我尽情地呼吸着江面上湿润清新的空气，不由得抬头看了看头上的蓝天和白云，忽然想起应当了解云和这个名字的由来。遂求助百度，答案是：景泰三年（1452），朝廷析丽水县浮云、元和二乡另行设治，取浮云之"云"、元和之"和"设立云和县。

云和——多么美好的名字，多么诗意的地方！

希望下一次，我还能有机会再来云和。

原载《芒种》2021年第10期

【主编者言】语言的重要和不易娴熟，不陷入一个陌生的语言环境里难以深切感受和理解。语言是一条深广的河，"米寿"这样的词，如今很多中国人也未必知道它的意思。

琳姑姑米寿

俞　宁

一

几个月前，成儿给我打电话，说："爸，马丁伯伯去世了。"

这件事我从电子邮件里已经得知，没料到儿子会特意来电话告诉我。

成儿来美国的时候未满四岁。我和妻费了不少力气，帮助他保持了口头汉语的能力，但有些地方他因偷懒而用词不够准确，而另外一些地方他不犯懒，就能说得比较得体。比如上面的短句，"去世"就很得体；至于"马丁伯伯"，则不仅用错了词，而且弄混了关系。

我读博的导师叫琳·布隆姆。她的丈夫是我校人类学系的教授，叫马丁·布隆姆。我在康乃狄克大学英文系读博，一直靠教大学新生英文作文来获取收入，以维持学习、生活的支出。1988年，著名散文家、传记作家、文体研究专家琳·布隆姆教授调到我校来，带来了一大笔研究基金，从中拿出一点点，雇我做她的研究助手，帮她分析英美非虚构文学作品里的文体、修辞技巧。早年，我在北京西城区房管局做过五年瓦匠。用我们体力劳动者的话说，教大一英文作文是"苦活儿"——讲课、改作业、跟不好好儿写作文的学生费心费力还不讨好。而做她的研究助手是"俏活儿"，分析的例子都是对我自己学术提高有直接助益的语言材料，不用着急上火，更不用防备坏小子们玩抄袭的把戏，所以给她做助手，是很愉快的。使我意外的是，她把研究成果写成论文，发表时把我列为第二作者，她说自己所写的内容是我的研究提供的。我对她很感激，更是十分尊敬。更重要的，是我体会到她把我看成一个独立、平等的学者。我独立完成的那一部分工作得到了承认。她说，每个人的工作，都应该得到承认，公开的承认。

她的两个儿子，巴特和莱尔德，是麻省理工学院的数学博士和化学博士。一家四口人，都是布隆姆博士。我常到她家里去，喜欢开玩笑，不叫他们的名字，而是转着圈地称他们为布隆姆博士，布隆姆博士，布隆姆博士，布隆姆博士。他们也觉得好玩，大家哈哈大笑。时间长了，我习惯称导师为布隆姆博士，而非布隆姆教授，更忽略了美国人喜欢直呼其名的习惯，从未称她为"琳"。一天她听我叫她布隆姆博士，忽然正色说："宁，我可是一直都叫你'宁'，为什么你不肯叫我'琳'？是不是我什么地方比较粗鲁，得罪了你？或是让你觉得和我有距离？"

于是我只好改口称她为"琳"，尽管心中别扭无比：我怎能把北外的导师周公称作"珏良"呢？怎能称钱青老师为"青"？或把吴冰老师叫作"冰"？这感觉很像我当初在北京第一次品尝可口可乐——窜鼻子辣嘴，还带一股子药味儿。但是"琳"这个称呼，是她唯一愿意接受而又不让我显得失礼的称呼。

好在我三十刚出头，尚有可塑性，入乡随俗，慢慢也就习惯了。

二

到了我准备博士课程综合大考的时候，她减少了我的工作量，让我每天有更多的时间专心致志地准备考试，同时还拿着比教作文收入略高一些的研究助手津贴。我们的博士大考成绩分四等，即"未通过、通过、高通过、荣誉通过"，结果我五门综合考试成绩是三个"荣誉通过"和两个"高通过"。同学们祝贺我，其中最熟的朋友开玩笑说："这是否有失公平？他几乎全部时间用来备考，而我们都还得教一个班作文！"这话传到琳的耳朵里，她笑着回答："好呀，你们都来申请我的研究助手职位。我择优录取。"朋友们又笑着挤兑我说："哈哈，你要丢工作了！我马上就写申请，把你挤走。"

一天我来到她的办公室，告诉她今天我不在她办公室工作，而要去图书馆查找资料。她说："等等，约翰（我们本学年新选的系主任）马上就过来，他有事情要跟你说。"原来是约翰履新系主任，有许多行政事务，没有时间和精力按以前安排、计划好的课程来教学。经过本系执行委员会讨论，决定由我来代课，教他的"美国早期清教文学"这门课。他是这方面的专家，每隔一年教一次这门课。这是本科高年级的选修课，研究生也可以选修并获得研究生学分。我在两年前跟他修过此课。现在让我来教，无疑是赶着鸭子上架，逼着我现买现卖。我心虚，要求考虑考虑。约翰说："明天开学，后天上课。给你一天的考虑时间好不好？"我心想，不好，大大地不好！至少给我一个学期的备课时间才好！

这时琳说："宁，你最近帮我研究修辞学积累了不少材料和经验。你可以从修辞技巧方面入手，阐述早期清教徒布道辞的修辞特点和他们自诩的'简明风格'。你的结论'简明风格不简单'是开讲的很好角度。"约翰跟着说："对对，你不是前两个月听了茱莉亚五次布道吗？还做了分析笔记。"茱莉亚是约翰的妻子，是温德姆郡公理会南教区的牧师。我确实到她的布道会上采集过语言样本。她讲的一个关于人生事务大小、本末之分的玩笑，我记忆至今，常常讲给中国朋友们听，惹得他们哈哈大笑。我注意到严肃刻板的清教徒们，也不乏一丝隐隐的幽默。

话说到这种地步，我只好硬着头皮答应下来，于是真的丢了琳的研究助理这份俏活儿，干上了讲授"清教徒文学"这份苦差。不过毕业后找工作，教过高年级课程这一项，确实为我加分。琳给我写推荐信，特别抓住这一点大做文章，提醒未来的雇人单位：贵系难免会遇到课程安排不过来的紧急情况。如果有一个人愿意做出额外努力，帮助本系度过危机，你们是不是觉得很幸运、觉得自己雇对了人？

按规矩，教授为研究生写求职推荐信，为了保持客观，是不能给研究生本人看的。她说："你勇敢地、负责地（翻译成中文应该是'硬着头皮地'）为约翰代课，而且教学效果很好。你靠自己的努力挣来了阅读我给你写的推荐信的资格。"这再次使我感到意外，也再次使我感动。在她的鼓励下，我把自己当年在北京如何开始自学英语的事情写了一篇记叙文，由她推荐，得了一个什么奖，我现在竟然忘了奖项的名称，却记得她在几次再版的过程中，反复把这篇文章收进她编写的大学散文写作课本《散文联结》。我时不时地打开那本教材，多少有些自恋地重读自己的文章，觉得确实不错。能写成这样，也是靠了她的帮助和鼓励。

三

1993年是美国大学的英美文学博士们找工作最为艰难的一年，但靠了琳和系主任的强力推荐，加上我自己的一些工作、学术研究经验，我竟然接到了七个学校的面试邀请。妻觉得我现在教书这个学校风景秀丽，从附近的西雅图机场或温哥华机场起飞回北京省时省力，我们就选择在这里定居下来。时光如梭，很快儿子到了上大学的年龄，SAT美国学业能力倾向测验考得很好，数学得了满分。布隆姆家此时已经娶了一个儿媳，布隆姆博士族群从四位增至五位。他们建议成儿上麻省理工学院，但成儿怀旧心重，选择了我的母校，因为那里的精算专业是全国数一数二的。两位年长的布隆姆博士格外高兴，因为成儿自小和他们相处融洽、亲热。

美国大学宿舍有些规矩，很不合理。比如秋季学期里面感恩节放假近一周，学生必须搬出宿舍；春季学期里还有一周春假，学生们也不能在宿舍住。这对离家近的同学们只是稍微啰嗦一些；对外州来的学生们来说很不方便。这种时候，成儿就从宿舍搬到布隆姆家里去住。这个阶段，琳的丈夫马丁成了我儿子的人生导师：教他如何烤面包、做西餐；在和女同学交往中如何自然地约会，约会后应该怎样相处、怎样让关系以合理的速度朝希望中的方向发展，马丁也不厌其烦地给他出主意、当高参。所以大学四年，成儿管琳叫"Aunt Lynn"（中文大致可以译成"琳姑姑"），管马丁叫"Uncle Martin"（正确的译法应该是"马丁姑父"）。但是成儿不耐烦仔细辨析汉语中的亲属称谓，糊里糊涂地把马丁称为"马丁伯伯"。这和中国学界的辈分问题大相径庭。中国讲究一日为师，终身为父。我在美国的经历却变成了一日为师，终身为友，平辈之友。两位布隆姆教授对于成儿来说，不是祖母、祖父级的，而是姑姑、姑父级的，实在让我这个中国人哭笑不得。也是在这个阶段，琳把我家这三口人定义为布隆姆家庭的成员。我们觉得十几年交往，发展到这一步，也是水到渠成。

2013年，我的大孙女出生。成儿跟我商量，能不能按美国风俗，用琳姑姑的名字来命名这个新生的女婴。我细想了两天，觉得应该把两个文化调和一下，于是给孙女取中文名为俞悦，英文名为 Lynn Yu，正式法律文件上的全名是 Yue Lynn Yu，平时和同学交往使用 Lynn 这个中位名（middle name）。这让琳姑姑大为开心，而马丁姑父也有些性急地跟成儿预约：第二个如果是男孩，就叫马丁好不好？还记得你交女朋友谁出力最多吗？

四

今年马丁逝世，我们尚未放假，只好从自己的切身体会出发，写了一篇悼文来怀念这位快乐、可亲的长辈。悼文由马丁的长孙保罗在葬礼上宣读，算是我们尽了一点心意。我们觉得还不够，就决定利用暑假从西海岸赶到东海岸，去看看琳，给她更多一点亲情，来消减失去马丁的痛苦。成儿把这个决定告诉了琳，琳很高兴，提出要我和妻在东岸期间住在她家。这当然是因想念而表达善意，我们不能不接受。但这也给我们带来意想不到的困难。我们原计划全家一起飞过去，在波士顿周围待上七到十天，再飞回来。不过这样一来，我们在飞机上感染新冠病毒的概率就会增加。琳现在住在波士顿郊区一个高端的退休人员社区，里面都是老人，我们贸然住进去，万一传染给琳，再由琳传染给邻居，那就太可怕了！怎么办呢？我只好决定，成儿一家四口按原计划乘飞机前往，到波士顿之后，在旅馆里住下，只限于一两次到退休社区看望琳姑姑。而我和妻提前两周出发，自驾横穿美洲大陆，沿途不住旅馆，而选择条件较好的露营地露营，不在封闭空间接触生人，以最大限度地降低感染的风险，到达以后，可以比较放心地在琳家里住下来。

我们虽然喜欢自驾游，但毕竟已经67岁，没有年轻时那么充沛的体力了。提前两周出发，时间充裕，我们也好保持体力。如此，我们一路慢行，终于按时安全到达波士顿西郊的尼德姆小镇，用自测盒检测阴性，登记后入住北岭退休社区。走进社区，遇到几位长者，都热情地和我们打招呼、问好。我们觉得可能是老年人见到相对不那么老的人，感到高兴。没想到一位老者打完招呼后忽然问道："你们就是刚从西海岸赶过来的俞氏夫妇吧？琳已经介绍了你们的很多情况！这一路上你们累不累？"说完主动上前跟我们握手。我们此时才恍然大悟，我们的到访，成了这个小社区里的一件不小的事。由此也可以看出琳是多么看重我们来暂住。这里居住的多是波士顿各大学的退休教授。我儿媳竟在那里遇到了她在波士顿大学法学院读博时的斯坦·费舍尔教授。

多年未见，琳有了明显的老态，但她的听力、脑力依然如剃刀般锐利。问长问短，表现出对往事的记忆也很清晰。1991年我父母曾到康乃狄克大学来探望我们，住了三个月，期间受到布隆姆夫妇的款待。这次琳问起我母亲，我随手拿出手机，把里面一张2006年我和母亲的合影给她看。她仔细看后说："我也要一张这样的照片。"于是我们在她的阳台坐下，由妻给我们拍下合影。

琳见到我的长孙女，特别高兴，大琳、小琳合影时，二人都笑开了花。不仅如此，琳姑姑还兴致勃勃地跟我们一家六口参观了波士顿美术馆和波士顿科学博物馆。在科学馆里，她玩得很高兴，和小琳一起欣赏光电感应的奇妙视觉效应。

琳姑姑今年八十八，按中国习俗说，是米寿之年。我们夫妇住在她家里，为她连做了几天中国饭菜，她很高兴。把儿子儿媳们也招来，说是布隆姆家庭大团圆。我给他们讲解何为米寿，费了好大力气：八十八，竖着写，压缩一下，就成了"米"字。米是人们生命的依靠，达到米寿是一件吉祥的美事。他们点头称是，但我很怀疑自己是否真能让这些习惯了拼音文字的人，清楚地认识这种象形文字的拆字游戏。我再讲九十九岁"白寿"：百字头上减掉一横，象征百岁差一，也就是九十九岁。这个简单，他们似乎真懂了。讲到"茶寿"的时候，他们越点头，我越怀疑自己是否真能说清楚：廿（二十）下面加人、加十，就是二十加人（八）十，那就是百岁；而"茶"字下面那两个点，又是一个八字，所以茶寿就是一百零八岁寿辰。琳姑姑说她完全懂了，还说她白寿、茶寿时，这个大家庭至少还要再聚会两次。

马丁姑父的家庭是犹太裔；琳姑姑的家庭是德国裔；把我们算进布隆姆家之后，又添了华裔。从上述几种特殊的过寿称呼来看，这个大家庭的文化融合还真得费些力气。琳姑姑现在升格为"琳奶奶"，我多花些力气来帮她理解中国人祝寿的许多噱头，也是值得的。

原载《财新周刊》副刊 2022 年 8 月 28 日

【主编者言】每个地方都有自己的故事。带着怀旧色彩的风在土地上游荡，寻找着想听故事的人。如果这里的土地太薄，没能埋藏故事，踏上这块土地的脚步已经在编织新的传说。

九十埠

万华伟

一走进九十埠，时光便慢了下来。

马头墙、临街楼、客堂前的天井和带亮窗的厢房，在时光里诉说着泛黄的故事。青屋顶上，缝槽里滋生的瓦松，还有岁月里饱经风霜的野草，在风中摇曳着苍茫的时光。剥蚀的墙体、斑驳的老门板，更像一幅旧年的版画，等待着画中的夜归人。星光闪烁，月色如水，在脚下的青石板上流动。流萤划过木格窗漏下的灯光，风吹过苦楝树发出窸窣的碎语。戏台上，咿咿呀呀的花鼓腔；戏台下，听戏的少年沉迷的神往。那些青砖、黛瓦，以及远处的钟声和江上的渔火，都掩映在这古老的街巷，依稀流动着时间的味道。

九十埠，又叫九十铺。先埠后市，埠铺相连，街名由商贾而来。沙市依长江而建，有舟楫之便，可北出汉沔、南达资沅，为七省通衢。九十埠自西晋始，唐时繁华，曾有"十里津头压大堤"之盛。"今日好南风，商旅相催发，沙头樯竿上，始见春江阔。"写这首诗的刘禹锡，曾羁旅沙市。这短短的一首诗，给出了无限的想象。千年前的某个清晓，江水浩荡，春日的南风，吹过城市的街巷，吹动了渔舟，吹响了船工号子，也吹动水面上白云般竞发的船帆。沙市在宋代是最大的米市，九十埠是长江最繁忙的港口之一。1895年，中日《马关条约》将沙市辟为通商口岸，九十埠既是蜀船的起点，又是蜀船的终点。在长江沿岸的大中城市中，像这样一条长约十华里的老街，已非常少见。

也许是年龄大了，我总想起九十埠，常去那里走走看看。甚至担心它哪一天被拆而销匿。在这里生活了二十多年，我熟悉它的阳光、风雨以及天上的星辰，而它们也会熟悉我的脚步和身影。我走在光泽可鉴的青石板上，心也不知不觉宁静、释然。只见两边的古宅墙檐相接，高低错落，在曲曲折折里沉默伫立。青瓦如帽，青砖似衣，手挽手肩并肩。斑驳的石灰墙上，缀满了爬山虎，如飘动的绿雾，一头连着历史，一头连着市井。小街上空洒下的阳光，映照在步履间，随太阳一拃一拃移动。这些无法分享的安静，会让你穿过时间的栅栏，领略褪色的风景，体味那悠远的人文气息。

最美是雨巷。雨声淅沥，随风潜入夜。串珠般的雨滴从屋檐上落下，叮叮当当，像纤纤玉指滑过琴弦。大珠叮叮，小珠当当，"大珠小珠落玉盘"，宛如天籁。风浓雨浓时，小巷洇在一片烟色中，青瓦白墙仿佛就是一幅水墨。青石板在雨中灵动起来，现出玉般圆润，那层时间的釉彩触手可及。雨水渗进石板缝里，泥土吸足了水分，散发清新的草香。草香从何处来？从老屋的墙脚，从青石板的缝隙，还是从无所不在的盎然春意里？烟雨小巷里，偶尔会有童稚的声音响起，脆生生地在巷头巷尾回荡。偶尔会有坐在门槛上好奇的少女，看"微雨燕双飞"。偶尔会寂寥的雨伞，在某个窗前驻足。偶尔会有忘带雨具的路人飞快奔过，用湿漉漉的足音敲碎那一片朦胧。属于小巷的邂逅太多了，或宁静，或寂寥，或诗情画意。

街巷里店铺林立。卖吃食的、日用品的、小五金的，一家挨着一家。卖家们随便拣一块空地，摆一张桌子，一边打麻将一边吆喝着生意，悠闲自在。或者有一搭没一搭地说着闲话，平平淡淡的，却是生活的况味。最西头有一家老饭馆，三间铺面，里外都搁着板凳。灶膛里蹿着火头，噼里啪啦燃着柴火，烟雾氤氲一街。掌勺师傅姓曾，是这饭馆的老板，土生土长的沙市人。他做一手传统的沙市菜，最出名的是皮条鳝鱼、鱼糕、圆子。每次来九十埠，我都会进去坐一坐。有一次，我问他是不是曾永海的后人，曾师傅笑着说，您说的那个曾永海，从前啊，是九十埠义森楼酒馆的掌柜，拿手菜就是皮条鳝鱼。我跟他没关系，也有关系。我们都姓曾，我经营的铺面，是曾永海家的老屋。

我仔细打量那铺子，虽说是老屋，但也有改变，做过局部装修，还是残留岁月的痕迹。信步走进后院的深处，是一片前后数进的明清建筑。几株树龄逾百年的银杏和广玉兰肃立其间，蝉声布满了悠长的老院。那雕花的门窗，虽已被烟火熏得失去了本色，却让你遥忆昔日的繁华。故事的开启，隐约显露历史厚重的面孔，让你生出无尽的遐想。谁亲手种下这株广玉兰？谁曾在西窗下读书？谁在庭院里泪雨纷飞？谁在不见某处一声叹息……令人遐思，你会顿生"旧时王谢堂前燕，飞入寻常百姓家"的沧桑之感。岁月轮回，世事更迭，该有多少故事悄然老去。

正当我出神之际，吱呀一声，一扇门在我眼前打开了。穿过了时光的栅栏，我仿佛看见一个操着沙市口音，叫裕德龄的八旗女孩，撑着黑色的油纸伞，从六十三号走出来，跟着一个挎一件朱漆食盒老嬷嬷，来买皮条鳝鱼。再穿过人声鼎沸的义森楼酒馆，西去买九黄饼。她的父亲是旗人裕庚，湖广总督衙门通判。裕庚常驻沙市，并兼办上自宜昌、下抵芜湖，也就是整个长江中游地区各个城市对外洋务。1896年，十岁的裕德龄离开九十埠，随父出使日本、法国，再也没回过沙市。七年后，奉诏进入颐和园随侍慈禧太后，成了"德龄公主"。奢华富丽的人生，并没有让她一颗心安定。她很快厌倦了皇宫的生活，选择飘零天涯。世界那么大，她却念念不忘沙市的九十埠。

德龄家在通判署衙，大门开在三府街，后门是九十埠。越过九十埠南去，迎面便是长江北岸的寸金堤。民国初年，通判衙门失火，烧毁了前厅。后来在废墟上，建起了聚兴诚银行。后院遗存建筑物成了旧时代沙市商会的议事厅。六年间残存的记忆，都让这个八旗格格，以文字的方式记录了下来。那一街之隔的江水，拍打寸金堤的涛声，在她的梦里，一天比一天清晰。带着淡淡的惆怅，声声入梦。一座城，成为一个人的生命基石，也因一个人，让这一座城有了特别的温度。

她的《清末政局回忆录》，用七章篇幅记叙了沙市市井、官府署衙的日常生活，描绘出一座城的旧日影像。这是一个少女最为眷恋的时光，她在书中写道："沙市的街道不但凹凸不平难以行走，而且非常狭小，太阳难得照到这条街上来，因为这个小镇上的主妇和阿妈们，都把洗好的衣服晾在竹竿上，从窗上伸出，横跨在街道上面，这种竹竿是这样的多，即使太阳出来，也被它们挡住，不能照到街道上。"德龄似乎把心中涌动的无尽乡愁，全都注入到对沙市地方风物的描述之中。她又动情地写道："当我从窗子里望出去的时候，也没有一样东西逃过我的眼睛：前面是那挂着蓝色肩带的魁梧的轿夫，左右是那些破旧的房屋，后面又是穿蓝衣服的轿夫和我们刚刚经过的曲折崎岖的街道……"这是对一座城市的深情回忆，旧城斑驳的光阴呈现在纸上，仿佛不是在叙述一座城市，而在怀念一位离别多年却不能再相见的故人。直至今日，九十埠，因为这个女孩，多了一份传奇。

从前的九十埠，没有门牌号。1949年后的某一年，改名为胜利街，住在这条街上的老人，还是习惯叫九十埠。二百九十二号，曾经的主人邓家，是九十埠商界名流。邓家以当铺、钱庄发家。到了同治九年（1870），开办了恒春茂药房，历经数十年进入鼎盛时期。听老一辈人讲述关于邓家的种种传说，说邓家富甲三楚，金银成山。这座沙市最大的民居院落，南邻九十埠，北靠肖家坊，西接龙门巷，东近梅台巷，面积约一万平方米。寻迹而来，仰望邓家临街铺面，我仿佛闻到了弥散不去的草药味道。

屋檐上的灰尘，风一荡落下来，眯了眼睛。来往的脚步都是慢腾腾的，彼此打着招呼，客气地问好。说到哪一家暴富，有人便手指剃头铺子或一家老茶馆，不屑地说，这些都是邓家的财产，能富过人家邓四少吗？像这种对话，在九十埠听多了，像喝一碗白开水，虽解渴，但少了味道。

邓家宅院、余家宅院和老街老铺子，脱落的青瓦上，生长着蒿草毛缨草。九十埠的前生后事，只有在幽静的深处，才能感受到。我试图在沧桑里，感知背后的风景，但从无遇见。街上没了幌子，没了叫卖声，像青石板一样凉。旧去的颜色，落幕后的温度，需要一个人用心去感受、去触摸。那沧桑与年代感，则是另类的风景。沿街商铺内偶尔会有旧摆设、旧家具和旧瓷器，这些都是历史见证，总会勾起一些遐想。街上的老剃头匠说，二十世纪八十年代前后，还有老人穿旧棉袍、戴呢子礼帽呢！这身打扮，走在高层大厦林立的大街上，有点儿出土文物的意思，但出现在九十埠，不但不奇怪，相反妥帖恰当。该变的跟不该变的，都有存在的道理。那些曾经的繁华已然消逝，只留下依稀的影子，却深深刻进了这座城市的记忆，成了这座城市的基因。

九十埠，是老沙市市井的缩影，踩着青石板，走进泛黄的街巷，恍若穿越一条时光遂道。一砖一瓦，一草一木，牌坊旧址，名人故居，有历史，也有沧桑。世事都在青石板上演绎。青石板与九十埠密不可分，何时九十埠没有了，青石板也就没有了。青石板偶有破碎，街面也因此裸露出泥土的沧桑肌理。青石板也是九十埠的名片，它尘封了九十埠的过往，不动声色地守候在飞逝的时光里。

沙市是一个慢生活的城市，九十埠也有着慢时光。生活在这儿的人们，甚至偶然路过此地的人，脚步会不自觉地慢下来。人们总是那样的闲适，从容地呷一口茶，吃一口烟，聚在街口茶馆，讲古论今。那故事中的人物，故事的发生地，都在这条街上。地在变，人在变，不变的似乎是天上的白云。风静静吹过街巷那些古老的树木，投下一地婆娑的树影，悠长了一声声鸟鸣。我喜欢这里的静，也喜欢茶馆质朴的氛围，老屋和盖碗，都透着古意。我抚摸盖碗，听着温和的故事。那故事虽然有重复，版本不尽相同，但还是听得津津有味。茶馆对面是一家字画装裱铺。案头忙活的中年人，穿一件蓝布外套，执一棕刷子，宣纸上覆浆糊。两间房子，三面墙上挂着字画。我一度寻找李寄尘的故居，多方打听一直未果。但我明白，这位名著三楚的书法家、收藏家，就藏在九十埠。不管找到或找不到，他就在这里。我见过他的书法，一幅对联，汉隶结体，每一个字里都是自我。这散漫的寻找，说白了是一种寄托，那远逝的流光，是这座城市的历史。这座城市也因为有了这些人和事，才有了厚重与精彩。

说起九十埠，少不了门牌二百四十二号的余家。它给这条古老的街巷，又添上了另一种底蕴与色彩。走进九十埠，陡然掉进了一个"静"字里面。从前的余家宅院，不是这样的状况，在时光的洗涤之下，华裳褪去，留下皱褶的身体。那时的余家宅院，临街商铺，后坊带院，居商合一。宅门之外的小巷，全是民居，有农夫水手脚夫、捕鱼营生的，有小商贩，三教九流，热闹着呢。那高一声、低一声吟唱叫唤的市声，传统手艺人叮当的敲击，再伴之以呼儿唤女、会朋聚友的人声等，组合成我们精神的寄托，也是人间十丈红尘万事万物因果关系根的存在。

余家纵深五进，两层砖木结构。少年余上沅，坐在母亲怀里听戏，越听越灵醒。入了私塾沿了回廊，趴在戏台听。生旦净末丑，分得一清二白，连角儿的名字，也是张口就来。九十埠的云烟光影，潜移默化了那颗敏感聪慧的心，戏剧的种子在他幼小的心灵里，在九十埠浓郁得化不开的水色间里生根发芽。读了新学堂，换上了戏服，有模有样地走台步，唱上几句。余老爷子忧心了，又由着儿子任性，听儿子唱几句，乐得哈哈笑。据说名师、名医刘寿林先生也是一位票友，很喜欢聪颖的余上沅。他牵上余上沅的小手，循声上邓家听戏。穿堂去，又穿堂回，那戏文飘散在屋檐与回廊之间，也藏在余上沅的心底。有这样一个老师，余上沅不成戏迷都难。

沙市的老街巷，有不少戏台，私家属性，用于堂会或婚丧嫁娶。邓家的戏台两侧有石雕栏杆出台阶通道，戏台顶部原有亮亭遮盖，戏台前为向下错落约两米的第五进两层凹形楼宇。楼下是可观看演出的堂屋和厢房，楼上是可看演出的厢式回廊。整栋建筑虽不豪华，但营造精到，其木雕装饰、石雕构件、花格窗、天花板壁、祭祀神龛都十分古朴雅致。这种在住宅内建有连体戏台的民居实属罕见。多半人家有戏台，又养不起戏班，把外面的戏班，请进宅门内，一场一场唱堂会。余上沅是邓家戏台下的常客。沙市是荆河戏的发源地，楚剧和花鼓戏也是传统剧种。"琵琶多于饭甑，措大多于鲫鱼"，这民间散落的戏台，也算是一条汤汤戏剧河流的源头。从九十埠走出来的余上沅，一直走到了中国戏剧的中心，他是首任国立戏剧专科学校的校长。从美国留学回来的余上沅，与梅兰芳相识，被梅兰芳誉为京剧行家。他接受梅兰芳的邀请，担任导演和顾问出访欧洲。有这样一位朋友，余上沅偶尔客串一把，粉墨登场过一把瘾。历史的烟尘淹没历史中的人物时，只有杰出者闪耀的光芒会进入后来者的眼睛，引导他们看到曾经燃烧的轨迹。在赵景深先生所著的《文坛忆旧》中，我们看到了余上沅的光芒："在现代话剧方面有功绩且有发电机一般的推动力量的是余上沅先生。"余上沅是中国戏剧的开拓者，九十埠的戏台是他人生最初的奠基石。

那一年，余上沅与胡适、邵洵美、徐志摩和梁实秋等人，筹办取名新月的书店。又在北平小剧院，忙于排演一场戏。他的朋友，同是北平小剧院的创建人、作家陈衡哲，带了妹妹陈衡粹。陈衡粹手指戏台上一身戏服的余上沅说，他不是啥戏剧家，是北大的教授余上沅，翻译欧美剧本，自己也写戏。那唱腔姿仪，一下迷倒了名门闺秀，秋水迷离，一往情深。余上沅与陈衡粹的结缘，也因戏剧成就佳话。

沙市是余上沅朝思暮想的故乡，他在哥伦比亚大学求学期间，从报纸上看到故乡沙市发生兵变的消息后，用七天时间写成独幕话剧《兵变》，表达了对故乡父母、亲友深深的思恋。抗日战争爆发后，余上沅发动学生在街头进行戏剧表演，宣传抗战，国立戏剧学校也迁移到四川江安。抗战胜利后，学校又迁回南京，途中，余上沅带着家人回过沙市。其后，虽然他也动过回乡的念头，但各种原因，这位从九十埠走出来的戏剧教育家、理论家，却再也没回来过，九十埠只留在他的梦里。

九十埠，苍茫在岁月的尘埃里。我一次次地这样穿过这里，云烟往事，如落叶纷纷，寂寞又悠长的足音回响在我的耳畔。在时光的抚摸下，它已然斑驳，如褪色的底片，昨日的喧嚣如潮水一样退去。回望身后古老泛黄的街巷，仿佛凝望着的不是一座城，而是一个正在慢慢老去的人，它繁花一样的青春之后是零落的暮年。九十埠碎影绵绵，叠成一片梦境，在我心中一直摇曳。

原载《青年文学》2022年第5期

【主编者言】是大江养育了诗人，还是诗人提振了大江？诗心为大江俘获，永远在江水中起伏浮沉。江水被诗心照亮，从此披上了文字的光彩，成为文化的象征。

千年诗魂伴大江

任 蒙

唐代大诗人李白曾长期生活在长江中下游，最后卒于安徽当涂，生前身后都与长江密切联系在一起。

李白将他的青春，将他的诗情，将他的文学创造力，乃至自己的生命都慷慨赋予了长江，创造了"山水与文学"的一个千古典范。

大江的"画师"

长江是自然之河，也是人文的大江，更是一道贯穿于中华文明的历史长河。历朝历代许多诗人和辞赋大家或生活在长江一带，或走近过长江，古老的江流都给过他们丰厚的馈赠，他们也为这条大江留下了璀璨的诗文。

青少年时代生活在绵州昌隆县的李白，本来就是一个长江之子，开元十三年的那次"仗剑去国，辞亲远游"，使他更加紧密地贴近了长江。

那年，25岁的李白沿着长江顺流东下，和很多远行的旅人不同的是，他除肩上斜挂的沉重包袱之外，手里还提有一把长剑。李白长年跟随出家人学道练剑，习得一身好剑术，再说他如此孤身远走，持剑而行还能以剑护身。

他好像特别留意两岸的山川，船行得平稳时，他多半是站立船头举目四顾，即便是坐进船篷，也时而手扶篷檐向外探头观望。此时，同行者更清楚地看见这个年轻人的身姿神态：中等身材，一袭紫色长袍，双眸照人，动作干练敏捷。

因为朝夕相处，同舟东下的羁旅行伴都知道这个年轻人是位诗人，但他们和船舷下的波浪以及两岸的林木一样，都没有想到眼前的潇洒才子就是一个以诗词为长江画像的丹青妙手。

万里长江所经之地的气候与地形地貌也差异巨大，或奇山巨岳，或一马平川，或茫茫湖泽。因此，大诗人李白笔下的长江也是姿态各异，时而开阔平静，时而劈山出峡，一路浩荡东去，汹涌澎湃，直到最后破陆入海。李白的诗篇，犹如一幅宏大的水墨长卷，千姿百态的长江被他以不同的笔墨展示出来。

《渡荆门送别》可算是他出川收获的第一篇名作。诗人在巴蜀深山见惯了长江于峡谷间奔突的身姿，第一次看见江流突破万重峡壁，奔向一望无际的广袤荒原，延绵不断的崇山峻岭被它抛向身后。遥望远天，秋风万里，"山随平野尽，江入大荒流"。这并非年轻的诗人限于阅历第一次目睹这种气势，而是世上只有长江才能演绎出这样让人震撼的壮美。

位于今日安徽境内的天门山，两山夹峙，犹如巍峨的山门紧锁大江，李白说"碧水东流至此回"，是因为"两岸青山相对出"。山门狭陡，刀劈斧削，当浩阔的江水拥挤到此处，山门像是心领神会一般，迅速为江水闪开一道门户让其通行。诗歌描绘了大江的汹涌水势和天门山的高峻雄姿，最后仍以天边的孤帆来渲染诗意，气象蔚为壮观，而且富有灵动感。至今，说到这处长江奇观，依然是李白的这些诗句最相匹配。

《当涂赵炎少府粉图山水歌》是李白为当涂县尉赵炎所作山水壁画的题画诗，全诗30行200余字，其画幅之阔不难想象。此画可能类似于今日悬在会堂大厅的宏幅巨制，画里千山万水并没有具体所指，但诗人调动想象，将华夏大地的万里江山尽量与画意对应。当然，他想到最多的还是他心中的长江巨川，从高峻的峨眉到洞庭潇湘，自西向东，"惊涛汹涌向何处，孤舟一去迷归年"。

李白的诗笔在赵炎的画幅上纵横捭阖，为其增添了满纸烟岚，使整个画面更显得云蒸霞蔚。

在李白的诗中，万马奔腾的长江时常也展示出宁静的柔美。《秋夜板桥浦泛月独酌怀谢朓》一诗，写了即将月落星隐时分的大江夜色："汉水旧如练，霜江夜清澄。长川泻落月，洲渚晓寒凝。"这里的汉水实指长江，李白多次以素练来形容长江的柔静之美，这首诗中夜幕下的寒江更显清澈，一江静水将月华泻向大海，四野清幽无声，实则动静相生，空灵的夜空让人顿生几多惆怅。

他走过的地方就是名胜

有专家认为，得益于巴山蜀水的养育和长江文化的熏陶，开元天宝时代才出现了李白这个伟大的浪漫主义诗人。李白选择长江，是因为他热爱这里的山川大地，迷恋这里的风土人情。要表达这种发自肺腑的情怀，他就必须到实地来亲近长江，来感受这里的自然风光和社会风情，哪怕是携家带口，他也要到长江岸边来生活。

长江一线密集分布着江河文明造就的古老都市，没有到过长江的人只需阅读李白诗篇，便可数出一长串珍珠般的大城小镇。从巴东、荆州，自上而下直到金陵和广陵，这一长串几十个地名几乎是紧贴着长江铺开的，相距远者不过几十里。诗坛圣手沿着大江走过几个来回，就为这些城镇镀上了金色的光泽。

李白为长江绘制的图卷是"全方位"的，长江一些大小支流及两岸的许多自然景物，在李白诗中都有描绘，尤其是对一些自然小景的描绘也很精彩。深藏于巴蜀峡谷的白帝城、挂在匡庐险峰的瀑布、偏居于宣州群峰之间的敬亭山，以及清弋江匆匆拐道时抛下的小小桃花潭等，假如没有唐代中叶的那次文学幸遇，没有李白的到来，这些在现代最大比例尺地图上都很难找到标示的"村级"小地方，至今都可能是一些不为人知的地名。

1800年来，武昌的黄鹤楼屡毁屡建，反复20多次，一次次崛起于大江之上，如今巍然屹立于江南蛇山，正是李白和崔颢等人的诗篇支撑了它的凌云之高。粗略查阅，发现李白明明白白写到黄鹤楼的诗篇，竟有13首之多。

李白是典型的性情中人，诗人李白和生活中的李白是个非常契合的统一体，带着某种任性，心到笔随，对自己深爱的景物就不厌其烦地反复描绘，反复赞赏。他爱长江，有时爱得就像一个情痴："寄言向江水，汝意忆侬不。遥传一掬泪，为我达扬州。"诗人如此深情地与大江对话，问它是否还记得他李白，请江水将他的一掬泪水捎带给扬州的好友。

南京号称六朝古都，多少风云人物，多少文化巨擘，曾经在这里一展身手。李白一生多次来到金陵，玄武湖、紫金山、凤凰台、长干里、劳劳亭、板桥浦等繁华之处，都曾留过他的墨迹。金陵酒肆遍布，自称"酒仙"的李白多少次与友人沉醉酒楼，且酒且歌，通宵达旦，有天喝得兴起，竟"解我紫绮裘，且换金陵酒"（《金陵江上遇蓬池隐者》）。

如今的皖南，是李白的足迹更为密集的地方，他一生游历皖南有四五次，名曰游历，但往往在此滞留数年。他在这里写下近200首诗歌和一些散文，或详或略地记录了自己的游踪。皖南的许多地方都建有太白祠，历代修建的关于李白的种种纪念性建筑可谓不计其数。

长江代表着中华大地的半壁山川，李白代表的是中华民族历史上一个辉煌的文学时代。李白写于长江的诗歌和散文，是中国历史上一笔极为贵重的文化遗产，它们将与悠久的汉字一起长存，将与这道不竭的大江一样永恒。

可以说，李白以他一生的艺术实践，创造了"山水与文学"的一个千古典范。

江上的民间生活画卷

李白一生眷念长江，书写长江。在长江一带的寄居和漫游岁月，也使他有机会更多地接触底层社会，他诗中展示的普通劳动者的生活场景和情感哀乐，多半是他在长江一带真实的见闻与感受。

早年，他在长江岸上看着急流如箭的江水载船远去，回头看见送别亲人的女子还呆立在岸边，不禁深为叹息，写下《巴女词》："十月三千里，郎行几岁归。"在交通落后的古代，先人经历过多少亲情别离的心灵煎熬，今天我们只能通过诗词去体味。

《荆州歌》不但写了茧妇在"荆州麦熟茧成蛾"农忙时节的辛勤劳动，还着重反映了她对自己出入巴蜀的丈夫的思念与担忧。"白帝城边足风波，瞿塘五月谁敢过？"她丈夫正在出川返家的江上日夜兼程，妻子虽未出过远门，但她听说过峡江行船的惊险，心情之沉重不言而喻。在叙事诗《长干行二首》中，李白以独白自述的手法表现金陵商妇的生活与相思，其中也穿插瞿塘峡滟滪堆的险象来表达商妇对远行夫君的忧思。

李白经历过峡江旅行的艰险，每每以细腻的笔触刻画商人妻子之愁，让人刻骨铭心。长江给了历代先民一水之便，但它的激流暗礁也曾经让许多人提心吊胆。李白的这类诗歌为我们描述了古人旅途的艰难，远行往往只有水路可选，从某个侧面深刻记录了当时的社会生活。

《丁督护歌》是李白写他在漫游吴越途中现场看到民夫拖船的场景。诗中的云阳就是今天的江苏丹阳，瘦骨伶仃的船工背负沉重的舟楫，像牛一样气喘吁吁地艰难前行。当时正值炎夏，可河水混浊得不堪饮用，他们用来盛水的壶中沉淀了半壶泥浆。诗人如果没有来到这种航运现场仔细观察，是不可能发现这种生活细节的。船工的艰苦生活使诗人受到强烈震撼，他联想到运河两岸聚居的那些腰缠万贯的富商巨贾，一股义愤涌上心头，罕见地以其纯粹的现实主义笔法，原原本本、毫无夸张地揭示劳动人民的疾苦。"一唱督护歌，心摧泪如雨"，诗人也罕见地为底层劳动者如此动容。全诗沉郁悲凉，表达了诗人对劳苦大众苦难命运的深切同情。

几千年间战乱频仍，水旱瘟疫等自然灾难不断发生，普罗大众能够平安度日,就是他们最幸运的生存状态。那组著名的《秋浦歌》,更是这种底层社会日常生活的真实写照。

秋作之后的田舍老汉转向捕捞,但摇船撒网同样辛劳,即使是疲惫不堪时,他也只是躺在船上歇息一下。而他的妻子也没闲着,独自在竹林深处张网捕鸟,诗里说她捕捉的是一种形体如鸡的大鸟,名叫白鹇。

《秋浦歌·其十三》描写的是一个更常见的乡村景象:"郎听采菱女,一道夜歌归。"水清月明,白鹭轻飞,夜幕即将降临,在田间耕作了一天的小伙子,大声呼唤水中采菱的姑娘们收工,他们一道踏着皎洁的月光回家,还唱着小曲。

乡村总是那么忙碌,那么辛劳,乡民为了生计不得不披星戴月,但诗歌也写出了这种日子的几分安宁、几分从容、几分纯洁,千余年来韵味不减。同时,这组乡村素描无意间透露出,在所谓盛唐时代的农耕生产中,带有自然属性的"采集经济"仍然占据着重要地位。

流放路上的千里酒宴

诗人依恋这条大江,大江也为诗人设定了后来的命运。

如果李白能继续留任翰林院,或许就没有他后来在长江沿岸的寄居生活。诗人晚年,在其精神和生活的双重压力之下,一次次走近长江,在这里书写一篇又一篇精彩的华章。诗人的不幸却是山水的大幸,却是长江的大幸,却是中国文化的大幸。

安史之乱爆发后,李白隐居在庐山一带。永王李璘募集兵勇数万从江陵顺江东下,以图金陵,其大军经过庐山时召李白下山入幕,他顿时喜出望外。可是,永王的行动很快被肃宗认定为觊觎神器,在朝廷重兵围剿中节节败退,永王被杀,李白被人从溃败的乱军中拎出,虽然他没有担任什么职务,也不曾参与过实际军事行动,不过是写了几首赞美诗为永王打气,但他还是被投入浔阳大狱，罪名是"附逆作乱"。几个月之后，幸得御史中丞宋若思和江南宣慰使崔涣等人为其推覆清雪，言其罪薄宜贳，将他营救出狱，并被宋若思留于幕中。

对于经历过生死之劫的李白来说，这应该是一个比较温馨的结局，但大梦未醒的李白仍然希望再次入朝施展身手，他请宋若思向朝廷推荐自己，并且代为起草了《为宋中丞自荐表》。朝廷没有让他们等待多久就有了回音：将李白流放夜郎！

李白向来与宋若思交情颇深，他诗中多次写到宋若思，其中《陪宋中丞武昌夜饮怀古》，记录了他陪宋若思开怀畅饮的难忘之夜。

此诗所写的武昌，就是今日紧邻武汉的湖北省鄂州市。根据专家考证，李白曾经四次来到当时的武昌（今鄂州），在这里留下了不少诗文。

"龙笛吟寒水，天河落晓霜。"那是一个秋高气爽的夜晚，社会名流相聚武昌南楼。新月如钩，银辉洒地，众人沐着阵阵江风，还伴有清泉流水般的悠悠笛声。宋中丞本来是夜宴的主角，见大家酒兴正浓，竟开心地坐到了席旁的折叠凳上。

这首诗无法确认具体写作年份，但不难理解李白对宋若思的深厚情感。宋若思等人极力为李白洗冤，他们营救的不只是大诗人的生命，还营救了他在生命最后岁月写于长江的一批诗篇。

准备流放夜郎的李白，再次被投入浔阳狱中，年后才押他上路。这是一个苍凉的早晨，江风送来的是阵阵寒意，58岁的李白却依然是一副豁达的神态。人们望见他缓缓走向江边码头，虽然脖子上还架着沉重的枷锁，脚上拴着黑乎乎的铁镣，但并不是大家想象的那么萎靡哀切。曾经有李白研究专家描述过这个场面，还说那天赶到浔阳为李白送行的不但有宋若思、魏万、汪伦等老友，也有未曾谋面的秘书省校书郎任华，甚至连宣城善酿的纪翁也出现在送行的人群中。显然，这种场景只是一次"合理的想象"，李白那次最后的溯江而上，一路受到的礼待却"有诗为证"。

李白在《流夜郎永华寺寄浔阳群官》中，对离开浔阳的情景作了清楚记述：

"朝别凌烟楼,贤豪满行舟。暝投永华寺,宾散予独醉。"当时在浔阳的社会贤达都赶到船上为他送行,晚上借宿永华寺,好友为他安排了这次旅途的第一场夜宴。客散酒醒,李白写下了这次旅程中的第一首诗。

这年是乾元元年,一晃到了五月,李白才抵达江夏,太守韦良宰与李白是故交,留他客居数十日。此前,永王李璘也曾极力拉拢韦良宰参与他的军事行动,但与李白豪情满怀的态度截然不同的是,任李璘如何劝说,韦良宰不为所动,即便将刀架到他的脖子上也誓死不从,从而避免了自己在政治上去蹚这次浑水。然而,李白这时流放经过江夏,他却一如既往地予以厚待,让李白尤为感动。次年,李白遇赦归来,韦良宰再次盛情相迎,李白在江夏写下了他平生最长的一首诗《经乱离后天恩流夜郎忆旧游书怀赠江夏韦太守良宰》,共166行830个字,"清水出芙蓉,天然去雕饰"的名句就出自此诗。

还是回到李白流放途中,他于乾元元年八月过江到汉阳,受到王县令和沔州刺史杜公款待,又适逢尚书郎张谓出使汉阳,彼此欣喜不已。他与张谓等人借着月色泛舟湖上,数次赋诗酬谢汉阳这个没有留下生平事迹的王县令。这样,他又在汉阳逗留了一个多月。九月,李白来到江陵,郑判官等故交新知出面,将其留居了很久,照样是杯来盏去,游山赏水。

本应该是悲悲戚戚的"戴罪赴刑",却被一路故人安排成了一次沿途"接力"的千里盛宴和诗酒酬答,成了一次觥筹交错的不散饯行。想到自己这种贵宾式的"流放"旅途将要结束,真正流刑的日子正等待着他;想到天宝年间王昌龄被贬龙标县尉,龙标也就是夜郎一带的地方,时在扬州的李白闻知挚友远去,悲从中来,写了《闻王昌龄左迁龙标遥有此寄》:"我寄愁心与明月,随君直到夜郎西。"如今,他作为流徒也要去那里服刑,命运还不及王昌龄遭贬,因而更生伤感。临别江陵,他写下《赠别郑判官》:"远别泪空尽,长愁心已摧。二年吟泽畔,憔悴几时回。"

一路上就这么走走停停,磨磨蹭蹭,船进三峡时已快入冬,这会儿他也该一门心思赶路了。可是,船在险峭的峡江逆流行驶,许多地段只能依靠纤夫拽着前行，异常缓慢。诗人耐不住这种慢节奏，于船舱中写了《上三峡》，感叹："三朝又三暮，不觉鬓成丝。"

这样，好不容易到了奉节，谁也没有料到的好消息从天而降：因为当年大旱，朝廷决定大赦，流刑以下的罪犯全部赦免，李白自然包括在内。

从奉节返程的那天早上，峡江上空朝霞如抹，连天空都那么清新艳丽，李白一路上喜悦溢于言表。船到江陵，他写了《早发白帝城》，心中那种畅快，就像今天的人们享受快艇疾驰的刺激一样。

不知道历史上是否有人经历过李白这样的"流放之路"。以李白这样的老迈之躯流放荒蛮边地，没几个人预料到他能够生还。劫后余生令李白格外欣喜，因而归来的路上更富诗意，他顺江而下，更是走一程写一程，从江陵写到巴陵，再写到江夏，写到武昌，写到金陵。这一年，李白的创作又一次迎来了高峰。

经过巴陵，李白再次在他迷恋的洞庭湖流连忘返，适逢刑部侍郎李晔也在岳阳，他们一起泛舟烟波，眺望空旷无垠的湖光山色。尽管诗人的命运刚刚经历了一场生死转折，内心还郁积着难以言说的愤懑与愁苦，但他毕竟又燃起了生活的希望，心境渐渐平和下来，眼前恬静柔美的八百里洞庭也是一片诗意。他的酒兴上来了，诗情也喷薄而出，浩渺的湖水在他看来就是无边的美酒，天地之间弥漫着醉意，他一口气写了《陪族叔刑部侍郎晔及中书贾舍人至游洞庭五首》，意犹未竟，又接着写了《陪侍郎叔游洞庭醉后三首》。

途经汉阳，王县令亦为李白遇赦欢喜不已，盛宴相迎。李白酬谢他的《早春寄王汉阳》《江夏寄汉阳辅录事》《寄王汉阳》《望汉阳柳色寄王宰》《自汉阳病酒归寄王明府》等诗作，都是在赴流刑来回途中写的。患难之际，老友交情弥足珍贵，所以才有这般密集的感慨与情感表达。

当时的江夏是南方的重要都会，也是李白往来最多的城市，他遇赦返回江夏时，又是大地吐翠、垂柳披绿的仲春。时值两京收复，人心思定，朝廷也以为平乱大局已定，急于庆功，忙着封臣祭庙，营造歌舞升平之气象。江夏也是一片繁忙，获得赦免的李白格外轻松，内心"大济苍生"的渴望更加熊熊燃烧，使他在这座昔日的江上舞台愈发活跃。当然，我们今日能够感知到李白那时的精神面貌，同样是通过他的一批诗文获知的。

特别是他这次在江夏见到了做过南陵县令的韦冰，尽管韦冰是由于被贬谪经过这里的，但他们的意外骤逢仍然使李白惊讶不已，恍若梦中。他们是情谊很深的故交，两人相似的遭遇和失意，使李白深深感到命运的冷酷，唤起了他的满腔悲愤。当夜与韦冰倾谈之后，李白回到馆舍，饱蘸情感写了《江夏赠韦南陵冰》，此诗显示了李白笔调豪放、构思浪漫奇特的一贯风格，但全诗悲慨激昂，感情起伏转换。"人闷还心闷，苦辛长苦辛。愁来饮酒二千石，寒灰重暖生阳春。"诗中没有答谢之意，更没有逢迎之辞，也没有强作欢欣，这成为这一时期李白内心世界最真实的写照。

魂归大江

晚年李白政治上屡遭挫折，生活上穷困潦倒。回到金陵之后，年逾花甲的李白竟然决定北上投军，半途因贫病交加而折回江南，几经思量才来到当涂投靠县令李阳冰。李白决意把自己托付给李阳冰，托付给身边的这道大江。并且他已预感到，这是他生命中的最后一次选择了。

那会儿，李阳冰的县令秩满，准备赴朝廷述职。为了安顿李白，他只好稍做推延，一面筹资在城外龙山脚下扎了两间草庐，供李白安家，一面请郎中为其疗疾。

卧床不起的李白，知道自己来日无多。那天，他斜靠在床头，将一个方方正正的蓝色包袱交给李阳冰，从其郑重的神情里，李阳冰已经猜定那是他收集的自己的全部文稿。按照李阳冰后来的话说，其"著述十丧其九"，所存这些也是李白通过别人收集的。当李阳冰从李白皮肉枯槁、已无血色的手中接过包袱时，听他气若游丝地说了句：悉数请托矣！李阳冰解开包袱，只见不同颜色、抄录着诗文的纸张叠得整整齐齐，他没料到一向洒脱不拘的李白也有细致的时候。李阳冰深知这个包袱的重量，他没有翻动文稿，看了一眼就将包袱束紧，也没有说什么，只是给了李白一个坚定的眼神。

李阳冰没有记下他们交接的具体日期，但那个时刻对于整部唐诗集，对于中国文学史，都是一个重要的时刻。历史证实，后来被李阳冰称作"枕上授简"的那次文学交接是成功的。李白死后，李阳冰为他料理了后事，还为他刊刻了全部遗稿，并为其撰写了《草堂集序》。

诗人之死，也激起了人们丰富的想象。影响最广的传说故事，是说李白酒后与友人泛舟江上，醉眼蒙眬中，忽见江心一轮明月若隐若现，一生爱月咏月的李白不禁纵身一跃，扑入水中。随即，有人看见他骑着一匹江鲸缓缓腾空而去。

我曾经到过安徽采石矶的"李白捞月处"现场观察过。因为江面十分狭窄，栈道陡险。栈道护栏之下就是湍急的江流，深不可测，游人到此多露惧色。我曾经说过，当初李白即便到了半疯半癫的醉态，也会被这儿的激流所惊醒。再说，依这里的水势，很难照出一轮如诗的月亮。

让李白骑鲸升天的传说，不失浪漫。但是，死亡从来没有浪漫，包括世间最浪漫的诗人之死。

青山位于长江南岸，并不险峻，这里古柏掩映，四野无声，诗人头枕青葱的山峦，高卧波涛之上，可以尽情欣赏他一辈子没有看够的大江风光，可以独自静听万年不绝的江涛之声。因为李白长眠于此，这片青山、这段江流便散发出灼灼文学光焰，人们朝圣般赶来。当初，白居易来过，杜荀鹤来过，贾岛也来过。以苦吟著称的晚唐诗人贾岛，时已六十有四，不远千里前来拜谒李白，竟不幸客死于此。

李白新冢当初也是一座简陋的矮丘，但自宋开始，历代都曾经在此大兴土木，祠堂、祭殿、牌楼、香案等一应俱全，与历史上许多纪念性建筑的经历一样，有些地面建筑屡毁屡建，大规模修葺多达13次。

万古江流，这般演绎着伟大诗人的人生悲喜剧。

漫长的时光使地老天荒，但奇妙的文字却能够让时光倒回。如今，当我们来到长江岸边，天空还是有那样的朝霞彩云，脚下还是那道流淌的江水，眼前还是当年的山川田野，但奇妙的诗句却将我们带回到当年诗人笔下的柳荫和浪涛中的扁舟，带我们走进开元天宝年间的那片月光，带我们伴随李白和唐诗去亲近这条古老江流。

原载《光明日报》2021年12月31日

【主编者言】若干年前兴文化热，评说各地文化精神者众，惜隔靴搔痒者多。有谈粤人之文章，材料竟仅来自隔壁粤人一家。关于广东人的硬气，不久居粤地且善观察者，必不易总结。

顶硬上：民国笔记中广东人的"硬"气

周松芳

广东人到底是一种什么样性格的人？旅居广东三十余年，一直在思考这个问题。人云亦云，耳食纷纭的"敢闯敢试，低调务实"之类，不过是顺应时代意涵的语调。虽然不愿奢谈当世之事，但梳理一下近些年来收集到的一些史料，还是若有所得，值得公诸同好——终民国之世，广东人给人最突出的印象，就是一个"硬"字！

一

官至国民政府"立法院院长"的刘健群，在晚年回忆录中，通过比较各地车夫行为之一面，拈出了广东人性格"硬"之特质——北平的车夫"要钱不骂人"，广东的车夫"骂人不要钱"，南京的车夫，则是既骂人又非要钱不可。

广东的一毫子与二毫子在外江佬听来都不大有显明的分别，所以坐车的外江佬，常和广东的车夫在讲价时发生误会：车夫说的二毫子，外江佬听的是一毫子，车到地头，发生争议，彼此言语又不尽通，最后广东车夫一赌气将车子往地下一摆,一句口头语:"丢那妈!"干脆对那一毫子放弃不要。这是广东人硬碰硬的个性,既骂人就不要钱了。(《银河忆往》,中华书局2016年版,《且谈各地的人力车夫》,第88页)

"食在广州",有人则从吃中看出了广东人民性之"硬"。

  语云:"吃在广州。"广州居民似对吃甚感兴趣,无论中下之家,早餐均赴饮食店进食芝麻糊鱼生粥等小食,定价颇贵,而各食肆晨间门庭若市,莫不利市三倍。从饮食店中,复可窥出广东人性格"硬朗",不予通融的一般。如专售甜食的铺子,不售咸食,反之亦然。此外,在同一店铺中,复规定上午供售某项点心,下午另售他项点心,如索取规定以外之点心,即无法购得,此与沪上五芳斋这一类点心店售大肉面鱼面等以外,视季节兼售绿豆汤、糖山芋等物,颇有不同也。(纪穆《广州印象》,上海《申报》"自由谈",1948年10月23日第8版)

这种食性之"硬",不独在广东本土,即使迁地易居经营他方亦不改,比如上海的广东茶室。

  这茶室是打从南方来的,原因是一般硬绷绷的广东朋友,于吃字一道最有研究,他们于一盏茶罢,需得要弄点吃食点心之类聊备充饥,就在这情况之下,茶室老板大事扩张,竟连酒筵大宴也增加在茶室里面了,一般普通的经济朋友,当然拣价廉物美的东西喊,可是有点儿钱的绅士阶级却二样了,非得要银台面上来几道鱼翅海参不可,这样虽是吃茶为名,却是宴客是实,所费之资多至数十元者,吃茶其真茶价腾贵也。(陈忠豪《茶室风光》,《小姐》1937年第6期)

其实广东人的"硬"气在饮食服务员即招待或侍役身上体现更充分。

粤菜在上海占着极大的势力,而形成了一个托拉斯的大集团,其余的各帮菜馆,受那集团的破坏,已无挣扎的余地,只有呻吟喘息,暗自浩叹的份儿……平心而论,广州馆,确也有不少优点,为其他所不及的。第一,庖者考究,第二,清洁鲜美。就只是一件,广帮堂倌的招待太简慢了,硬绷绷的,一些礼貌也没有,这不但广东堂倌如是,也可说是多数广东人的特性。这和一走进北平馆,五六位青布袍伙计笑脸迎送,爷长爷短的情形相比,真有天渊之别了。(寂寂《广州菜底权威:蚝油牛肉打倒小黄鱼》,《社会日报》1932年8月31日第1版)

但是,请别误会,这种"硬"气只会使招待更周到,而不是口惠而实不至:"在他们硬绷绷的性格中,对待客人,倒是唯命是听,没有一些儿不周到的地方。但是我们要叫唤他们,是'伙计'而不是'堂倌'。"(春申君《上海讲座:广东菜在上海》,《上海周报》1933年第1卷第20期)观察的确非常到位。一方面,广东的侍者之所以表现出"生性硬绷绷",在于他们"不专巴结小账",另一方面,不能叫他们"堂倌",因为这些"伙计"大都是广籍,"广东音的'伙计'如同上海音的'镬盖'相仿。他们愿做'盖'而不喜做'官'。"(老飧《粤菜馆与宁波菜馆》,《上海生活》1938年第2卷第1期)

也有人观察到广东人性情灵活柔软的另一面,但毕竟是相对于"硬"而言的。

说了半天,徽馆生意不佳的本命星君,到底是什么?到底是吃了大价钱没有面子?我现在借箸替徽馆画策。第一,广东馆不是也卖大洋的吗?然而嘴里虽然硬功夫硬碰硬,事实上可软下来了,从徽菜那种大馆子起,到宵夜馆止,都改售小洋了。碰硬碰的广东馆尚且临盆,徽馆就不好临临盆么?(开末而《对于吃徽馆的意见》,《大常识》1928年第2期)

二

广东人这种"硬"气是如何形成的呢？从历史地理的角度，当与其绵疆峻岭的自然环境，以及远离朝廷仕进不易的社会历史有关。甲午恩科进士出身，入过翰林，官至安徽提学使，辛亥革命后隐居上海专作著述的广东东莞人张其淦（1859—1946）在《岭南名臣序赞》中说："绵疆峻岭，代有伟人；文川武乡，常产贤哲。"而晚近以来，梁启超在《袁崇焕传》中着力表彰的东莞人袁崇焕，就是这种绵疆峻岭所产"硬"气人物的最佳代表："吾粤崎岖岭表，数千年间，与中原之关系甚浅薄。若夫以一身之言动进退，关系国家之安危，民族之隆替者，自古未始有之。有之，则袁崇焕其人也。"根据陈序经教授及耶鲁大学萧凤霞教授的研究，袁氏出生疍民之家，占籍广西藤县得中进士，其后来为国干城所赖以从故乡招募的子弟兵，大半也是疍民，"丢那妈，顶硬上"，这句始自疍民的粤谚，也成为他所率部队的"冲锋号"。

同是出自珠三角地区疍民之家的晚辈音乐大家冼星海，不仅从不以出身为讳，还将疍民最著名的民歌《顶硬上》谱曲演唱，自署作曲人，作词人则径署其母黄苏英，自豪之情，沛然可见。此后，无论何时何处，冼星海演唱此曲，第一遍必用广州话，寄情之深，溢于言表。可以说，袁崇焕与冼星海，不仅是疍民精神的一种象征，也堪为岭南精神的一种象征。所以冼海星在后来的创作中，将这种"顶硬上"的精神不断升华，升华为岭南精神，升华为民族精神，诚如其所作《民族精神》所唱："几大就几大，大家顶硬上！疏兰①，尽地一煲②！丢那妈！挟山超海虽空话，死命拥挤奈我何？珠江水长，五岭山高，我

---

① 陈铭枢作词，见《冼星海全集》第二卷，广东高等教育出版社1991年版，第83页。疏兰当即"晒冷"之意，粤语中玩沙蟹（Show Hand）赌博时的一种下注方式，指将手上全部筹码都作为赌注，一局定生死，引申为豁出去的意思。

② 尽地一煲则是决绝、最后一搏之意，合而言之，即不要苟且服软，宁愿犯傻气顶硬上拼力一搏。

们靠着那只要吐口气,天地撞破、撞破、撞破,丢那妈!怕什么?"而将"丢那妈"这种粗口写入以《民族精神》为题的歌词中,也可视为广东人"硬"气的一种特殊表现吧;其实也早有人用"丢那妈"来指代广东人了:"上海人之喜欢吃广东菜者,除旅居在上海的'丢那妈'以外,其他的一般人,可说是同有此好……"(春申君《上海讲座:广东菜在上海》,《上海周报》1933年第1卷第20期)

其实外人对广东人这种性格的形成与人文地理的关系也有观察。

地理与人文倒不无关系吧?虽然我并非纯粹"地理条件说"的机械论者。但我踏进广州,正如踏进长沙一样,感到一股活力。那重浊的广东话,令我记起急促性的湖南话来。不必说,湘、粤两省是土壤相接的,为了这,湖南人与广东人的性格颇有相同之点。从来有人以为中华民族性最优良的便是湘、粤两省人,或许不至于认为过论吧。假如这话颇有根据,那么,湘女的坚贞与粤男的硬朗,老早传播于中外人们之口了。自然,这是指湘、粤两省人文的特质,并非就一般而论。也许长沙和广州恰是都市的地方,较之邻县边镇的湘、粤人,其坚贞与硬朗恐又未免随而逊色些吧?

这所谓"民族性最优良"的解释,除坚贞与硬朗之外,说得鲜明点,就是团结、勇敢、吃苦、富于反抗;同时,没有叩头打拱的奴性,和损人利己的自私性。湘、粤两省人,是最有希望的中国人啊!

(姚苏《南国琐话》,《宇宙风》1938年第63期)

把考察视野扩宽一点,民初之时,浙人徐珂说:"凡掀动天地之事,若戊戌维新,若辛亥革命,莫不藉粤人之力以成。"也可谓对粤人"硬"气的另一种表彰吧。而抗战初期关于"广东精神"的全国大讨论,更可视为对广东人的"硬"气的另一种广泛的高规格弘扬,我已撰专文《抗战前后的"广东精神"大讨论》刊于2019年9月18日《上海书评》,此处不赘。最后仍需略赘一语的是,上世纪的改革开放,如果没有"丢那妈!顶硬上""杀出一条血路"的"硬"气,怕也是没有今日的大好局面的。那在今后呢?广东人或许仍需这种"丢那妈!顶硬上"的精神罢!这也是我今日得撰此文的重要因由之一。

原载《南方都市报》2022 年 6 月 25 日

【主编者言】野草在野，却在心；闲花有闲，更有趣。所有的事物，都是大自然无言的恩赐，就看我们自己怎样去发现它们的意蕴，感受它们身上暗藏的芬芳时光。

野草闲花小札

王美怡

覆盆子与韭菜花

苏东坡对有一种植物似乎有些偏好，那就是覆盆子。在黄州时，他写信给好友章质夫，信不长，但极有风致。录如下：

某启。承喻慎静以处忧患。非心爱我之深，何以及此，谨置之座右也。《柳花》词妙绝，使来者何以措词。本不敢继作，又思公正柳花飞时出巡按，坐想四子，闭门愁断，故写其意，次韵一首寄去，亦告不以示人也。《七夕》词亦录呈。药方付徐令去，惟细辨。覆盆子若不真，即无效。前者路傍摘者，此土人谓之插秧莓，三四月花，五六月熟，其子酸甜可食，当阴干其子用之。今市人卖者，乃是花鸦莓，九月熟，与《本草》所说不同，不可妄用。想子已寄君猷矣。

这"四五月花，五六月熟"的小果子，在南方的山野里，是很常见的植物。鲁迅在《从百草园到三味书屋》里也写到它，说它"像小珊瑚珠攒成的小球，又酸又甜，色味都比桑椹要好得远"。我老记得小时候在湘西的山野间，太阳把岩石晒得很烫了，满山的草木都被烘出野香，山路两旁的野草蒺藜丛里，到处可以看到这些红艳艳的覆盆子，采一颗丢进嘴里，甜中带酸，好吃极了。夏天在湘西的山间采覆盆子，被太阳晒得满脸通红，却着了迷似的，乐此不疲。捧着一小袋红珍珠一样的覆盆子回家，用清水盛在白瓷盆里，心里美极了。

因了这种种过去的记忆，读苏东坡的这封信札时，就觉得亲切，有味道。苏东坡在中国文人里，是最会生活，最有人情味的。他酿酒，做菜，啜茶，闲聊，在不同的季节采摘不同的植物送给朋友。他是有很多朋友的，他对朋友很好。他的好文章，都是和他的生活细节联系在一起的。他的那些书札，其实就是一些生活实录，只是这实录里，渗进了一些别样的情味，像清茶，像淡酒，让人忘不了。比如他的《覆盆子帖》，也是写给朋友的信札：

覆盆子甚烦采寄，感怍之至。令子一相访，值出未见，当令人呼见之也。季常先生一书，并信物一小角，请送达。轼白。

朋友也是风雅的人，初夏时节采来鲜甜的覆盆子，送给东坡先生。收到礼物的东坡先生就坐在书案前，挥毫写下这封短札。字写得萧散有致，像写字的人一样，不拘形迹，散淡潇洒。

有一天在友人的书房里，看到墙上挂的马一浮先生所临的《覆盆子帖》，也是那么清雅有致，忍不住盯着看了好久，心里无端地感动。想起那句很熟悉的话：这真是一个圣境。这是沈从文先生说的，他好多年前在湘西的水边，叹息着说了这句话。

好的艺术作品，都是与天地万物相通的，都有草木的气息，家常的情味。这样的艺术家，永远让人忘不了。

不由又想到五代时期的杨凝式和他的《韭花帖》。这被称为"天下第五行书"的名帖也是一封信札，是很耐读的小品。

昼寝乍兴，朝饥正甚，忽蒙简翰，猥赐盘飧。当一叶报秋之初，乃韭花逞味之始。助其肥羜，实谓珍羞。充腹之馀，铭肌载切，谨修状陈谢，伏惟鉴察，谨状。七月十一日状。

杨凝式午睡醒来，窗外秋光正好。朋友送来韭花一盘，清香诱人。于是杨凝式铺纸磨墨，写信答谢友人。他心情闲散，下笔不疾不徐，胜似闲庭信步，欲走欲留，且行且止，一派简淡洒脱的魏晋风神。这"心闲气静时一挥"的作品，带着新春的韭菜花的香味，还有平常日子的新鲜与真切，让人爱不释手，成了旷世墨宝。黄山谷曾喻之为"散僧入圣"，写诗赞叹："世人尽学兰亭面，欲换凡骨无金丹。谁知洛阳杨风子，下笔便到乌丝阑。"

杨凝式是个怎样的书法家呢？《旧五代史·后周·列传八》载：

凝式虽历仕五代，以心疾闲居，故时人目以风子。其笔迹遒放，宗师欧阳询与颜真卿而加以纵逸。既久居洛，多遂游佛道祠，遇山水胜概，辄流连赏咏，有垣墙圭缺处，顾视引笔，且吟且书，若与神会。

生活在人命危浅、朝不保夕的时代里，杨凝式自号"杨风子"，佯狂以自脱，成为梁、唐、晋、汉、周五朝元老，官至太子太保。他平素喜游寺庙，爱以粉墙素壁作纸，挥毫泼墨。此等奔放奇逸之举，只有深谙书中三昧的"杨风子"才能为之。不光字好，诗也绝佳。比如题华严院的名句："院似禅心静，花如觉性圆。"

杨凝式是唐代的颜柳欧褚过渡到宋四家苏黄米蔡的一个中间人物，对苏黄二人影响尤大。苏东坡叹曰："自颜、柳氏没，笔法衰绝，加以唐末丧乱，人物凋落磨灭，五代文采风流，扫地尽矣。独杨凝式笔迹，雄杰有二王、颜、柳之余，此真可谓书之豪杰，不为时世所汩没者。"实乃知音言说。

再说说杨凝式喜欢的韭菜花。在乡间，现在还有舂韭菜花的习俗。把晾干水分的韭菜花装入一个干净篮子里，用一个小碗装一些食盐，一个小碗装一点明矾（据说，放明矾捣出的韭菜花能保持翠绿，不会变黑），再备些去核的红色小沙果，生姜洗净切片。把韭菜花倒进石臼里舂，加盐、生姜、沙果，直到捣成绿绿的碎末，才可出"臼"。把舂好的韭菜花装进粗瓷陶罐里，装实，淋上一层上等的香油，密封，盖好，压紧。揭盖舀出韭菜花，清香扑鼻，令人流口水。难怪杨凝式要留下一纸名帖，让韭菜花这一家常小菜"风流千古"。

夏天的时候，覆盆子仍在山间静静生长，村妇们在石臼里一下一下地舂韭菜花。日子平淡如流水。有时候，坐在书窗之下，看一下《覆盆子帖》《韭花帖》，想想苏东坡吃覆盆子、杨凝式品韭菜花的情景，会忍不住轻叹一声："活着，是件多么好的事情呀。"

沧海、明月与梅花

读过的岭南诗句中，最爱的一句是白沙先生的："凉夜一蓑摇艇去，满身明月大江流。"

豪情，野性，禅意，美感，尽在其中。真真是岭南派的"大江东去"。

白沙先生乃岭南奇人，创白沙之学，每以"静中养出端倪"教人，门下弟子无数，一生为农人，为布衣，安住江门海滨。

大江明月，布衣纶巾。白沙先生披蓑衣，摇小艇，悠然划向江中。一艇一人，一轮明月，意境超迈致天地低昂。

此情此景，也许只有屈大均夜半观海上日出，可堪媲美。《广东新语》载：

> 吾尝中夜而起，四顾寥寂，潮鸡始声，月影未息。俄而狮子海东，光如电激，由红而黄，波涛荡涤，半晕始飞，鸿濛已辟，火云一烧，天海皆赤。

奇人观奇景，自有奇中奇。天地人和，方可叹："满身明月大江流。"

陈白沙、屈大均都是岭南山川孕育的一代奇才，奇才必有奇语，奇语必有奇趣，奇趣必有奇心。故而江上艇影，山间明月，与他们相谐相亲，好诗句自然水到渠成。身在万物之中，而心出万物之外，乃可风流潇洒，悠然自得。

白沙先生一生钟爱岭南的草木山川，不离故土。他常常戴玉台巾，扶青玉杖，插花帽檐，往来山水之间。他也喜欢在江边披藤蓑垂钓，曾赋诗云："何处思君独举杯？江门薄暮钓船回。风吹不尽寒蓑月，影过松梢十丈来。"

白沙先生一生不曾出仕，隐于岭南山野海陬，自成一格。他是书法大家，自己在山中束茅为笔，称为"茅龙笔"，用如此峭削槎丫之笔作擘窠大书，气象万千，令人叫绝。

白沙亦善画。沈德符《万历野获编》载："陈白沙理学名儒，其诗传世已如宋广平之《梅花赋》，乃盘礴之妙，与宋元名手几齐驱，信乎非常人，其余技尚可了数子也。"绘事乃白沙先生"余技"，但"与宋元名手几齐驱"，信非常人！

岭南为化外之地，山海相连，以五岭为界，岭外江海群峰、草木生灵，沐山风海浪，另有一番淋漓元气。白沙、大均先生皆为文人，却无丝毫笔管之气，兴之所至，起而披蓑衣，摇小艇，一径划向大江大海深处。

比如春寒时节，屈大均喜欢荡舟至南海九江的海目山下，取鲥鱼为脍。取泼剌剌新鲜出水的海鱼，去其皮骨，洗尽血腥，细刽为片放入盘中，片片红肌白理，轻可吹起，薄如蝉翼，和以老酒食之，入口冰融。屈大均食罢枕臂船头，忍不住惋叹岭外之人不知此味实为人间极品。

岭南多山。山间明月也是可亲的。于是想起另一佳句：千枝梅花，一片明月。

这是嘉道年间广东诗人张维屏的诗句。他写的是罗浮山上的梅花。

这千枝梅花，我们今天再也见不到了。它们早已化作了故纸之上的缕缕冷香。

可是，我想念这千枝梅花。

也许在很久远的从前，山川仍是自在静谧的。每夜明月自山峦升起，像雾一样罩在千树梅花之上。梅花是白的，生来与明月相契。千枝梅花，一片明月，是天然恬和的美景。

那时候，罗浮山是一座种满梅花的山。这山，本就是天外来客，自有仙气缭绕。据说，浮山乃蓬莱三别岛之一，太古时自东海浮来，与博罗的罗山相合，成为罗浮山。罗山、浮山，雨时二山相合，晴则两山分离。屈大均曾多次登上罗浮山巅，置身云海之中。对他来说，这是一段难忘的记忆。

> 向称罗浮在海之中，不知海乃在罗浮之中。自朝至暮，白云如波涛，浩浩无际，予身渺然，乃一叶之舟。尝言登罗浮有如浮海……

在这样的云海之中，观千枝梅花怒放，花在影影绰绰中，冷香与云雾交融，该是怎样的奇景？

千枝梅花，一片明月。念久了，就恨自己不生在旧时明月之下。

据载，罗浮山下有村名梅花村，竹林清溪边广植梅花，村路上落梅遍地，牛羊足迹过处，冷香阵阵。每到冬春之交，村民们拾落梅醅酒卖给过往行人。村口有碑，镌"师雄梦处"，记的是当年赵师雄月夜醉卧梅花之下做梦的韵事。

原来，千枝梅花，一片明月，是用来佐酒做梦的。

又有传说，说罗浮山上的女道人素月，曾经在梅花村里种下千树梅花。梅花怒放之时，她就坐在梅树下写诗。

在梅树下写诗的女道人，她有过什么故事葬在落花之下？

旧时岭南，梅花遍野，梅岭上有梅花，萝岗一带每到初冬，更是一片香雪海。梅花唯岭南最早。天地间略有寒意，岭南梅花就如雪片一样到处飞舞了。她们在岭南的山川草木间一开再开，秋末冬初初绽寒蕊，旧蒂刚谢，冬至日又发新花，寒冬腊月正是怒放佳期，皆因岭南地气充盈，草木繁茂，梅花可开而再开。

罗浮山下，那些年年开花的梅树，她们到底去了哪里？

我不喜欢现如今在风景区里规规矩矩开花的梅花。她们没有故事，没有风致,不可以拿来佐酒做梦。

梅花,本是流水空山独自开的自在本色,她们会在该开花的时节,静悄悄地迎着满山月色,兀自以香相和。

她们真用不着谁来规划。

宵待草与子夜歌

宵待草,名字缠绵,香气也缠绵。

黄色的薄如细绢的花瓣,在暗夜里开放,让人想到那些隐秘的、没有结局的恋情。冷香揉在夜气里,一点点渗过来,像细丝一样,把某些不忍舍弃的东西,密密地缠起来。

女人在夜色中,看见这闪着幽光的嫩黄花瓣,就会想起某些瞬间。

秘密去访问情人的时候,夏天是特别有情趣。非常短的夜间,真是一下子天就亮了,连一睡也没有睡。无论什么地方,都从白天里开放着的,就是睡觉也很风凉地看得见四面。也还是话说不了,彼此互相应答者,这时候在坐着的前面,听见有乌鸦高声叫着飞了过去,觉得自己是明白地给看了去了,很是有意思。

在冬天很冷的夜里,同了情人很深地埋在被窝里,卧着听撞钟声,仿佛是什么东西响着似的,觉得很有趣。鸡声叫了起来,也是起初是把嘴藏在羽毛中间那么啼的,所以声音闷着,像是很深远的样子,到了第二次三次,便似乎近起来了,这是很有意思的。

清少纳言的文字真是有意味。"非常短的夜间,真是一下子天就亮了,连一睡也没有睡"。这"秘密去访问情人"的女子,分明就是一株在暗夜里开放的宵待草呀。

宵待草，是竹久梦二的爱情之花。他的画笔下像宵待草一样的女子，都长着一张惆怅的脸，眸子大而圆，睫毛细长，神情怅然若失，有种难以名状的易碎之美。他想拂去她们脸上的忧伤，却恍若置身梦境。

宵待草，在夜晚开出黄色花朵，于月隐日出前凋谢。所以，宵待草也可以叫作徒然草吧。纵使夜夜欢爱，宵待草的浓香让人迷醉，可是飞升之后，终有坠落的瞬间。女子像宵待草一样，在深夜热烈地开花。可终有一天，也会花落情逝的。再在路边看到那个热烈爱过的身影，竟如陌生的路人一般。这，也是一种爱的徒然吧。

所以，《子夜歌》里唱道："欢从何处来？端然有忧色。"

忽然想起谷崎润一郎的《阴翳礼赞》，他写了那么多的阴翳之美，可是有一样却漏了。

最极致的阴翳之美，就是和心爱的人一起坠入深渊之中呀。

少年时的初恋如栀子花般清香惆怅，青年时的热恋如玫瑰一般怒放。到了中年，一切都安静下来了，叶子落了，太阳也下山了，暗夜来临。可是，有一种危险的花以猝不及防之势突然绽放。人到中年的隐秘情感，如暗夜里开出的罂粟花，美艳到如坠深渊之中。

这真是极致的阴翳之美。

黄昏时坐在窗边读《枕草子》。窗外暮色沉沉。看到清少纳言写她担心的事：暗黑的地方，吃覆盆子。

覆盆子，那么饱满殷红的果子，却是在暗黑的地方吃。吃覆盆子的女人，是妖娆的、危险的。她半是女神，半为女巫，看起来洁净清冷，如冷月寒星，却因某种光芒的照耀，妩媚至极。她希冀借一叶扁舟抵达生命的乐园。其实，人生何其虚幻。吉田兼好法师在《徒然草》中说过："人心是不待风吹而自落的花。以前的恋人，还记得她情深意切的话，但人已离我而去，形同路人。此种生离之痛，有甚于死别也。"

即便如此，宵待花开放的暗夜，还是美得惊心动魄呀。人世间的媚草，从来都会把美人的心越缠越紧。《楞严经》云:"汝爱我心,我怜汝色,以是因缘,经百千劫,常在缠缚。"

想起《南方草木状》里的鹤草:

鹤草,蔓生,其花曲尘,色浅紫,蒂叶如柳而短。当夏开花,形如飞鹤,嘴翅尾足,无所不备。出南海,云是媚草。上有虫,老蜕为蝶,赤黄色。女子藏之,谓之媚蝶,能致其夫怜爱。

还有《花镜》里的独摇草:

独摇草,一名独活。多生于岭南及蜀汉川谷中。春生苗叶,夏开小黄花。一茎直上,有风不动,无风自摇。其头如弹子,尾若鸟尾,而两片关合间,每见人辄自动摇,俗传佩之者,能令夫妻相爱。

陌上花开,春山可望。那漫山遍野的野草闲花都是美人们的化身呀。那日出前凋谢的宵待草,那花开如飞鹤的鹤草,那无风自摇的独摇草,都是美人们的幻梦呀。

原载微信公众号"粤海述评"2022年9月29日

【主编者言】虽然记的是旧人、旧事，读去依然感觉到汪曾祺先生的跃然生气。又像读他的小说一样，恬淡而有趣。因为活得通透，老先生是个十足的趣人，让人在亲近中仰望。

印象汪曾祺

杨文利

一

初见汪曾祺先生，是在大一听他的讲座。讲题——如果我没有记错的话——是"小说的语言"，地点在文史楼。我赶早去占位子，足以容纳两百人的阶梯教室已经座无虚席。比预定时间迟了五分钟，汪先生在系主任孙玉石老师陪同下，迈着四方步，施施然踱进教室。汪先生给我的印象：身短，背微驼，貌瘦而黑，浓眉，双眸炯炯。我记得他那天穿着一件青灰色暗花条纹夹克，头戴一顶半新不旧的鸭舌帽，帽檐下露出几缕稀疏的白发。

孙老师先致开场词，列举一长串头衔：抒情的人道主义者、最后一个士大夫、最后一个纯粹的文人、最后一个京派作家……汪先生背手立在一旁，表情淡漠，眼皮都没抬一下。直到台下响起掌声，才略微点了点头。

甫一落座，似乎想起了什么，忽从上衣口袋里掏出一盒"阿诗玛"，用手指头轻轻捏了捏，然后放在讲台一角。半晌，才慢条斯理地开口了："主办者给我出的题目，是'小说创作漫谈'。这题目有点大，只怕三天三夜也讲不完。"说到这里，略顿了一顿，极黑极亮的眼珠转了几下，又说："请问诸位，有谁愿意花三天三夜听一个糟老头子谈小说创作？所以嘛，我自作主张，把它改成了'小说的语言'。"众乃大笑。

汪先生干咳一声,清一清喉咙,眨一眨眼睛,然后转入正题,开门见山地说:"我很重视语言。"少停,又略带自嘲地加了一句:"也许过分重视了。"一言甫毕,阖座哄然。

讲台上的汪先生一点儿也不像一位大作家,倒像一个随和而又不失风趣的胡同大爷。他嗓音不高,略带沙哑,语调从容舒徐,多用短句。他从语言的重要性谈起,指出语言是小说的本体,关乎作家的文化修养,然后对语言与传统文化的关系细加阐发,再将语言的暗示性、流动性特征,逐一讨论。他娓娓而谈,如话家常,随意而亲切。看似信手拈来,却是他积数十年之学识与经验,皆真知灼见,故能引人入胜。在现身说法之余,又历举废名、沈从文、老舍、赵树理作品中的实例,略述一二。他对这几位前辈作家的作品熟稔于心,谈起来头头是道。每讲到紧要处,便站起身来,走到黑板前,拿起一支粉笔,一手行草笔走龙蛇。一堂讲座下来,黑板上便留下了许多有趣的"汪氏妙语",诸如"小说是回忆""写小说就是写语言""气氛即人物""贴着人物写",等等,于平实处见深刻,大可寻思玩味。

讲演告一段落,进入提问环节。汪先生长吁一口气,忙从烟盒里抽出一支烟,点上了,一连吸了好几口,悠闲地向空中吐了几个烟圈,歪着头,斜着眼,等待听众提问。一位同学问道:"请问怎样才能成为一名作家?"汪先生眉毛一扬,脱口答道:"逃课!"话音刚落,全堂哗然。

汪先生吐吐舌头,捂着嘴窃笑,带有几分孩童式的俏皮。停了一下,又补一句:"逃课去干什么?泡茶馆,看闲书,我这个小说家是在昆明的茶馆里泡出来的……"一言未了,满座皆笑。

又有一位同学站起来发问:"有人认为中文系不培养作家,对这个问题您怎么看?"汪先生闻之,眉头微微一皱,头摇得像拨浪鼓,嘟着嘴说:"非也,非也。"说毕,白眼一翻,以示对此论颇不以为然。

这戏剧性的一幕令身边的孙老师略显尴尬。在几个月前的本科生迎新会上,孙老师劈头第一句便是:"中文系培养学者不培养作家。"汪先生当年在西南联大念书,时任中文系主任罗常培曾说:"大学是不培养作家的,作家是社会培养的。"对此说法,汪先生期期以为不可。他举沈从文先生的写作课为例,力证创作可以由教导得来,而关键在于教法是否得当。

讲座既毕,汪先生立起身来,正待离开讲台。后排一位同学拿起一本书疾趋上前,请他签名留念。其他同学亦效之,纷纷掏出笔记本、教科书,甚至试卷纸之类,一拥而上,把汪先生团团围住。汪先生伸了伸舌头,复又坐了下来。他极有耐心,一一询问每个同学的名字,然后给各人写一句寄语。签完一个,低着头沉吟片刻,再签下一个。

二

再次见到汪先生,是四年以后。其时我大学毕业,在一家报社供职。我所在的副刊部主任张博士是闽南人,元旦省亲返京,带回许多水仙球,准备送给几位作家,借此联络感情。对于送水仙球之任务,我当然是乐于从命了。

因为事先知道汪先生夙喜莳花弄草,我想当然地以为他定会欣然受之,讵知大谬不然。电话打过去,他的口气颇有些冷淡,只说了一句:"好吧,那就来吧。"便"咔嗒"一声挂断了电话。

我捧着水仙球,倒了三趟公交车,来到蒲黄榆路九号楼十二层一号门前,怀着忐忑的心情敲响了房门。门开了,是汪先生本人。他穿一件深红翻领针织衫,外罩灰色鸡心领毛背心,脚下趿一双拖鞋,头发蓬乱,嘴里衔着一支烟。四年不见,除了两道浓眉略现灰白,眼袋加深,他的面貌并未有多大改变。

汪先生对我上下打量一番,淡淡地说一句:"来啦?"然后面无表情地接过水仙球,转身就往里走。我一时有些蒙,路上想好的"久仰"之类客套话,都没来得及说。好在他似乎没有拒客之意，我犹豫了一秒钟，跟着进了房间。四下一看，客厅不甚宽，右侧是一张三人沙发，对面摆了一张折叠餐桌，壁上悬着一幅荷花图。左侧设一排书柜，一张书案，上面堆满了书报杂志和杂乱无章的什物。

方才坐定，汪先生把水仙球从纸袋中悉数取出，挑了最大的一颗托在掌上，偏着头，眯着眼，左看看，右看看，又轻轻捏了两下，忽然开口了："这是漳州水仙。"听了此言，我忙点头称是："您说对了！是漳州水仙。"

汪先生扑哧一笑，面露得意之色。见他如此开心，我紧张的心情一下子松弛下来。汪先生一面赏玩不忍释手，一面有一搭没一搭地问了我一些话，无非是姓甚名谁、年纪多少、籍贯何处之类。得知我是沈从文先生的同乡，跟他本人又是同一属相——予生也晚，比汪先生整整小四轮，可谓缘分不浅——彼此的距离瞬间拉近了。汪先生一改先前冷漠的神态，仿佛他乡遇故知一般，说说笑笑，甚是相得。

他斜倚在沙发上，跷起一只腿，问了几句又谈起水仙花，果然喜欢极了。他眼睛盯着水仙球，口中说道："挑选水仙有三大窍门，一是看形，一是观色，一是按压。"如此这般，一一说知。我对于水仙所知不多，不敢赞一辞，只有洗耳恭听的份。

汪先生打开了话匣子，又言及水仙球的雕刻技法，很内行地说："养水仙的妙诀，全在一个'刻'字。"他如指诸掌，悉将雕刻水仙球的几道工序，从剥皮、开盖到疏隙、剥苞，再到削叶、刮梗，直至修整，从头至尾，细述了一遍。

水仙勾起了汪先生的回忆。他呷了一口茶，说起故乡高邮，岁尾年头，几乎家家户户都养水仙，如此才有过年的气氛。穷家养不起水仙，则以一盆青蒜代之，也点缀点缀年景，慰情聊胜于无而已。

复又谈及两年前偕友数人赴漳州讲课，耳之所闻，目之所见，水仙无所不在。街头巷尾，到处都有卖水仙花的。路过一家极不起眼的钟表店，小小的工作台居然摆了两盆水仙，令人生出"不可一日无此君"的感喟。

话题一转，又忆起当年被打成右派，下放到张家口沙岭子一个农业科学研究所劳动四年，厥后在沽源的马铃薯研究站画了半年马铃薯图谱。先画花和叶子，再画薯块，画完了，在牛粪火里烤熟，趁热食之。"马铃薯花很好画，伞形花序，作紫、白、粉红三色，与复瓣水仙有几分相似，只是水仙花有六瓣，而马铃薯花只有五瓣。"

说话之间，房门"咯吱"一声开了，原来是在新华社工作的女儿下班回家。我一边冲她礼节性地笑了笑，一边等着汪先生作介绍。汪先生谈笑如故，连看都没看她一眼。这可教我左右为难了：既不便打断汪先生，又想和她打个招呼。好在她颇有乃父之风，亦同样不拘俗礼，目不斜视地走进了自己的房间，一场尴尬消弭于无形。

汪先生谈兴甚浓，并无送客之意。他点了一支烟，在吞烟吐雾之中，又说到水仙的别名，什么凌波仙子、金盏银台、落神香妃、玉玲珑、金银台、姚女花、女史花、天葱、雅蒜、俪兰、女星、雪中花等，滔滔汩汩，一口气说了十多个。他兴犹未尽，忽又谈到《长物志》《学圃杂疏》《帝京景物略》的相关记载，谈到黄庭坚、杨万里、刘克庄的咏水仙诗，谈到"岁朝清供图"，上下古今无所不谈。读书之多，见闻之博，委实令人叹绝。

当下又说了些别的闲话，不觉天色已晚，便起身告辞。汪先生送至门口，道过"再见"，忽然对我说："等水仙花开了，请你来家中赏花。"我闻之喜甚，应诺而去。

春节刚过，我如约来到汪先生寓所。叙了几句寒暄，汪先生把我领到阳台。果见两盆水仙亭亭玉立，生出许多极淡极淡的黄白小花，冰肌绰约，芳香四袭。汪先生喜不自胜，眉花眼笑道："我说的没错吧，养水仙花，须先学会雕刻。"语毕，乌溜溜的眼珠转了几下，天真可爱几近顽童。他一边与我共赏凌波仙子的风姿，一边大谈水仙花养护的独得之秘，果然水仙知己也。

三

与汪先生厮熟了，常去蒲黄榆汪宅叩门拜访，在那张半旧的三人沙发上并坐闲谈，如此者数年。迨至他迁居虎坊路，我每次造访邵燕祥、刘湛秋两位老师，必顺道到他府中闲坐一回，一面吃茶，一面谈天。汪先生是一个率真的人，性情也很随和，而又健谈，而又喜欢杂览，而又广交游，听他谈天说地道古论今，真乃赏心乐事。

一日在汪先生寓中烹茗清谈，从客厅墙上的荷花图谈到昆明翠湖的水浮莲，从水浮莲谈到昆明的花，最后，话题转到云南茶花。汪先生极口称赞道，云南山茶甲天下，大理茶花冠云南。他当年在昆明一寺庙见过一株茶花，树高丈余，花大盈寸，开至三百余朵，甚为壮观。说到此处，便顿住了，用食指敲敲额角，嘴里自言自语道："那个寺庙叫什么名字来着？"我这时记起《清稗类钞》有一段记载，谓昆明归化寺植有一株茶花，名曰狮子头，为滇中第一。汪先生听了，抚掌笑道："对，对，是归化寺。"

赞叹了一回，由狮子头谈到茶花品种。汪先生好不兴头，扳着指头列举：紫袍、恨天高、童子面、牡丹茶、大玛瑙、松子鳞，当不下十多个。在他端起茶杯喝茶的当儿，我趁机说道："金庸在《天龙八部》中，对茶花品种多有描述。"

话才说完，汪先生眼睛一亮，忙问道："哦，是吗？都有哪些品种？"我便把大理国镇南王段正淳如何生性风流，见一个爱一个，情人李青萝如何为段所弃，嫁入姑苏王家，筑曼陀山庄，嗜茶花如命，不惜重资，广为栽种，一五一十对他说了。听到"曼陀山庄"四个字，汪先生眼珠一转，若有所思道："茶花又名曼陀罗花，故取名为曼陀山庄。"

我这才说到段正淳之子段誉误入曼陀山庄，与王夫人有一段对话。金庸借段誉之口，将茶花品种一一道来：红妆素裹、抓破美人脸、落第秀才、十八学士、十三太保、八仙过海、七仙女、风尘三侠、二乔、满月、眼儿媚、倚栏娇，计十二种之多。汪先生饶有兴味地听着，点头笑道："没错，我见过一本《云南山茶花》画册，里面有这些名字。"

又一日，欢谈之际，不知怎么说起了高邮湖的茭白。汪先生告诉我，茭白质脆而味鲜，他在家时最喜食之。清代扬州盐商童岳荐所撰烹饪书《调鼎集》，述茭白烹调之法，有拌茭白、茭白烧肉、炒茭白、茭白酥、茭白脯、糟茭白、酱茭白、糖醋茭白和酱油浸茭白，计九道菜式。他抿了一口茶，咂着嘴说："若论鲜美，都比不上昂嗤鱼烧茭白。"

我的家乡也产茭白，俗名高笋，昂嗤鱼这个名字倒是头一次听说。汪先生端起茶杯复又放下："此鱼头扁嘴阔，口角有须，背黄腹白，有褐色斑纹。"见我一脸茫然，不知所云，又接着说道："它的背上有一根硬刺，若用力捏住，便'昂嗤昂嗤'地叫。"我至此方才明白，原来是黄颡鱼，吾乡呼为黄鸭叫，殆因其叫声酷似鸭子，乃相与拊掌大笑。

正谈笑间，汪先生忽然眉头一蹙，笑容渐渐敛起，眼睛怔怔地望着天花板，只顾出神，连烟蒂烧到手指都全然不觉，良久乃道："不尝此等珍味，忽忽已五十年了。"说完这话，仍是低头不语，惘惘若有所失。

呆了半晌，重新点燃一支烟，吧嗒吧嗒地吸了几口，始恢复常态。叙了几句闲话，俄又谈及高邮咸鸭蛋。汪先生喷了一口烟，启颜一笑道："高邮人吃咸鸭蛋，不像其他地方，切成两瓣或四瓣，而是敲破空头，用筷子剜着吃，"一面说，一面用手比画，"筷子戳下去，'吱'的一声，红油就冒出来了。"他咂嘴舐舌，若有余味，只觉人生之至乐，无逾于此矣。

停了一会，忽然将头一偏，嘴一噘，慨然叹道："我走南闯北，所食咸鸭蛋多矣，比起高邮咸鸭蛋，就差远了。别的地方的咸鸭蛋，我都看不上眼。"说完，鼻子里哼了一声，一脸鄙夷不屑。

我知道高邮咸鸭蛋天下闻名，但还是忍不住插嘴道："敝乡也出咸鸭蛋，俗称盐鸭蛋，分黄泥、盐水二种，起沙流油，一想起就流口水。"汪先生理解地看了我一眼，又继续说下去："我在北京吃的咸鸭蛋，蛋黄是浅黄色的，略无红油，也不松沙，简直味同嚼蜡。"说罢，嘴角一撇，眼皮一翻，令我想起多年前的那次讲座，当问及"中文系能不能培养作家"时，那副大不以为然的神情。

又一日，汪先生适从湖南郴州讲学归来，兴致很好，抽着烟、啜着茶闲谈。先说了些途中见闻，然后说到郴州的风物，郴州的东江湖、紫薇花、杀猪粉，又忆及几年前的桃花源之游，以及观桃花、品擂茶的往事。一提起擂茶，汪先生仍掩饰不住兴奋之情，不禁翘起拇指，啧啧称赞道："桃源擂茶，味清香而甘甜，别具风味。连饮几大碗，只觉齿颊留芳，心脾顿爽，乃平生未有之满足。佐茶的藠头尤其可口，又酸又甜又辣，滋味之浓，无过于此。我走过很多地方，所吃的藠头，也着实不少，江西的、湖北的、四川的，都尝过了，桃源藠头最合我意。"人生快意之事，时隔多年犹不能忘。

汪先生对擂制擂茶的用具——长可达两米开外、用油茶木制作的擂槌，俗呼为"擂茶棒""擂茶杵"者——印象特深。惊讶赞叹之余，提起《武林旧事》中有一段记载："擂槌。俗谚云：'杭州人一日吃三十丈木头。'以三十万家为率，大约每十家日吃擂槌一分，合而计之，则三十丈矣。"

这时我忽然想起桃源人江盈科所撰《雪涛谐史》中有一则笑话，大意云桃源人嗜擂茶，其擂槌长五尺，半年而尽。若以六十岁计算，桃源人吃进肚子里的擂茶杵，可盖三间小房子。我约略说了，汪先生听罢，抵掌一笑。

又一日，汪先生多喝了一点酒，两颊微酡。坐谈既久，汪先生忽然向我眨了眨眼睛，抿嘴一笑道："我给你写一幅字吧。"言毕，掐灭了手中的烟，站起来便往书房走。我闻言大喜，也跟了进去。这是我第一次参观他的书斋，房间甚逼仄，只有一桌、一椅、一床、一沙发，还有一排书柜。书桌十分凌乱，杂陈的书籍杂志堆积如山。趁着他拂砚伸纸之际，我好奇地朝书柜瞟了一眼。他的庋藏远谈不上丰富，书柜都没摆满。文学作品不多，只有几部大部头如《鲁迅全集》《高尔基全集》《契诃夫短篇小说集》。野史笔记之类的书倒不少，有《梦溪笔谈》《容斋随笔》《陶庵梦忆》《阅微草堂笔记》，有的还卷了边，发了黄，略有破损。

汪先生铺好宣纸，左手插在裤兜里，右手执笔，略一寻思，援笔立就，以行草写了一幅三尺中堂："万物静观皆自得，四时佳兴与人同。"龙蛇飞动，一笔到底，颇有仙风道骨。书毕，伸着头欣赏了几秒钟，似乎很满意，落款，钤印，然后掷笔而出，回到客厅继续品茗闲谈。

这副联语出自宋儒程颢的《秋日偶成》，寓静观万物、怡然自乐的情趣，颇堪玩味。宋代理学家喜谈"静观""静坐"，汪先生极赏之。内心宁静，方能享受自适之乐。以汪先生的恬淡、平和，在我看来，理应寿享遐龄。谁知世事难料，几个月不见，忽然听到他遽归道山的消息，为黯然者久之。

汪先生的字，已装裱成轴，配上镜框，悬于壁间，晨夕相对。见字如见人，往昔谈笑教诲，一一如在目前。这位可爱有趣的老头儿，可亲可敬的温厚长者，一直在这里。

原载《新民晚报》2022年8月10日

【主编者言】作者认为，在人生的困苦之中需要一个出口，才能慢慢走出渊薮。作者的出口是文字，因而有大量的文学作品。一定还有许多其他出口，生命的太阳总是光芒四射。

生命的太阳

莲　子

1991年，我写过一篇散文《我和我的小太阳》，发表在哈尔滨的《小说林》杂志上。那时候，在改革开放和社会经济迅猛发展的大背景下，我和我所供职的刊社，都正处于快速发展和上升时期，紧张劳碌，工作节奏很快，走路小步快跑，一天到晚救火似的急急忙忙。深宵静夜里，驮着一个理想的梦伏案劳形，把那些感受和思索变成文字，更是常常把自己熬得面带菜色，状如女鬼。

那年女儿5岁。日渐长大的女儿，如同一轮逐渐发光的小太阳，在她的照拂下，我眼睛焕出光彩，脚步踩出音乐。我得以抵抗生活庸常的磨损挤压，保持盎然的生命情趣。孩童清亮的天性以及丰富奇特的童心、童真、童趣，也常常濡湿我的双眼，软化我心灵的生硬，让我获得许许多多真善美的感受和快乐。亲爱的女儿是我心深处感情的牵系，绵绵悠长！

人是有限的个体。人之所以悲哀，是因为我们无法留住岁月。天下万物的来和去，皆有它的时间。一眨眼就青春难再。一眨眼就年华渐瘦，秋风拂面。一眨眼就成了当下的生命图景。30年就这样一晃而过。没有声音，杳无踪影。说得好听一点，时间像长了翅膀，咻溜一下就过去了。通俗地说，岁月就是一把杀猪刀，一刀一刀催人老。光阴的流失是无情的，给你刻下的是一道道稠密的皱纹，那是生命流逝的痕印。

两年前，新冠肺炎疫情在全球肆虐的日子里，很多意外的灾难总是紧紧跟随着我们人类。那段时间，我似乎活得比很多人都焦虑和恐惧，如惊弓之鸟，谈疫色变，感觉每一寸空气都潜藏着危险。其实我最害怕的，也不是自己的生死，而是生怕见不到被疫情阻隔在外的女儿。现在回想起来，疫情于我，更像是一场精神上的灾难。

一个大雨滂沱的清晨，医院来电话，说母亲正在抢救。心里咔嗒一声，火速赶到医院，我最亲爱的母亲已离我而去。我哀伤不已，却无语无泣。我有泪流不出，只能在心里恸哭。从那天起，我长时间活在一个黑洞里，没有光亮，不能呼吸。我不断谴责自己，如果当时陪在母亲身旁，母亲就不会骤然离世。之前带母亲看急诊，做了些排除，医生说几天就可以出院的，母亲怎么会遽然离去？我痛苦又痛苦，挣扎又挣扎，每天都被负罪感鞭笞、磨碾，悲情难抑，对烛垂泪，心里的伤痛比痛还痛。

世上的每一个人都会衰老、死亡，在时间这个铁面判官面前，谁都不会被赦免。那段日子里，我突然感到自己也行将黄昏入暗。黯然神伤中，我不停地清理和丢弃旧物，"断舍离"的念头异常强烈。每扔掉一样东西，就当成一次成就。一个酷爱收藏的朋友提醒我说，你一个文化人，不要搞什么"断舍离"。我甚至认为只有将来没有比父母更长寿，对自己才是一种解脱。这是一种非常可怕的想法，这个想法对女儿尤其残酷。我不能说出来。但唯有这样想，我才有力气与生命不堪的疼痛抗衡。

母亲在天有灵，知道只有新生命的到来，才能让我停止哭泣，才能把我最大的悲伤降下来。冥冥之中，女儿一定是感应到了。不需要任何预兆，我突然就迎来一个带有宿命色彩的瞬间。一天，在职场拼搏多年的女儿告诉我，她听到了宝宝的心跳。对我来说，这一瞬间是如此重要。它是金色的，明亮的，一下把我从茫茫苦海带到了另一岸，让我在生命的至暗时刻看到了曙光。每天，我像期待日出那样，想象着小生命在母腹里一点点长大的样子。翌年，春天抵达的时候，跟当年女儿降临人间时一样，也是一个清亮明媚的春日，也是曙光

生命的太阳

初透的那一刻，小生命脱离母腹，如同一轮初生的太阳，冉冉升起。生命的登场，真的就是那轮崭新的日出啊！霞光万道，庄严磅礴。我谛听到了天籁交响。我感受到阳光正在穿越我的忧伤。我在大悲痛之后有了大欢喜。那红扑扑的小脸，那黑亮清澈的瞳仁，让我感到一种生命的抚慰。从这个时候开始，我才逐渐读得进书，可以码字。我很清楚，我需要一个出口，才能慢慢走出渊薮，走过我自己。而这个出口，就是文字，这是被击溃之后的自我救赎。

有生命的离去，就有生命的诞生。我不知道，这是一种怎样的生命密码。每每想起这个来拯救我的新生命，我就会想起离我远去的母亲。而每次想起母亲，我又总是会想起这个伴随朝阳一起登场的小生命，这几乎成了我的一种惯性思维。这种血脉相连的生命延续和交错，多么令人伤感，又有着怎样的生命奥秘啊！一个人的身后，还有一个人。一条路的尽头，总会生出另一条路。四季轮回更替，生命生生不息。

在晨曦中登场的小生命有一个很好听的名字：咏曦。她能让人引起许多明亮绚丽的联想。亲爱的咏曦，我是如此爱你！你圆嘟嘟的小脸，水晶般明澈的双眸，奶声奶气的呼唤，咧开小嘴展露新牙的小傻样，挥舞着玉藕般的小手在草地上奔跑的身影，都像极了当年你的妈妈。虽然疫情仍在无情地阻隔，我至今还没能搂着你，给你唱摇篮曲，给你讲童话故事，不能像当年对你的妈妈那样，在你酣睡的时候，把你从小脑袋一直抚到小脚丫。但是，朝曦每天都能射在我的脸上。我无比温暖，心生感动。每次视频，当你把小脸贴在手机屏幕上亲我，能把我的心融化。这是我的福祉。此刻，借助散文这种极自我的文体，我的褊狭之笔，只停留在一己悲欢。我贫弱的文字，未能抵达文学所要求的思想高度和深度。我深谙写作的一些套路，却没想要把关乎生命的这篇文字做得多么恢弘。我很享受这一片光，甘愿让自己落入这份最真实的平实之中。我愿意就这样一直被它照着，洋溢着。温馨，宁和，安稳。它能把我治愈，能重新点燃我的生命。它金灿灿，明晃晃，带给我金色的气息。我需要这种光。

原载中国作家网 2022 年 8 月 8 日

【主编者言】种花与读书，在精神上有相通之处，都是与美好事物联系在一起。作者是著名大学教授，也是翻译家，文章里援引的例证，多来自其翻译的法国文学作品。

种花与读书

黄 荭

一

"无事花草，闲来翻书"一直是我的微信签名，也是我二十多年来日常生活的写照。虽然现实往往不似这般云淡风轻：一旦种了花草，不管有事无事，该浇水了就得浇水，该施肥了就得施肥，"你要对你的玫瑰负责"，狐狸这样教导小王子。再说"翻"书，不管有空没空，看书翻译就像一日三餐，成了每天必须摄入的碳水和蛋白，又因为好书太多，拿在手里就舍不得放下，而心肠又太软，熬不住出版社一而再再而三的约稿，于是一本接一本地阅读，一本接一本地翻译，似乎从未间断。我喜欢这种看似一成不变、波澜不惊的日子，让我安心，笃定，看光阴缓缓流淌，看自己徐徐变老。

从小我就跟自然亲近，跟书亲近，自然给了我成长的土壤，书本给了我飞翔的欲望，去想象憧憬外面的世界。撒一粒种子，守护它发芽、生长、开花、结果，这一过程也像极了读书，你的心底似乎也有什么在破土而出，在寻找阳光，在渐渐鼓胀，在默默成熟……

二

终于等到自己要买房的时候，我就盼望能有一个洒满阳光的大书房和一个可以养花种草的屋顶大露台。记得当初排队点房，在电梯和露台之间挣扎了很久，最终还是放弃了电梯，点了顶楼的房子，满足了造一个空中花园的梦想。书房本来是户型中朝南的次卧，我把隔开房间和阳台的玻璃门拆去，又让木工师傅打了一个大书架把它和客厅的阳台隔开，这样书房变大了，也更敞亮了。冬天倚在沙发上看书晒太阳，身上和心里都暖洋洋的，书架前一盆米兰，一年四季碧绿，应该是某个教师节的礼物。自从小时候唱过"小小的黄花藏在绿叶间，它不是为了争春才开花，默默地把芳香洒满人心田……"米兰就成了老师的标配。

书越来越多，书房放不下了，于是一些暂时用不到的书就被打入"冷宫"，搬去地下室的书橱里；还放不下，于是书架渐渐蚕食了家里的空地和白墙，次卧、南阳台、北阳台、阁楼、过道……有时候手边着急要查一本书，明明知道家里有，却偏偏记不清放在哪里，于是各个房间楼上楼下一通乱窜，却遍寻不见。等你完全死了心断了念想，忽然有一天它凭空冒了出来，像一张过期兑不了现的奖券。

家中最好找的书应该就是关于杜拉斯的书，摆满了书房的一个书橱，外文的、中文的、不同出版社的、作家作品和学术研究专著、杂志和专刊……毕竟是自己研究了四分之一个世纪且还要一直研究下去的作家。另一个书橱放的是自己写的、译的、编的、发表过文章的书和杂志，多少有一点敝帚自珍意思，也仿佛是这么多年光阴的一个记录，没有虚度。

其他一些重要的法国作家，像雨果、加缪、萨特、波伏瓦、圣埃克絮佩里、科莱特、内米洛夫斯基、勒克莱齐奥、昆德拉、莫迪亚诺、布朗肖、巴塔耶、福雷斯特……都各自占了书架一格两格的空间，其他按照年代、国别、体裁、出版社去归置，也有一些特别的分类，比如我指导的硕博士生翻译编写的书放在一起，花花草草的书放在一起，猫猫狗狗的书放在一起，文学批评、翻译研究、教学用书也分门别类排放。感觉最好的整理方式就是自己心中有数，查找起来方便，但偶尔换个排列组合，把书架上的书重新归整归整也是一件既燃脂又烧脑的事情，知识的拼图呈现出另一番面貌，关于世界的阐释似乎又有了新的可能。自然也会看到书架上赫然还有不少自己尚未来得及翻看，甚至连塑封都没拆开的书，那是一种既满足又惶恐的复杂情绪，浮上心头的是庄子的"吾生也有涯，而知也无涯。以有涯随无涯，殆已！"或马拉美的诗句"肉体真可悲，唉！万卷书也读累。"

三

书读累了，翻译倦了，我就会上楼去露台透透气，活动活动筋骨，那里是我的B612小行星，最早种的是爬山虎、葡萄、柠檬、香橼、桂花和红黄白三株月季，如今爬山虎已经沿着外墙爬了一圈，桂花和月季年年盛开，香橼种到第三年开始开花结果，柠檬一直到第十个年头才硕果累累，而那株葡萄藤爬到架子上就再无作为，始终不见一粒葡萄的影子，或许明年吧？我一直留着它。

之后每年陆续都会从花市买各种花草，"花儿是转瞬即逝的"，所以你不要有"屡种屡死"的思想包袱，而应该抱着"屡死屡种"的豁达心态，总有一些植物水土不服，总有一些书你翻了几页就再也读不下去，不必纠结。也有植物泼辣，随便剪个枝一插、分个块茎一埋就"复制粘贴"成功，像绣球、木香、吊兰、昙花、芦荟、蓝盆花、白香岩、长寿花，更不用说宿根的百合、鸢尾、酢浆草、郁金香，冬天蛰伏不见，春风吹来又发。也有很多花草是朋友扦插成功后互相赠送的，你给我木茼蒿，我还你迷迭香，就像你出了一本诗集送我，我译了一本小说赠你，于是花园和书房都生生不息。

四

疫情之后，本来就很宅的我变得更宅，小小露台成了我姹紫嫣红的诗与远方。我们在朋友圈晒花晒书曲水流觞，在云端开会研讨惺惺相惜，再见，忧愁，你好，忧愁。

今年4月4日，中信出版联合上海图书馆邀请了十位专业读者在线朗读分享杜拉斯的作品，除了在南京的我和在北京的楚尘，袁筱一、毛尖、胡桑、沈奇岚、赵松、余明锋、周公度、张引弘等译者、学者、作家、出版人都生活在此刻疫情下的上海。正式活动从晚上八点开始到十点结束，但结束后嘉宾们都不约而同留在线上继续聊天，甚至激烈地讨论杜拉斯的青春和风格，一直到十一点才挥手作别。因为隔离，因为孤独，交会时互放的光亮，哪怕是虚拟的，都变得格外动人。

"Il faut cultiver notre jardin（应该耕种我们的园地）。"这是老实人从土耳其公认最有智慧的老者那里得来的教诲。当身边的朋友一个个都在为不确定的明天各种囤货时，我默默扦插了菊花脑，种了几个发芽的土豆。

原载《社会科学报》2022年4月21日

， 世 事

【主编者言】中华书局诞生110周年了。在中国，能如此长久存在并为图书出版做出辉煌贡献且产生深远影响的出版单位，一两家耳。此文以个人经历回望其历史，也是难得。

我心目中的中华书局

金冲及

中学时期

我今年92岁了，但知道中华书局已有八十多年。知道的最初媒介是教科书。

我1941年进入复旦附中读书，上初中那年还不到11岁。母校至今保存着我的成绩单：初一的成绩并不好，英文在补考后才及格，历史却得了98分。我读的历史教科书是中华书局出版的，本国史由中华书局编辑所副所长金兆梓先生编写，外国史由金兆梓和耿淡如两位先生编写，给我留下很深的印象。相隔八十多年仍能记得，可见中华书局出版的教科书在当时社会上产生了多么大的影响。

编写新教科书，是中华书局诞生的主要原因之一。书局在1912年1月1日成立，正是辛亥革命推倒帝制、创立共和政体的同一天，这就给了它"咸与维新"的鲜明色彩。那时，中小学教育已逐步普及，学堂改称学校，但原有教材很多已不适用。原商务印书馆出版部长陆费逵先生创办中华书局，一开始就主张编辑出版中华教科书，结果风行全国，使人耳目一新，可见他是富有眼光和远见的。以后一段时间内，出版教科书成为中华书局的主要业务。中华书局所编历史教科书，可以说是我在这方面最初的启蒙教育。

到高中时期，也就是抗战胜利前夕，我开始自己逛书店，每月都要到福州路（通常称为四马路，是书店最集中的地方）去转转，一转就是半天，像进图书馆一样。那条路上门面最大的是世界书局。而我每次都要去的是商务印书馆、中华书局和上海旧书店。那时许多次做梦，梦见在旧书店墙角边找到一本对自己有用的好书，如获至宝，惊醒过来。这是事实，不是夸张。记得在旧书店买到过李剑农在太平洋书店出版的《最近三十年中国政治史》。这本书，我至今还保存着（它后经作者增补，改名为《中国近百年政治史》出版）。中华和商务也是一定要去的。记得中华书局在福州路和河南路的转角处。我在那里买过著名记者陶菊隐的《菊隐丛谈》三种：《六君子传》《督军团传》和《吴佩孚将军传》（抗战胜利后，又买过一种《天亮前的孤岛》）。这几本书，我都看过多遍。当时我只有十四五岁，完全是出于兴趣，根本谈不上什么分析和认识，但确是以后特别爱好阅读中国近代史的发端，从中也可以看到出版社对一个少年能产生多么深远的影响。

当然，中华书局留给我的印象并不限于这些。令我肃然起敬的更是几部大书，这种感受往往是同商务印书馆连在一起的，如商务出《四部丛刊》，中华出《四部备要》；商务出《辞源》，中华出《辞海》；商务影印《百衲本二十四史》，中华就影印《古今图书集成》等。这些都是规模宏大、在学术界有着巨大影响的皇皇巨著。我那时年纪小，对它们只能说是肃然起敬而已。

抗战胜利后，随着时局的深刻变化，加上自己从少年步入青年，关心的重点转到社会和政治方面，读书的方向也发生变化。最常去的是生活书店和新知书店。读书生活出版社没有去过，但它出的书也常读，特别是艾思奇的《大众哲学》，读过不知多少遍。在这种情况下，中华和商务就去得少了。

新中国初期

1951年，我从复旦大学历史系毕业。第二年，教育部规定综合性大学文科要开设中国近代史课程,而老教授们很少专治中国近代史。在这种情况下,我从1953年起开始讲授中国近代史这门课,直到1964年。当时阅读的专业书籍大体围绕着备课需要,数量很多,而各出版社的专业方向在解放初还不很明确,又经常发生变动,所以我对许多出版单位已记不清了。但中华书局出过汤用彤先生的《汉魏两晋南北朝佛教史》、罗尔纲先生的《太平天国史稿》等,我也买来读,获益良多。

稍后一些时间,党中央对中国传统文化的继承发扬和中国古籍的整理出版作了许多重要指示。陈云同志曾有一句名言:"整理古籍,把祖国宝贵的文化遗产继承下来,是一项关系到子孙后代的重要工作。"把这个工作提到十分重要的地位。

1958年在中华书局历史上是一个有着决定意义的转折年份。本来,中华书局总公司已从上海迁到北京,同财政经济出版社合并,但对外出书仍用中华书局名义。后来,成立不久的古籍出版社并入中华书局,加强了这方面的力量。这年,国家成立了古籍整理出版规划小组,确定中华书局作为以出版文史哲古籍为主要任务的专业出版机构,任命金灿然同志为书局的总编辑兼总经理,并确定中华书局为这个规划小组的办事机构。这样,就揭开了中华书局史册新的一页,我心目中对它也开始形成一种和以前不同的新认识。中华书局改组后,成立了古代史、近代史、文学、哲学四个编辑室,后来又增设了历史小丛书编辑室。改革开放后担任中华书局总编辑很长时间的李侃同志那时在近代史编辑室工作,曾到上海找过我组稿。我正同胡绳武同志合作撰写多卷本《辛亥革命史稿》,没敢承担更多任务,只是为中华书局出版的"中国历史小丛书"写了一本《黄兴》的小册子。但从这时起,我就同李侃同志结成了终生好友。

有一件事不能不说。1959年,周恩来总理担任第三届全国政协主席,提议由亲身参加或与闻有关历史事件的老人用回忆录的形式撰述近代历史资料出版。这就是影响很大的《文史资料选辑》。它最初由中华书局出版,在"文化大革命"

前共出版 55 辑，成为从事中国近代史研究和教学必须阅读的书籍。这套书最初是有严格级别限制的内部读物。我费了很大力气才购得一套，真是爱不释手。

还必须讲到，这时根据中央的要求，中华书局同史学界、出版界通力合作，集中一大批专家学者，用 18 年时间完成"二十四史"（连同《清史稿》）和《资治通鉴》的点校出版工作。在 1962 年前出版了前四史，以后的工作也做了安排。这是一项规模宏大的文化工程。对这项前所未有的宏大工程的完成，我肃然起敬。

1965 年初，我奉调随原上海市委书记处书记石西民同志到北京文化部工作。石西民同志作为文化部党组副书记、副部长，分管出版工作。他要我到中华书局去看金灿然同志了解情况。中华书局当时的办公地点在翠微路。今天翠微路已经是北京的繁华地带，当时却像是郊区农村，但很安静。记得金灿然同志坐在室外藤椅上，挥着蒲扇，向我谈中华书局的雄图大略，还讲到"人弃我取"的用人方针。没想到这是最后一次见到他。

正当中华书局方方面面工作蓬勃展开的时候，"文化大革命"迅猛席卷全国。书局的工作被迫完全停顿，职工都到湖北咸宁的"五七干校"参加劳动。我也去咸宁干校一面劳动，一面接受无中生有的"特嫌"审查，有三年不许回家，更不许看书。如果拿起书本，就会受到训斥："看什么书？自己没事啦？不考虑考虑问题？"所以，整整三年没有看书。除要我朗读《敦促杜聿明等投降书》和《南京政府向何处去？》以外，也不让看其他文章。有一次，派我到咸宁汀泗桥的出版系统工地支援劳动，见到老友李侃和不少中华书局的同志，感到格外高兴。那时，说我自杀的传闻在各地流传很广。后来李侃同志告诉我：有位朋友给他写信问，听说我已"畏罪自杀"，是否属实？李侃同志回信说：我前几天还看到他，哪有这回事！其实，我尽管处境艰难，自杀的念头却从未有过。

到 20 世纪 70 年代初，因为马王堆汉墓、满城"金缕玉衣"等重大考古成果的发现，周总理批示要恢复《文物》《考古》《考古学报》三个刊物（那时除《红旗》外，其他刊物都已停刊），还指示文物出版社要进口新的印刷设备出版文物图册。这样，主持文物工作的国务院图博口负责人王冶秋同志不管咸宁干校对我的"问题"有没有作结论，就发出调令。回到北京后，任命我为文物出版社副总编辑（当时没有总编辑，后来又任命我为总编辑）。调令一来，干校对我那个纯属子虚乌有的"特嫌"问题立刻作了完全否定的结论。后来听说国务院出版口负责人徐光霄同志本来也打算调我到出版系统工作，但想等我的"问题"作了结论后再发调令。从这一点来看，王冶秋同志的魄力还是比徐光霄同志要大。

在我到文物出版社工作前后，图博口还为文物出版社从出版系统干校调入好几位业务水平很高的干部，如人民出版社的杨瑾、叶青谷，中华书局的王代文、俞筱尧、沈玉成。从中华书局调入的好几位来看：王代文同志先是任《文物月刊》编辑部主任，后来接我担任出版社总编辑；俞筱尧同志先担任总编室主任，后来当副总编辑；沈玉成同志是业务和文字素养都很强的优秀骨干。我同他们朝夕相处十年，更增强了对中华书局的了解和亲切感。

改革开放以后

"文革"结束后，我没有很快回到自己原来更熟悉的专业岗位上去，而是继续在文物出版社工作了五年。重要原因是：当我在十分困难、没有什么单位要我时，只有文物系统要了我并且委以重任，总不能在环境改善时就自奔前程，做人也不能这样做。直到1981年5月，由组织决定借调我到中共中央文献研究室，从事《周恩来传》的编写。但同中华书局的朋友仍常有往来。记得参加纪念中华书局成立90周年的大会时，听季羡林先生在大会发言中送给中华书局八个字："一身正气，两袖清风。"我听了很有同感。

1983年，我正式调到文献研究室，以后担任过文献研究室常务副主任和中国史学会会长。那时工作比较忙，工作头绪也多。回想起来，中华书局在这个时期同我直接相关的，主要是两件事：

一件是关于孙中山生平和思想的研究工作。

孙中山先生是中国在 20 世纪站在时代前列的三个伟大人物之一。中央一直十分重视这项研究工作。1984 年，由全国政协主席邓颖超同志宣布成立中国孙中山研究会，由胡绳、刘大年同志分任正副会长。在他们主持下，召开了孙中山研究国际学术讨论会，产生不小影响。我担任学会秘书长，做了些具体的组织工作。围绕孙中山和辛亥革命研究，中华书局出版了一系列文献。

中山大学林家有教授曾写道："研究者与出版者，对于学术的发展而言，犹如车之两轮、鸟之两翼，二者缺一不可。""应当说，近二十年的孙中山研究取得了令人瞩目的成果，孙中山研究已成为国内外受人关注的一门'显学'。这些研究成果的取得和研究态势的形成，固然有赖于学者们的辛勤耕耘、开拓、创新，同时也离不开出版界的支持、配合和努力。"这些论断是很中肯的，我深有同感。

对推进孙中山研究工作，中华书局起了极大的作用。给我印象最深的，首先是编辑出版了 11 卷、8 千多篇著作、500 多万字的《孙中山全集》。它在 1981 年辛亥革命 70 周年出版第一卷，到 1985 年孙中山诞辰 120 周年时出齐。这是一部比较完备、编校精细的《孙中山全集》，尽管后来又发现了一些此前没有征集到的佚文，但基本文稿大体都已包括在内，引起海内外的瞩目。我把它置在书柜的醒目位置，经常取用，有两卷已快翻烂了。中华书局近代史编辑部负责人刘德麟、何双生是复旦大学历史系毕业的，同我都很熟悉，中华书局还主持编辑了一套"中国近代人物文集丛书"，包括黄兴、宋教仁、廖仲恺、蔡元培等人的文集和章太炎的政论选集。如果没有这些书，我和胡绳武教授合作写完 150 万字的《辛亥革命史稿》就会增加不少困难。

中华书局出版的《中华民国史》，也给我很大助益。这部书分为民国史、人物传、大事记三部分，从 1978 年开始出版"大事记"的第一册，到 2011 年辛亥革命一百周年之际，这套由李新同志担任总主编、一百多位学者集体编写的

36卷本《中华民国史》全部出齐。这是新中国成立后第一部比较详备的民国史，也是中华书局对新中国文化事业做出的又一重大贡献。

要谈我和中华书局的关系，更重要的是"复兴文库"的编纂工作。

这部书以中华民族伟大复兴为主题，以思想史为基本线索和编选逻辑，收录从鸦片战争到中国特色社会主义进入新时代方方面面的重要文献资料，卷帙浩繁，由几十位各有专长的学者担任各编、卷主编。中华书局专门成立了文库编辑部。我因被指定为编纂工作负责人，遂与中华书局有了更多的交往。因为"复兴文库"工作还在进行过程中，这里就不多说了。

今年是中华书局成立110周年。回顾自己从少年时代接受启蒙教育时起，到如今年过九十，仍在同中华书局亲密合作，为中华民族伟大复兴贡献一份微薄力量，实在深深感慨系之。深信在未来的日子里，中华书局一定会继续为中华文化的继承和发展、为中国出版事业的繁荣做出新的更大的贡献。

原载《光明日报》2022年7月9日

【主编者言】时代在变，不但阅读习惯在变，写作的习惯也在变。这是一个传播方式更新的时代，没有必要去论新旧的短长，每当交替之际，人们都会面临一个情感适应问题。

大数据时代的纸质阅读

曾纪鑫

纸质书刊越来越少，虽说不能完全"归咎"于网络，但其给了最为沉重的一击，乃是不争的事实。

若从创作角度而言，电子与网络于我，确实有一种"翻身得解放"的感觉。以前写作，先是打草稿，再是修改、誊写，用三百格的文稿纸，记得一天最多誊了四十页——那是除开吃饭，从早晨八点一直誊到深夜十二点，工作十多个小时的成果。四十页，算上空格，满打满算，也就一万二千字。先是有了电子文本，用 Word 文档，每天平均创作可达一万字，修改起来也十分方便，且不须誊稿。手写稿件投寄时一寄一大堆，打印稿不到以前的五分之一，自是方便了许多。等到网络兴起，再也不必打印文稿，也不必跑邮局寄稿了，用电子邮件发送，不是分分钟搞定，而是秒秒钟就可搞定。当 QQ、微信兴起，利用它们发送电子文本，可达到即时性的效果。因此，当电子与网络"结盟"，我简直要"山呼万岁"了！

电子与网络连成一体，迎来的就是我们所说的"大数据时代"，这一几乎改变人类生活方式乃至思维方式的新时代，对每一个人特别是知识人来说，影响深远，无论怎么形容也不为过！

大数据解放了作家，促进了创作，可谓有百利而无一害。但对受众群体而言，就得具体情况具体分析了。

　　从纸质阅读到数字阅读，经过一二十年的发展、变化与转型，越来越多的读者已经接受了数字阅读。年轻人自不必说，他们是在互联网时代长大的，已成习惯与常态。中年人紧跟时代不断调整步伐，已有越来越多的中年读者加入数字阅读行列。而老年人则分为两个极端，一是只看纸质书籍或报刊，与数字阅读绝缘；二是只看电子版，不读纸质版。何也？举一个例子吧，十多年前，我出了一本新书《千古大变局》，想寄给华侨大学教授毛翰先生指正。他说，不必寄，你发一个电子文档给我即可。我惊讶地问："你看得了吗？"他说："书上印的字太小，眼睛老花看不了。电子版可以调整字号或视图，放大了看，十分方便。"他这种情形，可以代表一部分老年人的阅读状态。

　　进入数字化时代，纸质阅读变得越来越尴尬。以前每到一座城市，我最喜欢逛的就是报刊亭。按理说，这样普及阅读提高全民素质的好事，应该如雨后春笋般不断发展壮大才是，而事实呢？要么纷纷"倒闭"，要么自我"转型"。用"倒闭"形容一个小小的报刊亭似乎不妥，准确一点的词当是"关闭"，但将邮政报亭整体放在一起，倒闭的效果就出来了，如多米诺骨牌效应，只要想想那种接二连三纷纷倒闭的情景，就心疼得几乎要滴血。而寥若晨星般仍然坚守者，所卖报刊不仅没有以前多种多样，还不得不顺应市民所需，办成日杂门点——售卖彩票、香烟、饮料、口香糖、卫生纸，等等。当然，此等日常所需也是一种便民——物质便民。

　　以前坐车、乘机，可见到不少乘客看书读报，而今呢，皆为低头族，所看全是手机——电子阅读。

　　电子阅读最适合图片，也因应了读图时代的需要；消息、信息、通讯、资讯、广告之类，电子传播所带来的速度与便捷，自然远远超出书籍与报刊，也就难怪不时传来报纸、杂志停办的消息。刚开始，每停一种，就得哀悼一阵。停得多了，熟视无睹，也就麻木了。温水煮青蛙，人，也是这样一步一步"堕落"的。

有的报纸、杂志虽然还在，却是举步维艰，要么印刷数量减少，要么只出电子版。早在 2012 年 3 月，已有二百四十四年出版历史且享誉全球的《不列颠百科全书》，也停止印行纸质版，只提供电子版了。我以前常在卓越网购书，后该网并入亚马逊网，如今亚马逊中国官网连纸质书也不卖了，只售电子书。我常想，如果卓越网没有并入亚马逊网会怎样，是不是仍在坚守纸质阵地？还真不好说！一旦强大的资本出现，在所谓顺应时代的背景下，传统的方式往往被清扫得一干二净，当然也包括其中的优秀因子。

面对此类种种情形，我想用两个词——"秋风萧瑟""风声鹤唳"加以形容。于我而言，耳畔早有呼呼作响的尖厉风声，但无"鹤唳"之感。

长年的阅读习惯，自然养成了对纸质书的亲近。一册在手，看得见、摸得着的外在形式如封面、纸张、装帧等，给人踏实与稳沉之感。作为历史专业出身的我，对各种资料自然十分重视，这类书当时印行就少，我便想方设法地弄一份电子版。我有几个移动硬盘，就是专门储存电子书的。但在我眼里，电子书只有实用价值，没有可触可感的外在形式，缺乏令人愉悦的美感。

每购一本书，我会感到少有的充实，如果从心理学角度分析，也是占有欲的一种体现与满足吧！买来后，首先得捧在手中翻阅，先序言，再后记，然后是内容。有的翻翻即可，有的全读，有的选择性阅读，精品名著还得反复品读。遇到要点、重点或深得我心之处，往往用红笔画一条波浪形的线条，有时还情不自持地写下瞬间感受。这种有如火花般的灵感，一旦错过，火光一闪，就难以寻觅找回了。而这些，只有纸质书刊方能做到。我至今仍订有几份报刊，打开报箱，如果空空如也，会感到些许失落；若邮递员准时送来，那种喜悦立即溢于言表，就如中了彩一般，给人生无形中增添了几抹亮色。遇到稀缺书或好文妙文，尽管有了电子版，我也会打印一份装订成册。比如在淘宝网上，往往有所需要的绝版书的电子版，价格也便宜，下单后发至电子邮箱即可。可我仍要购买复印版，封面是彩色的，内文是黑白的，阅读起来，与原版几无区别，这，也算一种别致的纸质版吧。这样的"书"我收藏了不少，会在扉页标注"此为复印本",归类放在一边,以备不时之需。我购买的书籍当然更多,二三万册,创作所需资料,可不必上图书馆查找。

其实,我并不排斥电子阅读,并且越来越亲密。我编有一本《厦门文艺》杂志,来稿全是电子文档,初编自然是电子阅读,决定采用后再用A4纸打印;办公及其他事务,大多利用邮箱、微信、OA平台,除非自我淘汰,否则就离不开电子阅读;特别是新闻报道,身处日新月异的地球村,只有电子图文才来得便捷,且网络更新快,可及时了解精彩的大千世界。身居厦门,本地及周边地区发生了什么大事,我尚不知道呢,外地同学、友人就打来电话或发来短信、微信询问了。

于我而言,纸本、电子阅读皆不可少,关键是比例的问题。孰多孰少?如果不来点自我约束,拿着手机,仅微信一看就是几小时。因此,每天的阅读,我会有意识地留出一定时间给纸刊、书籍。于普通读者而言,还真得将纸质阅读纳入合理利用、科学分配的范畴才是。特别是阅读哲学、思想之类需要开动脑筋、认真思考的书籍,只有读纸质书方能深入其中,达到最佳效果。

不仅是阅读时间的分配,不同场合的阅读也不尽相同,这便是深阅读与浅阅读的区别。一般来说,电子阅读属浅阅读,纸质阅读可与深阅读划等号。深层阅读体现在文章的长、深、精、雅,浅层阅读可概括为短、平、快、博。比如等车、候机、上厕所之类的阅读,手机电子阅读较为适宜;而家中伏案或安静环境下的阅读,以深层的纸质阅读为佳。每次出差,我会根据前往地区的不同,带上一本或两本书,上了车或登机后看。更多是安定下来后,在宾馆房间静静地阅读,我以为睡前或失眠后的纸质阅读,效率最高。

"纸墨寿于金石",虽说如此,其实书籍保存很难,收藏颇为不易,水、火、风、虫等,皆可随时置之于"死地"。电子书似乎免除了这些忧患,其实比纸版书更加脆弱,电脑、手机、U盘、移动硬盘等,哪怕出一丁点问题,储存其中的电子书籍、报刊、文档都可能会消失得无影无踪。不说别的,仅用电一项如果没有解决,电子书就无法呈现。

我特别看重纸质阅读，还有重要的一点，那就是书上留有阅读者的体温——记号、点评、感慨之类的笔迹，翻阅、抚摸过的痕迹，一册册读过的书籍放在一起，就可清晰地追寻一串串艰难跋涉的人生足迹。2019年搬家，我清理出三千多册书刊，得知厦门同安区一位文友要在自己家乡凤南农场建一个农家书屋，我立马打消卖掉的念头，全部捐出。他打了一组书柜，用一个房间专门陈列我捐出的书籍。完工之时，我特意前往参观，见到曾经属于自己的书籍完整地摆放在一起，顿觉整个房间充满了一股浓浓的温暖与亲切，心头感到了一股少有的安宁与踏实。这些留有我体温和痕迹的书刊，宛如我的兄弟与亲人，它们静静地躺在这儿，以供当地读者不时之需。如果重温，或查找其中的资料，我可随时与它们重逢。而一旦散失，它们就在我的世界永远消失了，留下一份无法弥补的缺憾。

　　我觉得，纸质阅读不仅是一份收藏、坚守与充实，更是一种人文精神、人文情怀的体现。

原载《阅读易读》，南方日报出版社2021年12月

【主编者言】你是我的过客,我也是你的过客。两条轨迹短暂相交。过客及其出现的场景或简或繁,但如果没有缘分的撮合,相交总是转瞬即逝。只留下有心或无意的回味。

过　客

安　宁

一

家里来了一个讨债的人。

是父亲编筐欠下的买腊条的钱,筐卖出去了,钱却打了白条,父亲也就没办法偿还买腊条的钱。母亲称呼讨债的男人为老刘。老刘不怎么爱说话,来我家后,径直就坐在饭桌旁,自己拿筷子和碗盛面条吃。母亲说了几次,父亲出去讨债了,讨债回来有了钱,就给他家送去,但老刘就是不吭声说回去。吃完了饭,老刘还会刷刷自己的碗,放回碗柜里,而后便坐在院子里,倚着墙根眯眼晒太阳,好像他是我们家里的某位老爷。

有时候,老刘还会跟我说一会话。我每次都看看母亲的脸色,如果她朝我瞪眼,我就赶紧溜掉,任老刘手里有什么宝贝诱惑,也不上前靠近。如果母亲和颜悦色,她自己也跟老刘唠嗑说一些闲话,我也会放松了警惕,回答老刘诸如学习啊考试啊之类的问题。我从老刘跟母亲的唠嗑中,知道老刘的女儿跟我一样年纪;他也正和父亲一样,愁着明年开春时孩子的学费。母亲听了这话吓一跳,赶紧将问题朝别的与钱无关的方向上引。可惜,老刘已经打开了话匣子,即便母亲不搭理,他也继续喋喋不休地说下去。而我,就倚在墙根旁,一个人孤独地玩着纸牌。

老刘大约因为我，想起了自己的女儿，他于是停止了絮叨，语气也变得温柔起来。他还耐心地教我叠复杂的纸牌，或者青蛙天鹅之类的玩具。有时候我会跟他争执几句，抱怨他叠得没我好。老刘这个时候就呵呵笑起来，好像他在陪着自家姑娘玩耍。冬天的阳光暖洋洋的，晒得脊背微微发烫。鸡在院子里奔跑，拉着新鲜的粪便。猪圈里新添的两头小猪，正哼哼唧唧地叫着，这叫声让寂寞的庭院愈发地安静。我仰头看着天空，那里一片深蓝，让人陶醉。老刘也跟我一样抬头看天，只不过，他却发出一声长长的叹息。

老刘终究没有父亲讨债的耐心，不过住了三五日，便卷了铺盖回家。那时，村子里已经稀稀拉拉响起小年的鞭炮声。我和母亲将老刘送出门去，母亲带着一脸歉疚的笑，让他慢走。老刘挥挥手，叹一口气，说，等老王回来，有了钱，好歹给我送一些吧，就算大家都过个好年不是？母亲再一次歉疚地点点头，说放心吧，孩子她爹讨到钱，一定送去。我不知为什么，看着老刘佝偻的腰，慢慢消失在巷子尽头，心里有些难过，好像少了一个陪我玩耍的伙伴。

二

期末监考的时候，很认真地观察了一下班里两个乌克兰的留学生，大龙和小龙。他们是相差两岁的亲兄弟，母亲在中国陪读，父亲则留在国内挣钱养家。

考试中的小龙，一直在咬着笔杆冥思苦想，半天才写出一个字。大龙呢，则一边忙着回答试卷，一边试图跟小龙交换视线，很明显，他想"帮助"小龙，尽管，他自己若能顺利及格，已是烧了高香。

我有些为难，几次站到大龙旁边，想要提醒他停止视线动作。学校今年考试改革，规定期末考试不再单独为留学生出题，即刚刚学了三年汉语的大龙和小龙，需要跟中国学生一起参加写作课考试。想到他们连一个完整的汉语句子写起来都费力,在没有字典的情况下,两个小时内完成一份需写满两千字的试卷,真是为难。

事实上,在得知学校考试改革消息的时候,我就开始为大龙小龙担心。他们兄弟俩实在是很不错的留学生,彬彬有礼,从不迟到旷课,每次还比中国学生提前抵达教室。课上常常积极地举手回答问题。喜欢写诗并幽默风趣的大龙,为我们的课堂增添了许多乐趣,让学生们了解了不少乌克兰的文学作品和风土人情。小龙曾在一篇作业中,提及他的中国观察。其一,这是一个当人夸你时,按照礼仪你不能厚着脸皮说谢谢的国度,最好的答案是:"哦,哪里,哪里。"其二,中国人喜欢把钱放在信封里,而且这些信封必须是红色的。其三,亚洲人不管在任何年纪,看起来都比他们实际年龄要小。其四,一个小女孩好奇地瞅着他的蓝眼睛,问身旁的妈妈,这是什么人?妈妈回答,这是外国人。

这篇作业其实已经是很好的写作范文,证明小龙有着不错的观察能力,所以不需要额外限时的考试来证明什么。但所有大学都需要分数作为最终的考核依据,于是,汉语水平仅仅相当于三年级小学生的大龙和小龙,便不得不参加这场大学一年级的写作课考试。

最终,我敲敲大龙的书桌,并转身提醒小龙:抓紧时间,再多写一些字啊!希望他们兄弟俩加上平时的作业分,都能顺利及格。走开的时候,我在心里这样默默地祈祷。

三

大早晨的,物业就打电话来,让我提醒租房的房客,他们家男人每次喝醉了酒,都胡乱敲人家楼上的门,六楼的老太太投诉好几次了。隔着电话,我毕恭毕敬地说着好话,并挤出一脸的微笑,答应物业尽快解决。

房客是一家三口,夫妻俩都在铁路部门下属的一家公司工作。女人读书不多，又有些神经质，常常啰里啰唆一堆的话，目的只为节省一二百块房租，或者晚交一天房租，再或让我替他们更换一个好的马桶。倒是男人大气，虽然只打过一次电话，但语气却温和有礼。所以听说他酒后失礼，我反而有些诧异。

我很快将电话打给女人，委婉地提醒她，让她老公少喝一些酒。女人马上尖着嗓子喊过来："应该我们投诉六楼好不好？！他们家小孩子天天半夜不睡觉，一到12点我们刚刚睡着的时候，就翻东找西，弄出好大动静，扰得我们一家三口没法睡觉！我老公是爱喝点酒，但每次也只有借着喝酒，才好意思上楼去敲他们家门，但目的也仅仅是想让他们家管管孩子，别大半夜扰民！"

我想起没搬走之前，楼上刚刚上幼儿园的小男孩睡眠不好，的确是夜夜哭啼，搞得左邻右舍都烦，也便明白了缘由，只能叹口气，提醒女人："那你们要么给物业反映一下，要么找个合适的机会提醒楼上，要么就忍耐一下，家家户户都有小孩子，这也实在是没有办法的事。"

女人嘟囔了一句什么，便挂了电话。我没有听清她说的话，但却听出她的语气里满是人生的无奈。

一个月后，房客家的男人打来电话，向我抱怨楼上五岁男孩近来天天在房间里骑儿童车，于是隔音效果不好的房间里，便像有一列火车轰隆隆地开过来，又开过去。他已经按照我的建议，向物业投诉过几次了，还亲自上楼去敲门，但都没有什么效果。甚至有一次，男孩的爷爷还冲出来朝他吼："我们自己的家，想怎么玩就怎么玩，你管得着吗？！"

打电话的时候，房客的女儿正在学习，听见噪音，有些心烦。而房客，这个因为马桶坏了就跑到宾馆去住的男人，只能焦灼地给我打电话倾诉。

我想起那个夜夜哭泣的男孩，也曾经搅得我无法安眠，好在女儿跟男孩同龄，也常常制造各种噪音，便互相扯平。而男孩的爸爸，一个经常将帽子歪戴在后面的男人，则会站在楼道里唱歌。我在沙发上坐着看书，会偶尔出神，听上片刻。

我还记得左侧的邻居家里，有个爱弹钢琴的大男孩，每逢下起淅淅沥沥的小雨，便有静寂的曲子，沿着湿漉漉的阳台流淌过来。我站在窗前，会看到男孩的母亲慢慢收拾着晾晒的衣服，见她侧头，我便像受了惊吓的含羞草一样，将视线躲开去。

我笑着告诉房客，即便你将来买了房子，可能也会遇到形形色色的邻居，有谁会脱离了邻居住在空中楼阁上呢？所以你要么学会适应，要么就学会解决。而今你既然适应不了，又认为他们一家缺乏素养，那么你也可以用同样缺乏素养的方式，通过物业，或者贴张纸条警告一下，就说你已经快要得抑郁症了，如果哪天忍受不了，做出什么出格举止，他们自己负责。

操着一口本地方言的房客，听完我的歪招，即刻哈哈大笑起来，笑完又说："打扰您吃饭了，我实在找不到人去说这件事，所以才朝你絮叨这么多。"

我也一边笑，一边继续呼噜呼噜地吃着面条说："没什么，你可以像我一样网上买个耳塞，二三十块钱，睡觉挺管用的呢。"

男人又憨厚地笑了起来。

四

赶着去电视台录制一台晚会的圆桌访谈。一进门，就见导演、调度、场务都在声嘶力竭地喊着，嗓子干得能听到里面嘶嘶啦啦燃烧的声音。导演头发灰白，是一位看上去温和谦逊的老先生，但沟壑纵横的脸上，却写满了为一台晚会过度操劳的疲惫和倦怠。他不停地走来走去，跟刚刚抵达的嘉宾做着沟通，语气平和，态度诚恳。但我还是敏感地捕捉到，平静的水面下，隐匿着一座被吵嚷、喧哗和焦躁搅动得即将喷发的火山。甚至他的一两根白发，也在璀璨的灯光下微微地颤抖。

副导演是一个精壮的小伙，明显比导演更精力充沛，但他的嗓子也已经哑了，看得出超负荷工作的他，早已精疲力尽，车轮时刻有吱嘎一声停止运转的可能。所以当一群跳广场舞的业余大妈们，因为始终搞不明白舞台上的站位，他一声怒吼，阿姨，现在请听我说！！！全场顿时鸦雀无声，脸上抹着红胭脂的大妈们讪讪地站在那里，像受训的小学生，大气不敢出一口。

我只待了一会，就被这种紧张的气氛弄得有些烦躁。不过片刻，便听到砰的一声，只见一支笔横空飞起，落在旁边坐满摄影师、飞行员和体育健儿的圆桌上。一个穿男士马夹的女场务惊恐地歪了歪脑袋，躲过圆珠笔的碎屑，而后满脸通红地低下头去。导演的怒吼声刺破高分贝的音乐，撞入现场每个人的耳膜。因为年轻的女场务在嘉宾录制时插了一句什么话，导演心里残存的最后一点耐心，终于在一瞬间炸掉。

我坐在一片被吓出的寂静中，想起在海洋博物馆曾经看到的一条长达一米的鳗鱼，它躲在窄小的只能容它一鱼之身的礁石缝隙中一动不动。如果不是它的下颌正随着呼吸微微地颤动，还有半眯着偶尔会眨一下的眼睛，人们几乎会以为它没有了生命的迹象。海洋馆的工作人员说，这种鳗鱼的寿命可长达三四十年，眼前这条冬眠一样的鳗鱼，在海洋馆不到十平方米的小天地里，已存活了十六年，算得上海洋馆的建馆元老。这种鳗鱼比乌龟还懒，除了吃饭，几乎不肯浪费一丁点多余的精力。我惊讶于它对环境的忍耐能力，在十六年的漫长时光中，它是怎样熬过无边无际的黑暗时日的？这里不是可以任它大展身手的海洋，它无须捕食，无须规避天敌，它只要养尊处优地待在石缝中，即可安然地度过一生。可是，这跟坐监又有什么区别？这样的生活，远比海洋中与敌人的争斗，更需强大的力量应对。

人类总是狂妄地认为，自己才是这个地球的主人，可是很多时候，我们往往没有一条鱼更有毅力，以静止的方式，对抗枯燥的日常中，那些尘埃般起伏的烦恼。

五

飞机起飞前，左手边一直静默无声的老太太，指着安全带，犹豫问我："这个……怎么系？"我微笑着帮她扣好，她只轻轻"哦"了一声，并没有回复"谢谢"。

同行的两个小时，我们彼此再没有说话。但我用余光注意到，她一直在小心翼翼地窥视着我，看我跟空姐索要毛毯，看我打开航空杂志阅读，看我戴上眼罩耳塞进入睡眠，看我睡醒后又将灯打开，还试图调节灯的亮度。老太太年约六十，身材瘦小，头发灰白，横生的皱纹里满是褐色的老年斑，仿佛枯枝败叶隐匿在山川河流之中。这是一张随时会被人忽略的脸，几乎每天出门，大街小巷里提着购物袋缓缓走过的老太太，都长了一张这样朴素又模糊的脸。

可是，她的眼睛里流露出的卑微与胆怯，却让我想起第一次乘坐飞机千里迢迢奔我而来的母亲。那一年，母亲跟父亲吵架，想要离婚，却又没有勇气，在家里待不下去，便孩子一样任性地说要来投奔我。我找了县城的熟人，送她到济南机场。两个小时的飞行中，她也是这样的吧，什么都不懂，又不好意思问人。她有关节炎，怕凉，我却忘了，只一心想着让她看看天上的云朵，便买了靠窗的位置。她一路双腿冰凉，却不懂向乘务员索要毛毯，只怯生生地打量着身边的每一个人……

想到这些，我在飞机着陆的时候，扭头问老太太：你来走亲戚，还是旅游？

旅游。她腼腆回答。

他们是你家人吗？我指指前排。

不是，我们只是一起来旅游的。

你是呼和浩特人？

不，附近托县的。

哦……

很快，大家兵荒马乱般逃离座椅，嘈杂中，她再次犹豫问我："这个……怎么解开？"我很快帮她打开安全带，这次，她还是没有向我道谢。

出了机舱门，我们很快消散在人群里。再一次相遇，是从洗手间出来，她站在水龙头前，伸着双手，水却始终没有流出，我没有出声，只是将自己的手靠近感应器，帮她引水出来。她羞怯地看我一眼，依然没有说谢谢。

我注视着转身离去的这个女人，想到她跟我的母亲一样，一生中从未学会"谢谢"这一文明礼貌的用语，心中有些悲伤。

六

在打印社，见老板家十岁的大女儿，正耐心哄劝着哭闹不停且咳嗽不止的小妹妹。记得上次来的时候，小女儿还是一个躺在宝宝车里，在印刷机的轰鸣中安静睡觉的婴儿。老板是江西人，多年前跟着同样开打印社的老乡来到呼和浩特，渐渐就在这里落地生根。大女儿、大儿子和二女儿，都已在附近读书，他们的普通话里，也带了鲜明的本地口音。而超生的小女儿，大约在成人后，会把呼和浩特当作自己的故乡。

小女儿哭喊着爸爸，大女儿没有办法，便抱着她站在一直忙碌不休的爸爸身后，小女儿一把抓住爸爸的衣服，好像寻到了安全的港湾，马上停止了哭泣。做爸爸的却心烦，在嘈杂中用我听不太懂的江西话，大声训斥着大女儿。大女儿倒是好脾气，并不恼，慢腾腾地跟吹胡子瞪眼的爸爸讲着道理，完全不像她神情冷淡的妈妈。

打印完出门的时候，见老板正蹲在门口，闷头用力地抽着烟，暂时将孩子们的哭闹声和喧哗声忘在身后。一只宠物狗抬头好奇地看他一眼，而后欢快地翘起一条腿，从他身边骄傲地跑过。门前正在融化的积雪，被人踩成肮脏的黑色。沿着积雪再朝前走上几步，便是从未停止过喧嚣的十字路口。

想起一年前,打印店的老板娘挺着大肚子,在声音刺耳的装订机前忙碌,那时,他们的小女儿还在母亲的子宫里。而今,她已蹒跚学步,却还是逃不掉这刺耳的噪音。忽然有些心疼,为抓住爸爸后背的衣服就立刻绽开笑颜的她。她在这个世界上,尚不知辛苦是什么,而人生的诗意,又是什么。

原载《黄河》2022 年第 3 期

虚幻与沉迷

王剑冰

一

从《清明上河图》中幻化出的清明上河园,不仅为游赏之大观,也是文化艺术集中展示之地,不说别的,仅各个门廊上的楹联就成一景。那是书法与文学的共同登场。人还没有进店门,先见一幅韵致优雅的楹联,也就显现出了店铺的品位。无论熙攘的白天,还是喧嚣之后的夜晚,不经意地回首中,它们都在散发着暗香与光芒。

二

因为是在宋都开封,很多店名不是与历史沾边,就是与传说相近。一进入上善门就看到了这幅"味美招来天下客,酒香引出洞中仙"。一定是处酒食之所,果然,店名叫"孙羊正店"。这个孙羊,在宋代的京都一定是一位名人,而这个当时最为红火的酒店,是标示在《清明上河图》上的。

离此不远,看到了"景阳冈",店名很有气魄,一看就会发生联想。再看店铺的楹联"迎客楼客满一堂,有名店名扬四海"。联对得十分工整,且有气势。

还有"三碗不过岗",又是一家吸引人目光的酒店,名字好记,楹联更显豪迈,"醇酿佳曲一盏赛仙翁,透瓶香窖两杯论英雄。"

还有"快活林",同样是一家与水浒有关的店铺,楹联是"醉里乾坤大,壶中日月长"。看到这幅楹联就笑了,它来自《水浒传》第二十九回的《武松醉打蒋门神》:"武松抢过林子背后,直奔蒋门神而去,行不到三五十步,早见丁字路口一个大酒店,檐前立着望竿,上面挂着一个酒望子,写着四个大字,道:'河阳风月'。转过来看时,门前一带绿油栏杆,插着两把销金旗,每把上五个金字,写道:'醉里乾坤大,壶中日月长。'"这一段描写很细,也很神。看后就记住了挑着的酒望子,店家更是直接拿来用了。

园中的店铺,有的是经营着宋代就有的物品,王员外家紧邻着一家"朱仙镇年画作坊",专以印制木版年画,而且来自当年十分红火的朱仙镇。人们看罢王员外招亲,不少就涌进了这家店铺。不知道有人注意到它的楹联没有?"妙手木板巧作画,神仙向助生意兴"。

汴河码头不远有一家"汴绣苑",是专以汴绣为业的店铺,它的楹联是:"云霞分五色,锦绣累千丝"。

还有"文绣院",也是专做汴绣生意。而且文绣院当时还是皇家专门设立的织绣院,表明皇家对汴绣的重视。它的楹联也很有特点:"经纶事业从针下,锦绣文章任手中"。

前面热闹处是"虹桥染坊",既然以虹桥为记,是否当年就在虹桥一带,而且很有名气呢?楹联简单,但见功夫:"素以为绚,青出于蓝"。

回身就看见了"大宋官窑"的牌匾,一定专门经营钧瓷和汝瓷。过去大宋官窑出品的东西,不能随便买卖,只限宫中使用。原来的大宋官窑是一个生产场地,现在却成了商业店名。这个店名起得好,楹联也充满意味,完全是对官窑瓷器的品说:"青琼紫玉鳝红奇,丽质纹衣麟釉俏。"

再看"木兰绣坊",楹联是"七尺锦弦听秋月,一帘彩絮舞春风"。对得好,里面是经营布衣的,而且都是粗布衣服,经手工织绣。

开封自古就有犹太人,那这个"犹太馆"就是他们开的了,楹联是"识得天地君来师不远道德正路，修在仁义礼智信便是圣贤源头"。

有些楹联不仅文化意味浓郁，而且对仗十分工整，你看"寻根堂"的对联，"一本一脉一姓一家，同祖同宗同心同德"。这是让你在百家姓里去找自己的姓，寻根嘛，找到了或是刻字于物，或是直接拿了有此姓的物件。随你意愿。

再往前走，就看出细致的来了，"味超玉液琼浆外，巧在燃箕煮豆中"。这是卖豆腐、豆浆之类的，楹联既点明了酿制的功夫，又飘扬着豆浆的美味。果然店名叫"永康豆坊"。

还有这家"黄记包子"，楹联是"虽无伊尹调鼎手，却有孟常饱客心"。伊尹是历史上第一个公认的烹饪大师，他创立的"五味调和说"与"火候论"，至今仍是中国烹饪的不变之规。孟常就是战国四公子中的孟尝君，以广招门客闻名，号称门下食客三千。他交游广阔，仗义疏财，很有人缘。楹联里那浓郁的文化味和热心肠，怎能不拉住食客的腿脚呢？

"张手美家"，这是什么店铺呢？看楹联"笙歌上榻梁园晚，华灯入望众星高"。像一家歌厅酒榭，在宋时，倒是多有一边吃饭一边侑酒唱曲的。店家叫张手，还是张手美？但凡以人名为店名，都有十分底气。

三

除了经营场所，竞技场所同样有楹联。

翻过了假山，后面有一个马球场，里面正有人骑马打球，那是园子里的专人表演。宋代时候，踢球和马球都较为兴盛。马球场子边木制的门框有楹联："马蹄踏破青青草，龙爪掌开淡淡云"。这个楹联在别处也有见到，但不是竞技之地，拿到这里另有了一番意味。

沿着一条弯弯小路过去，有一座别致的建筑，其中就有斗鸡馆。开封的"斗鸡"不是从鸡里选拔出来参斗的，那是一种专门的"战斗鸡"，名字就叫斗鸡。

斗鸡在一般的地方看不到，只有来开封能让你一饱眼福，因为许多的开封市民都喜欢玩斗鸡、养斗鸡，这是有历史渊源的，所以在清明上河园也设立了专门的斗鸡馆。那斗鸡馆的楹联是"功成昂大羽，败北抖雄风"，充分显示了这种"战斗鸡"的豪壮气势。

还有竞技馆，至于竞的什么技，是不断变换的，可以是打斗，也可以是相扑，还可以是魔术杂技。它的楹联是"烟水亭吸水烟烟从水起，风浪井博浪风风自浪兴"。对得巧而工整。据说此对子是黄庭坚对以客人的，对联紧扣亭名和物名，巧妙地运用顶真，前后承接，环环相扣，别有趣味。而用在这里又有了另一层含义。

北宋时期爱打擂，是不是好汉，擂台上见识一下。有时武举良将也在擂台上选。由此清园里专门设立了一处打擂台，擂台上战鼓雄壮，旌旗飘展，十八般兵器威严。台下设有长座，供人观看，呐喊助威。擂台两边也有一副楹联"拳打南山猛虎，脚踢北海苍龙"。好气派，直接取自《水浒传》梁山好汉燕青与任原打擂的第七十四回，那一回讲的是燕青智扑擎天柱的事，有一大汉叫任原的，两年在泰岳脚下的岱庙里摆擂无对，到第三年，还在四处张贴叫嚣。此事被梁山好汉燕青听说，定要下山与任原争一高下。几番坚持，又有"玉麒麟"卢俊义帮言，宋江只得应允。燕青不一日到了泰山脚下，就有一段描写："燕青歇下担儿，分开人丛，也挨向前看时，只见两条红标柱，恰与坊巷牌额一般相似。上立一面粉牌，写道：'太原相扑"擎天柱"任原。'旁边两行小字道：'拳打南山猛虎，脚踢北海苍龙。'燕青看了，便扯扁担，将牌打得粉碎，也不说什么，再挑了担儿，望庙上去了。"这一段写得极为精彩，把一场擂台好戏尽兴做了铺垫。结果自然是梁山好汉取胜。清明上河园里摆上一个擂台，再加上这副对联，就更有了宋时的现场感。

四

前面都是较为高雅的,让你感觉出宋都开封丰厚的历史文化,也有通俗一些的,百姓一看就懂,比如"清明上河园购物中心"的楹联"进园门过虹桥请君一览,挑心爱选珍藏不枉此行"。此店也是一处大买卖,离虹桥不远。

"东京裁缝铺"的店名很普通,在过去,就是一家百姓的小经营。但这家似乎是宣扬穿宋代服饰照相的:"着宋装留古韵倩影,游清园品千年画卷"。同裁缝半搭不搭。

转过来看到"王婆酒家",王婆卖瓜,自卖自夸。这家店名好记,再看楹联"香闻十里佳酿美,醉买三杯梦亦香"。它有一点好,就是酒家的后面紧邻着汴河。食客冲着这一点,往往进去径直走到河边,要了小桌子,再点几个小菜一壶好酒,对了水惬意。

再看"宫庭风味小吃",楹联是"赤心迎来三江客,笑颜送走四海宾"。招牌起得很大,似乎全是来自宫廷秘方,加上"赤心"和"笑颜",顾客也必能满意而归。

"祥和酒家"也在美食街上,他家的楹联与店名相照,"祥云迎宾宾如意,和气待客客常来"。再看那店前笑脸吆喝招呼的,蛮透着一股子祥和之气。

前面这家"四季酒家"的楹联也不错,"进门皆是豪爽客,入座更显江湖人",充满着大气、和气和爽气。

再看"东京酒家"的楹联,"酿成春夏秋冬酒,醉倒东西南北人"。从联上看得,这里直接就能酿酒,而且是自家招牌。这就使得客人放心,不仅不会喝到假酒,而且肯定能喝得顺心如意。"四季酒家"也不示弱,它的另一联是"新增佳肴迎豪杰,久封古酿待英雄",表明自家也有佳酿,而且还有久封的古酿。都够吸引人的。

开封的食文化远近闻名，这个店铺的招牌就很有特色，叫"全美"，又全又美，要啥有啥，买啥啥好。都有什么呢？看楹联，"金柑玉版笋银杏水晶葱，沙地马蹄鳖雪天牛尾猩"。北方人看得有些明白，有些不明白。这副对联有出处，来自宋人罗大经的《鹤林玉露》，说周必大和洪迈（《容斋笔记》作者）曾经侍宴，皇上问洪迈家乡有什么特产，洪迈是鄱阳人，答道："沙地马蹄鳖，雪天牛尾狸。"皇上又问周必大，周必大说："金柑玉版笋，银杏水晶葱。"他们所说，都是南方美食。既然是这么好的东西，那么两个人的家乡特产合在一起，就成了一种"全美"，而"全美"是开封人最熟悉的百年糕点老店，这对联怕也是早就挂在那里的。

五

很多店铺透着文化的意味，而且这类店铺开得也多，几乎同酒家不差上下，说明开封的底蕴丰厚。

你看，"馨墨一滴点秋水，宝池半云藏春山"。一定是经营文房四宝的，果然上面的匾额是"馨宝斋"。

经营书画的"凌雲轩"，楹联是"一片书画灿云霞，蒲架瑰宝列秦汉"。

经营工艺品的"无同轩"的楹联是"道心静似山藏玉，书染清于水养鱼"。

中原的烙画技艺由来已久，声名远播，挤在一个个店铺间的"烙印堂"，就是专门以烙画为业，一把烙铁，一块木板或织物，很快就能烙出一幅大美山川。顾客还不少。看那楹联"片毯能缩天下意，一烙可画古今情"。

这块"四方院"的招牌，乍看不知道什么名堂，但看楹联，"三代夏商周，四诗风雅颂"，就明白个八九不离十，对联如此精粹，里边还不尽是国粹？进去看，果然是名瓷玉器琳琅，珠宝字画满目。

"宣赐碧香"也是一处做文化品牌的，"进清园感受北宋历史文化，选特色带走择端万般豪情。"看来主要是经营张择端的《清明上河图》，图有娟秀的、刺绣的、画印的，随客便，称客心。

不知怎么就转到了一座大门前，门是紧闭着的，静静的像在歇息。门上方十分端庄的一副匾额"印刷馆"，终于见到了与印刷术有关的店铺。宋代的活字印刷使得印刷技术提高了一大步，将以前的一块块雕版变成了一个个的字模，成本降低，手工简便，时间快捷，是一次成功的文化革命。透过门缝往里望，似乎是一个专门印刷的工场。门两边有楹联："发愤识遍天下字，立志读尽人间书。"这是苏轼的传说了。东坡年轻时酷爱读书，他自撰了一副春联书于门上："识遍天下字，读尽人间书。"表明自己意愿。但"识遍"与"读尽"，未免口气太大，后来被一老者所笑。苏东坡受了启迪，就将对联改为："发奋识遍天下字，立志读尽人间书。"对联一改，意思就有了变化。

张挂匾额和楹联是对文化的崇尚，经营的产品也连带地有了一种品质。

清明上河园文化，有建筑文化、舟桥文化、美食文化、服饰文化、民间文化等，但是你注意到楹联文化了吗？那些楹联静静地张挂在门庭的两旁，透显出一个时代的精魂。

原载《黄河》2022 年第 4 期

【主编者言】最不容易遗忘的或许是口味。据说有做了领袖的仍不忘幼时的饮食偏好，并不顾现代饮食科学的禁忌。这正体现了本文作者的深情慨叹——"因为喜欢啊"。

我家的传统菜

刘 迅

有几道菜，被我执着喜欢几十年。称作"我家的"传统菜，不如说"我的"，我的其他家庭成员并不如我那样喜欢，不仅不喜欢，还常要以此讥讽我，讥讽我饮食品位低，讥讽我的老与固执。但这都没能改变我对这几道菜的热爱，它们是从上辈人传过来的，我从小吃到大的好菜。每隔一些时间，都要亲自掌勺，做一道或两道这样的传统菜，独自享受，大快朵颐，身体和精神都得到极大满足。至于家里人例行的讥嘲，我完全听不见。

在这里费些文字介绍这几道菜的烹调方法和与它们有关的我的少年旧事，并无意向社会推广它们，也没有要让我的读者眼馋的意思。就是想写写，因为喜欢啊，而且坚持了几十年。

一、水煮煎蛋

既是煎蛋，又要水煮，一种奇怪吃法，但我爱吃，是我吃得最多的一道菜。儿时从母亲那里吃到，独立生活以后就自己做。有时只为简便，省去买洗烹炒的繁复，有时就单纯因为想它，吃不到就遍体不适，怎么都不自在。

水煮煎蛋烹制非常简单。鸡蛋一枚或两枚，去壳，打散，油烧热，蛋下锅，煎至微黄，加水，水量以覆盖煎蛋为宜，稍多稍少亦可，盐少许，可加葱花、姜末、辣椒调味，煮至水开，盛出。蛋焦、汤稠、葱绿、椒红，香喷喷一道美味就成了。

小学高年级以后，需到中心学校上学，步行有半小时路程。母亲早起有农活和许多家务，等到吃上她红薯稀饭的早餐，大抵迟到半节课了。那时读书不为考大学，读不读，读得好不好，其实都不很重要，但我还是不敢迟到，母亲也不愿意我迟到，于是，就有了母亲的水煮煎蛋。鸡蛋在当时具备多种功能，是家里重要资源，我的早餐能吃上鸡蛋，是母亲特供，弟妹们吃不上，连父亲也只能有红薯稀饭的待遇。为保障我上学，母亲繁忙的早上要挤出时间给我做这道早餐。一般一枚鸡蛋，有时也两枚。吃过这样一道水煮煎蛋，暖乎乎，且口有余香，只是量嫌不足，母亲会让带一只烤红薯。红薯远没有鸡蛋尊贵，每日三餐，消费了多少，无法统计。吃一半扔一半，一嘴一手的灶灰和薯屑，擦擦手抹抹嘴，干净不干净，不会有人计较，按时坐到教室，没有迟到，是最重要的事情。

独享特供早餐，是母亲对她长子公开的偏爱，想来也有长身体期间给我增加营养的考量。虎视眈眈的几个弟弟妹妹是否因为不公平有过抗议，已经没有记忆，但时至今天，他们依然葆有对我的尊重和敬意，可见并没有留下什么阴影。

水煮煎蛋差点改变我的少年生活走向，值得特别回顾。在学校里，我第一批加入红小兵。那几年，取消少先队称呼，改称红小兵，戴的还是红领巾。一个秋末的早晨，中心学校举行隆重仪式，庆祝它的学生成为红小兵，为他们佩戴红领巾。戴上红领巾，我有无上光荣。但不容我把这份光荣在乡亲邻里间充分炫耀，我病了，又吐又泻地止不住，住进卫生站找赤脚医生打两天针才终于消停。后来追究病因，一致结论是水煮煎蛋吃得伤了肠胃。因为奖励我的光荣，那天我的早餐母亲用了三枚鸡蛋，油也用得比平日多。突然加量，加之深秋清凉，本就有些感冒，双重的压力，使一个光荣的红小兵，第一次体会生病的味道。

因为生病,我的光荣半途而废,但也因此可以请假不上学,得到摆脱束缚的轻松,是意外收获。虽然早餐恢复到全家一视同仁的红薯稀饭,可不用上学不怕迟到,没有早餐我也不认为是损失。请假了,可以正当公开地休息,和几个辍学或逃学的少年聚集,打牌下棋,做我们认为快乐的游戏。早已休息到足够健康,我依然做出病态模样,也就是装病逃学了。一个规范的好学生,忽然享受到不守规范的快乐,他的兴奋和冲动无法用言语准确表达,总之,能够一直不上学该是多么值得追求的事。这种心理满足,唯有和我有过相同体验的人才有体会。

本以为这样的好日子可以长久持续,可父亲终于发现我的诡异,在家里病恹恹,为什么到外面便生龙活虎?明察秋毫的父亲一鞭子结束我的好梦,只能病好新愈重新回到教室。回到学校便赶上考试,一个年级两个班学生,逃学多时的我依然考到第二,被老师认为是奇迹。老师及时将这个奇迹转达给我的父亲,虽然在读书并不重要,考零分成为英雄的年代,我的老师和我的父亲仍然以为好成绩是一种骄傲。威严的父亲对我有了笑容,停供多时的水煮煎蛋继续成为我的早餐。

由于求学谋生,远离家乡,要享受母亲水煮煎蛋的早餐已经不太容易。不过,耳濡目染多年,做这道菜对我不是难事。非常惭愧,平时很少下厨,但吃水煮煎蛋时候,我会亲自动手。一是家人不肯配合,同时我也不满意她们无法保障原汁原味。其实我也做不出母亲的味道,母亲的做法不过煎蛋加水煮,完全没有技巧,却能焦脆滑嫩、黏稠清香,是我努力多年所不能及的境界。经过许多改造,比如加葱、姜、辣椒,都是我的尝试,虽说也有创新的收获,但总不能重现我少年时的口感。即便这样,水煮煎蛋仍然是我的传统菜,隔些天便要吃上一回。年龄愈大,身体出了问题,油煎的东西不宜多吃,水煮煎蛋有好长时间没有再见,有点想。

二、红薯粉汤

我的家乡盛产红薯，困难年代，别的作物都不见多产，红薯似乎取之不尽。是红薯帮我度过饥饿的少年时期，有理由心怀感恩，但我并不喜欢它。实在吃过太多，一年四季，一日三餐的红薯，吃到人心生恐惧。由红薯加工的各种食物，都不能激起我的爱好，唯有红薯粉汤让我喜欢，成为热爱几十年的传统菜。

秋熟时节，漫山遍野的红薯被挖起来，搬回家里，满屋满地，是一年的主粮。有些窖藏保鲜；有些刨作薯片，晒干收好，以度来年春荒；有些蒸制成红薯干，做待客的零食。对这类操作，我全无兴趣，任怎么分类改造，不过都还是红薯。但加工红薯粉则让我兴奋，愿意旁观甚至参与。洗净，切碎，碾磨，淘洗，过滤，晾干，红薯便改造成为红薯粉。白白的粉末，较之蠢笨的红薯，有了质的改变，变得细腻精致，让人心生爱意。

红薯粉汤的制作，也非常简单。粉调匀，水煮开，将调好的薯粉轻缓地倾入沸水，加盐加油，再煮至水开，汤呈暗灰色，挑起来挂丝即可。红薯粉汤制作的难点在于把握粉与水的比例，而又没有行业标准可以借鉴，全在烹饪者的经验与感觉。说是汤又像羹，说是羹还是汤，比汤更稠，比羹更稀。喝红薯粉汤比普通清汤会更有质感，有进食的真实，大口喝进去，从喉到胃得到温暖，得到滋润，有被抚慰的满足，饱饱地喝完两碗，人生会显得特别有价值。后来走到外面世界，开了眼界，感觉红薯粉汤近似川菜的酸辣汤，豫地的胡辣汤，但又明显不同，我还是更爱红薯粉汤。川豫两汤，会加诸多辅料，有时不知道是在吃汤还是在吃料，而红薯粉汤只用粉与水，明显更加单纯、澄净。

不过，不加辅料倒也未必是因为我的乡亲有追求单纯、澄净的理想，多半因为匮乏。其实，有一种加辅料的红薯粉汤，那是真的好喝，远胜普通薯粉汤。在我的家乡，最隆重的宴席莫过结婚的喜宴。婚宴的菜品远比其他宴席丰富,比如会有墨鱼汤,墨鱼是当时我仅能见的海产。红薯粉汤也在婚宴菜谱之中,这里的薯粉汤是加料的薯粉汤,主厨会把墨鱼汤的汤汁加入红薯粉汤里调匀,经过改造的薯粉汤便变成全新的薯粉汤,原味之外,有了墨鱼的微鲜与浓香,没有尝试过的人大概不能凭想象感受它的美好滋味。

婚宴吃席是一件讲究事,主席、次席、陪席,必须尊卑有序,分得明明白白,以我当时的年龄,出席任何婚宴,都只能列次席之末。我所以愿意忍受轻视而热衷出席所能出席的婚宴,完全是为了吃,其中,加过墨鱼汤的薯粉汤是最重要的期待。大碗的汤上了桌,由主席开始,依次盛吃。一轮过后,等待再来一轮,抬头发现,汤已瓜分殆尽,碗底能见一抹残羹。只好一边咂摸犹存余韵,一边祝福待婚的亲朋能够早日成就好事,早开盛大婚宴。

待我自己制作红薯粉汤时候,物质已经不再匮乏,可以放肆借鉴酸辣汤、胡辣汤做法,变换着加各种辅料,有过许多斩获。只有加墨鱼汤的薯粉汤,怎样都做不出家乡婚宴的味道。墨鱼已经不难得到,但加再多墨鱼,汤还不是记忆里的汤。家乡墨鱼汤是在灶火里瓦罐慢炖出来,没有土灶,没有瓦罐慢炖,我的薯粉汤如何加墨鱼恐怕也难复当年风采。

母亲听说我对红薯粉汤有特殊偏好,显得特别满意而且鼓励,源源不断为我提供原材料,每年都要寄来大包上好的红薯粉。父亲健在时候,用父亲种的红薯加工,父亲过世后,便到别人家买来,找专门的加工厂加工。母亲提供的材料远超我所需,尤其血糖超标,医生告诫少吃这类多糖食物,这些红薯粉便被常年积压。清理完变质生霉的薯粉,母亲又再准备给我新寄。不知道该不该告诉母亲,其实我已经不能吃这道传统菜了。

三、萝卜烧肉

有科学研究表明,人的饮食爱好,在 8 岁以前便已定型。这一理论特别吻合我的个人经验，像我对几道传统菜的钟爱，在旁人看来难以理解，不值一提的几种吃法，要偏好到固执，竟至用文字四处张扬，一副没有见过世面的样子，不怕人笑话。其实，这都和我少年经历有关，不是想改就能改的。

萝卜烧肉成为我的传统菜，便和少年时候的蹭饭经历有关。

我的父亲是做事肯用力而且有力气的实心眼庄稼人，青壮年时期做生产队长，常年被评作"劳动积极分子"，因此有机会参加县里四级干部会和劳动积极分子表彰会。这些会议每年都会召开，要去县城，一开便三天。父亲会带我同去，当然不是要我从小跟着受教育，而是去蹭饭。三天时间，有荤有素，有干有稀，而且量管够、不要钱。8岁之前我很乐意跟住他，过了8岁便死活不肯去。

县城果然排场非同一般。会议用餐在以县名命名的大饭店的一间巨大餐厅里，热闹地摆开几十桌，我所见过的乡间最大规模婚宴，与之相比也要望尘莫及。会议代表10人一围，一批劳动好手，黝黑的脸上泛起红晕，看得出开心、尽兴而满足。我挨着父亲挤在他们中间，得到接纳和关照，他们以鼓励我"吃饱""多吃"来表达热情。因为鼓励，我由拘谨变得大方，放开来吃喝。饱足之后，抬起头四面张望，发现如我一样到会蹭吃的孩子还有不少，有的还在埋头吃，有的已经抬头张望，看他们个个惬意轻松，显然也同我一样，得到接纳和鼓励。

会议餐食标准大抵固定。早餐稀饭、馒头和油条，中晚餐则是四菜一汤的围餐。菜和汤都用大盆盛装，饭是木甑蒸饭。四盆菜荤素各两盆，素菜是青菜、豆腐，荤菜有肉、有鱼、有蛋。每餐会稍有变化，唯有一道菜三天不变，就是萝卜烧肉。萝卜是正当时的过霜的大白萝卜，肉是膘厚肉肥的农家猪肉。萝卜和肉切成大块，肉则肥瘦相间，以肥为主，浇上酱油，满盆好菜泛出暗红，萝卜和肉分不出彼此。夹起厚厚一块，很有分量，入口清鲜肥腻，油香绵长，人间美味莫过于此。远离家乡数十年，还能保持对家乡的初始热爱，有不宜公开的原因，因为她曾经慷慨包容我尽情蹭吃如此上好美味的萝卜烧肉。

当然，跟父亲开会，蹭吃之外，还有更适合公开的理由，是逛县城。县城那间新华书店,每去必逛,那么多连环画让我舍不得放手。尽管最后父亲只给我买下一册,但可以靠在柜台边,以买的姿态,翻阅一册又一册。记得翻到一册介绍生命起源的画册,着实吓我一跳,生命起源于海洋,人类的祖先是水里的鱼。这一说法让我有一段时间对鱼很是排斥,当然,很快也便脱敏,生在鄱阳湖边,哪能不吃鱼?而看过县城的鄱阳湖,让我怀疑村里的鄱阳湖和它不是一个湖。这里有码头,有建筑成城墙的湖堤,有巨大的水闸,湖堤和闸内,是水泥的街道和麻石街,街道上有拥挤忙碌的人群。

从县城回来,再见阔别三日的伙伴,畅谈城市见闻,当然不便做吃饭吃肉的汇报,会和他们讲县城的鄱阳湖与街道,讲连环画里的战争,讲人类的祖先竟然是鱼。对我的渊博多知,伙伴们满怀敬佩,甚至崇拜,从眼神流出,无法遮掩,我享受这种感觉。如果伙伴谈到兴起,纵情憧憬各自向往的菜肴,我会脱口而出,萝卜烧肉。

跟父亲会议蹭饭之外,还能吃到萝卜烧肉的机会集中在春节。我的乡亲似乎有心照不宣的约定,要用一年的艰苦换来过年的奢侈。比如过年可以穿新衣,可以吃到加墨鱼汤的红薯粉汤。春节是结婚的季节,适婚青年总把婚期安排在过年时间。有些宽绰人家,不仅婚宴,春节待客的普通宴席,也会大气地摆上这样高级的薯粉汤。萝卜烧肉在春节期间通常能够吃到,品质堪比县里四级干部会会议餐。我的母亲厨艺上不得档次,她做出来的萝卜烧肉,虽然没有酱油,白萝卜白肉块,白生生地堆起一大碗,但香鲜肥腻的口感也并不差,用肉和萝卜烧出来的啊,哪里还能差得了?

从少时起就这样吃着,萝卜烧肉也便吃成传统菜,一有机会就要操练一回,重温它的肥鲜。但我分明陷入一个魔咒,传统菜在我手里,品质总比长辈们做的逊色许多,水煮煎蛋和红薯粉汤是这样,萝卜烧肉也这样。我很困惑,和长辈相比,食材比他们丰富而高档,钻研精神也不比他们弱,为什么就是达不到他们的高度?苦思不得答案,我想大抵和记忆偏差有关。记忆偏差是时间和人们情感合谋的结果,我们过往的经验随时间沉淀,成为记忆,而这种记忆既是过往经验的客观再现，又是经验者情感活动的载体，是一种特殊的个体性体验，它源于真实并超越真实。我们乐此不疲追寻记忆，在于渴望重温美妙的个体性体验，而记忆偏差，往往让我们的重温有无法实现的遗憾。人类的顽固在于，这点遗憾恰恰使人不肯放弃，成为执念。

理解记忆的个体性特征，便能理解家人对我的不理解，她们没有与我类似的经历，我的传统菜就不能成为她们的记忆，只能是我的传统菜。由于人类经验与记忆的个体性，人与人的深层隔膜成为人生本质与常态，明白这些道理，就会更加轻松，遇到纠结，容易释然。

原载微信公众号"鄱阳湖的草"2022年10月3日

【主编者言】一段往事，不知不觉间就去得很是遥远了。河开了几次？花落了几回？这期间有没有可以比肩的作品出现？如果没有，因为什么？让理论家去研究，让观众默默等待……

在我短暂的编剧生涯中，有个剧叫《我爱我家》

张　越

1994年，那是一个春天。

我从北京师范学院（现在叫首都师范大学）中文系毕业不久，在一个中专当老师。老师的工作和工资都喂不饱我，所以我兼职为电视台的文艺晚会写喜剧、小品剧本，也在报纸杂志开逗趣儿的专栏。

一天，我高中同学贾乐松，当时该人在中央电视台文艺部当编导，她对我说：

"我想从电视台离职。"

"为什么？"我很吃惊，那可是电视的鼎盛时期。谁舍得离开电视台呀！

贾乐松说：

"有个叫《我爱我家》的电视剧组，找我去给他们当切换导演，那电视剧特好玩儿。"

"再好玩儿拍个一年半载结束，剧组也就散了，中央台多稳定呀！"

"这我知道，"贾乐松又摆出上学时文艺女青年那副不顾死活的叛逆表情，"可是特好玩儿，我一看剧本就笑出猪一样的尖叫，我就想去干这个。"

"好玩儿"，对当时的我们来说，是一个极高的价值标准。于是贾乐松就离开电视台，奔了《我爱我家》剧组玩儿去了。

又过了一阵子，贾乐松又找我：

"你能不能来一趟广播学院（即今天的中国传媒大学）跟我们导演见一面？"

于是在北京广播学院招待所，我见到了那个戴眼镜的白胖子，唤作英达。一见这白胖汉子，我便心中一喜，这这这……这不是《围城》里的赵辛楣吗？须知《围城》是我最喜欢的电视剧之一，现在赵辛楣当导演了？那这个《我爱我家》还是很值得期待嘛！

遂与"赵辛楣"各据一床，盘腿而坐。听他聊美国一种叫"情景喜剧"的新鲜东西……那时候剧组通常都驻扎在一些便宜的单位招待所里，同志们在招待所标间的床上、地下各自盘腿打坐，开聊剧本，是创作的常见形态。

记得英达讲的是一个叫《我爱露西》的美国喜剧，大概就是一个胖胖的黑人妇女去不同的人家当保姆，遇到的各种好玩儿的故事。

"每集很短，但全剧很长，想拍多久拍多久。"导演说，"剧本一边写一边拍，现实生活中社会上发生了什么新鲜事儿，随时写进去，跟做电视栏目似的，演员能从年轻演到年老，与观众互相陪伴、非常亲近的感觉。"

"那真新鲜。"我说。

"所以，我们要拍一个情景喜剧，你来参加写剧本吧。"导演发出邀约。

"啊……啊？我可不会写。"

"不会写怕什么？"导演很想得开，"反正谁都不会写，全中国也没人写过，试试呗。"

"可是我连电视剧都没写过，就会写小品。"

"所以我才找你呢，"导演说，"在电视台写小品的有个优点，快！固定栏目，每星期到点儿就播，剧本必须写好，不能拖沓儿。我这儿现在边写边拍，剧本要得急，编剧忙不过来，所以需要找快手儿。我听人说你写剧本跟上厕所似的，蹲下扑通扑通，一会儿工夫就拉完了，站起来走了。"

我："……"

后来我才了解这个剧组有句口号叫"宁伤交情不伤包袱"——说话必须有哏，

为了哏伤了谁的面子都活该,不许生气。

暴走的编剧组负责人梁左

那天我跟导演要了几期已完稿的剧本,署名梁左,拿回家一看,我也笑出了猪叫声。兴奋得夜不能寐,索性不睡了,到第二天早晨写出了个上下集,叫《老傅病了》,后改名《真真假假》。就是老爷子为了刷存在感装病求关注,结果被医院误诊得了癌症,大受惊吓,留遗嘱,弄得全家人哭笑不得那个故事。

导演拿到本子,据说他也乐得睡不着觉。其实里面最好玩儿的段落,是老爷子吹嘘自己的伟大历程,如何与毛主席、周总理并肩战斗,但吹得太厉害有点儿圆不回来……这场戏整个删掉没敢拍,怕被批评不尊重老干部,可惜了那些包袱。

这两期本子写完就算通过试用期可以正式上岗了。

"请你于某年某月某日下午某点,去红庙路边某某处对接编剧组负责人梁左。"我得到这个指令。

后来我才明白为什么是这么奇怪的接头方式,因为梁左老爸在《人民日报》工作,他家住红庙《人民日报》院儿里,所以每周定时在家门口马路边发活儿收本子。

那天,我到接头地点正赶上两个年轻编剧去交稿儿。好像他们拖期拖得厉害,已经到了马上要拍的时间点,他们的本子质量又不行。作为文学师的梁左应该十分焦虑,于是就暴走了,朝两个年轻编剧大声嚷嚷。我一看,当场就慌了,那时候的职场环境与现在不同,二十世纪八十年代大学生很珍贵,尤其女大学生在单位通常都被领导同事照顾着,没挨过骂。面对这种有攻击性的激烈场面,我完全不知所措,一句话不敢跟梁左说,扭头上了一辆公交车,去广院找导演辞职去了：

"导演，导演，我不参加了，你们的编剧太厉害，骂人。"

"他又没骂你。"

"万一他骂我呢？"

"有人耽误事儿他才骂的，你不耽误事儿，他骂你干吗？"

"那万一他骂我呢？"

"行吧，行吧，你进另外一个编剧组直接对接我吧。"导演勇挑重担。

具体来说就是有了两个编剧组，一组组长梁左负责差不多所有编剧，二组组长英达只管俩人儿，一个我一个梁欢。我的电视剧创作生涯就这样开始了。

每周一至周六导演在广院的棚里拍戏，周日回家休息一天。我就去他家谈出一期本子的构想，然后回家写稿。下周日再去他家交上周的本子领下周的构思。印象中他家住东城一个胡同的四合院儿里，我和导演在客厅聊剧本儿，宋丹丹在旁边儿炸饺子热菜，圆乎乎的小巴图在院儿里追跑打闹，时常要被提醒：

"巴图小点声儿，大人工作呢。"

有时英若诚老先生也过来聊聊天儿，逗逗趣儿。有一天他开心地显摆了一张卡：

"看见没有，这叫信用卡。有这个 VISA 的字样，在全世界任何国家都能用。"

我看得啧啧称奇，这是我这辈子第一次看见 VISA 卡。

我眼泪差点儿掉下来

有一次，我们的工作节奏被打乱了。盛夏一个周四的中午，忽然接到英达导演的电话：

"写完了吗？"

我写得差不多了,还差两场,周日交稿毫无压力。忽然虚荣心大作。

"当然写完了,随时都能交稿。"

只听电话里说:"那你下楼来,我在你们家门口。"

我脑子嗡的一声,知道这回下不来台了,赶快救场。

"那个……门口太热,您去对门亚洲大酒店大堂,那儿有冷气,我两分钟就到。"

然后我拔了电话,关了寻呼机,趴床上就写,写得字要飞起。差不多一个钟头,赶完最后两场戏。

后来导演是这样愤怒控诉的。

"左等不来,右等不来,电话也打不通了。我又不敢走,服务员都看我,这是被谁放了鸽子了?你们敢情都是小孩儿,无所谓,我好歹是一熟脸儿。"

写完最后一个字,我把笔一扔,抓了稿子就往外跑。完全忘了由于天热,家里又没有空调,我穿着睡觉的粉背心儿绿裤衩儿,还在头上扎了二十来个横七竖八的小辫儿。按导演的说法就是:

"服务员都等着看我这儿等谁呢。嗨,敢情一精神病,还扎一脑袋小辫儿。"

后来我再也不敢说瞎话了。

偶尔,不用上班的时候,我也去广院现场看看拍戏。拍《我爱我家》是带几百个现场观众的,所有的笑声都是现场观众的真实反应。我就坐观众席跟大家一块儿傻乐,特高兴。

有一天又去看戏,远远就见墙根儿蹲着一人,穿着旧衣服,编俩麻花辫儿,脸蛋儿红扑扑的,还挎一包袱。仔细一看,这不是我的同学贾乐松吗?

"你不当导播改逃难的啦?"

原来该同志客串了一个不安分的小保姆,就是剧中那个与小桂竞聘上岗说一口河北话,四处拍马屁,挑拨离间,最后被淘汰的贾小兰。那口河北口音台词至今是我们同学之间的梗。

我进入这个剧组比较晚,承担的大部分是起承转合溜缝儿的工作。比如赵明明要离组，我就负责把她写走；蔡明要离组，我也负责把她送去海南；要回来，我就把她写回来。有一个故事我比较喜欢，因为英达是北大心理学系毕业的，一直对心理学念念不忘。我们就商量了一个心理诊所打广告写错地址，把病人都招到贾家来的桥段。不过我那时候真的不懂心理学，把心理疾病跟精神病混为一谈。后来王志文、林丛客串的心理病患怎么看都像精神分裂，这不科学，不过倒挺逗的。

《我爱我家》意外地成功。其后这拨儿人又做了好几部情景喜剧，我参与的有《临时家庭》《电脑之家》《候车大厅》等，还和梁欢一块儿写过一个哭哭啼啼的言情剧。哪个都未能再现《我爱我家》的辉煌。

1995年年底，我接受中央电视台"半边天"节目的邀请去当了主持人，就此改行。

20年后，一个叫郑猛的记者联系我，要求采访我20多年前的这段经历。还叫我去参加一个《我爱我家》播出20周年纪念会，说是《我爱我家》有一个全球影迷会，好几万人呢，大家都盼着20周年好好聚一聚。我没想到自己都快忘了的事儿，居然还有人记得。如约去了纪念会现场——鼓楼西剧场，见到了来自全国各地甚至国外回来的影迷，以及影迷会会长凉油锅。他们差不多全是"80后"，是在这部剧的陪伴下长大的，在座的人几乎都会背台词儿，只要有一个人站起来说：

"问苍茫大地，谁主沉浮？"

几百人一起铿锵：

"姆们、姆们、姆们……"

我真的惊了！

后来这样的纪念活动又搞过好几场，其中《三联生活周刊》的那一场，一个年轻女观众说：

"《我爱我家》我看过几百遍，但最后两集一直没看。只要不看，这个剧就没有结束，我心里就还有个惦记。"

我眼泪差点儿掉下来。

在我短暂的编剧生涯中,第一次学着当编剧就碰到了英达,碰到了《我爱我家》,碰到这样一个剧组和这样一群观众,我觉得自己十分幸运。

原载《北京青年报·天天副刊》2022 年 5 月 3 日

【主编者言】一座旧建筑,在时光不动声色的笼罩下,静谧的尘土中蕴藏着许多人生故事。漫步进去,可以感受某个时代,触摸一个家族,想象反复奋进或溃败之后的岁月留言。

高墙内的往事

王国华

冬日气温较低的一天。有阳光,体感并不冷。站在宽阔的广场上四处打量,可见临街一个牌楼,横批四个字:大万世居。两边对联是:大学家声旧,万民气象新。

广场四周是一排排的农民房。边缘处有一儿童游乐场,几个小朋友正跌跌撞撞地跑上跑下打滑梯。所谓农民房,亦即城中村。与市中心的城中村相比,更舒朗些,不拥挤,也不高,应是为避免遮挡了大万世居的全貌。

大万世居乃一围合式建筑。若航拍,可见方方正正的一个极大院落。某种意义上,就是一个村子。村中人都姓曾,有一个共同的祖先。二百多年间,后代们在这里出生、长大、离开,同他们饲养的牲畜、鸡鸭,草窠里的小虫,一起过完了酸甜苦辣咸的一生。小虫变成了泥土,鸡鸭留下几根细骨,而离开的人,将自己的气息扔在偌大一个空间里。

院落如古代的城墙,一正门,两侧门。此类建筑多成于明清时代,岭南常见,面目亦相似。正门口对一广场,曰禾坪。一个半圆形水塘,曰月池。农耕社会,打粮,储水,两大必备功能齐活了。

侧门旁停着几辆汽车,汽车下卧一只公鸡。很傲慢的样子,见有人来,不屑地瞅一眼,继续发呆。

斑驳的墙有四五米高，摸上去潮乎乎的，忍不住又摸一下。站在墙根下，眯起一只眼远望，发现已不是一条直线。挺立百年后，高墙似有些懈怠。被不远处的高楼大厦映衬着，墙壁显得低矮、委顿。人立墙下，却依然渺小。高与低，大与小，始终相对。墙体上有葫芦形枪眼，外敌来袭，可居高临下射击。再上边有排水瓦。

经过雨水侵蚀，墙体上黑黑白白，像一个不断变幻的幕布，图形不一：一片云彩，一个舞蹈者甩出长袖，一只奔跑的牛，一只站起来的狗。心里想着什么，它就像什么。越看越像。墙上紧紧贴着几根枯死的植物细茎，形似巨型的蜈蚣。柳宗元写到岭南时曾有"惊风乱飐芙蓉水，密雨斜侵薜荔墙"之语，该植物即薜荔。

绕着这一个贴满了往事的大墙走一圈，大概需要十五分钟。

门楣上"大万世居"四个大字，四只眼睛一样盯着来人。从正门进去，左右两侧的房间一个挨着一个，都已开辟为展览馆。内含大万世居的来历，客家人的漂泊史、繁衍史等。房间和房间之间，有一个门一个门地连着，亦即，所有的房间都不会独立成间。若有险情，两侧的门立即打开，进入另外的房间。隐私性较弱，但安全性大增。那脱离了围墙的房间，里面也像迷宫一样。从一个门进去，里边好几个门对着不同的方向。总共三四百个房间，折算下来，至少可供一二百个家庭一起居住。

透过木制窗户，可以闻到房子里边一股古旧的味道。窗户都很小，仅相当于现在的一块窗玻璃，方而深邃。合理推断，彼时窗户的采光功能并不是最重要，以纸糊窗的年代，开口若太大，会很冷。每一个分院落里都有天井，阳光泼下来，于小小的范围里窜蹦跳跃，最后停稳。人在其中站一会儿，暖暖的，似可见故人站在对面。

道路不宽，多以鹅卵石铺地。慢悠悠浏览那一排排房子，有的依然干净整洁，有的已成断壁残垣，长满鬼针草和五色梅。一棵硕大的香蕉树傲立其间，浓绿宽大的叶子忽地伸到路边，扫到行人。一些墙面上贴着"危险，请勿靠近"

的警示牌，落款为"华侨城东部物业公司"。有的墙上还喷了二维码，我想扫一下。妻子说，别扫，你知道那是干什么用的，万一是骗子呢？

石头砌成的一道深深的排水沟，沿街直行。旧时的生活污水并不多，南方雨多，应是主用于排放雨水，直抵门口的月池中。那碧绿的一汪水，从古至今，放鸭养鱼均宜，或许也可以当作救急的饮用水吧？

大院中，时有鸟鸣声响，浑厚像老年人，偶尔急迫起来，依然有板有眼。一墙之隔，外面的鸟叫有所不同，叽叽喳喳，清脆单纯。

沧桑都被圈在了这一个巨大的院子中。

世居者，世代居住之意。"大万"二字，据称有几个来历。一个形容巨大。《汉书·刘向传》中有"营起邑居，功费大万百余"之语，《汉书·匈奴传下》中则说"费岁以大万计"。大万世居仅墙体就需近5000立方米的泥沙灰石。所用石头重者达数十斤上百斤，均从几里外的大山陂铜锣潭运来。以"大万"概括这所宅院，也算贴切。另，《易经·乾卦·象辞》载"大哉乾元，万物资始，乃统天"，大万有朝气蓬勃，生生不息之意。还一个说法，则是建设时取大门对联"大和保合，万福攸同"头两字，一直沿用至今。亦有说法称，"大万"两字生发于前，嵌字对联跟随在后，先有鸡还是先有蛋已不可考。

很长时间内，广东的客家人都喜欢以家族为单位，建这样一个院落，容身更容心。根据个人财力与视野，院落有大有小。房屋的规模随着人口的增长不断扩大，直至恍然一巨室。

依传统分类，广东人有三大民系：潮汕、广府、客家。前二者定居此地也早，堪为土著。"客家"说法乃自谦，其实就是外来户，本为因战乱和饥荒被迫南迁逃难的中原人。五胡乱华、蒙古灭宋及至满人灭明等，都会引发蝴蝶效应。对于安土重迁的中国人来讲，这并非美好的历程。彼时的岭南还不是什么好地方，山高水远，荒蛮、瘴气、野兽，令人闻而却步，罪犯多发配于此，苏东坡就曾被贬到今日深圳旁边的惠州。

"客人"们一批又一批来到,自然受到土著的非难和排挤,冲突不断,只能避居于水土贫瘠的山上。后来逐渐融入,也可以在平缓地带栖身,但胎里带来的戒备与防范还在,即如高墙大院,聚族而居,便是表现之一。

相关资料中这样介绍大万世居的整体结构:

占地面积2.5万平方米,建筑面积约1.66万平方米。从平面布局来看,大万世居近似矩形,也有人称之为"宝斗"(旧时一种方形赌具),以中轴线为对称轴,形成多层复合结构。通面宽124米,通进深133米,三堂六横四角楼布局。围屋内有祠堂1座、望楼1座、门楼3座、角楼8座,另有一定数量的外围屋、排屋和堂横屋。四角建有炮楼,正面有大门楼。外围有高墙相连,高墙由泥沙、石灰和石块夯筑而成。围墙上有走马廊相通。围屋前后各有一条天街。

"端义公祠"是大万世居的核心区,曾氏家族先祖灵位设于此供后人祭拜。祠堂格局为三进二天井四厢廊,三进又分上中下厅,每排房屋十一间。中厅是当年曾氏族长和元老们开会议事的地方,现在还保留有清代中期风格的柱础。

时光流转,烟消云散,依然留存在地面上的事物,皆是故事的证据,建筑尤为大宗。没有它们立此存照,故事再悲壮,也显得虚空。大万世居是深圳最大最具代表性的客家围屋。有这两个"最"字,故事即使不是惊天动地,也颇堪反复玩味。

一个背景:海盗猖獗的元明时,便有海禁政策,明太祖甚至有"寸板不许下海"之令。清朝初年,为了禁绝郑成功部队的粮饷和物资供给,更加彻底地切断海内外经济联系,朝廷下令将福建、广东、浙江、江苏、山东、河北等省沿海及各岛屿的居民内迁30—50里,在沿海一带形成一个无人区。曾有记载:福建某县在迁界的过程之中,两万多人当场被屠杀。政策执行之惨烈可想而知。康熙二十二年(1683),台湾收复,海禁政策取消,又令百姓回到自己当初的地方。难民们老的老死的死,不可能全部回来,就号召内地居民迁往沿海,开垦田地。此一时,百姓苦;彼一时,百姓苦。大万世居的先人,就是这外来迁入人流中的一支。

康熙四十二年（1703），曾简辉、曾简良两兄弟从当时的长乐县（今梅州五华县）迁徙到坪山龙背村开基立村。可以想象，所谓立村，不过是两个人临时搭起的一个简陋住所。在岭南的酷热中，阴冷中，台风中，艰难度日。兄弟二人最初在赤坳以烧炭为生，周围的山上，密林深处，虎狼出没，毒蛇穿行。人少兽多，兽不惧人，乃至主动出击。兄弟二人携棍棒在身，亦防不胜防。终有一天，弟弟曾简良为饿虎所噬，待到发现时，仅剩一腿，身后也没留下一儿半女。曾简辉抚腿痛哭，慨叹苍天无眼。

但一路从北闯到南的人，骨子里还是有一股原始的生命力。曾简辉披星戴月，日夜出力，从零开始，购田、开商铺，终于一步步成为富户，此后又多次往返故乡，将五副先人的遗骸移来坪山，择吉地安葬。取骨骸，莫如说是汲取生命的力量。有它们在身边，其牵连的观念与传统便如源泉汩汩，天不旱，便不断。

《坪山风物志》中说，曾简辉生三子：长子元庆、次子元文、三子元恭。元庆、元文留在龙背村，元恭迁至坪山三洋湖村。元恭生四子：长子仁周，迁至坪山石灰陂下屋；次子传周，迁至现大万世居；三子佩周，迁至坪山石灰陂上屋；四子信周，留居三洋湖村。

大万世居的创始人，乃曾简辉的孙子曾传周。根据《大万曾氏重修族谱》的记载，一世祖曾传周年轻时家境贫寒。祖父虽已在本地立足，尚无法保证后世子孙全都坐享其成，此亦非开基者初衷。每个人都要找寻自己新的着力点。

曾传周（字端义，号静轩）也是和祖父一样的传奇人物，能擘画建成这么大一座院落，怎么可能是平庸之辈。

传周年轻时靠牧放鸭鹅和给人推独轮车运石灰维持生活。从事最基础的体力劳动，且有了一定的积蓄，可见脑子还是比较活络的。可惜因好赌又散尽家财，逐渐衰落。中国人对一所属于自己的房子，似乎有着穿越千年的执念。所谓安居乐业，安居排在乐业前面。别人的房屋一个个建起来了，自己还住在小棚子里，不免被村民邻居歧视。一个有自尊的人，会正视歧视而非仇视。终一天，因为向亲人借钱被拒，曾传周深感羞辱，决定痛改前非，彻底戒赌。他回到家中举起镰刀，对准自己右手的拇指一刀下去。此所谓切肤之痛。"男人要对自己狠一点"的说法不知是否源自此处。有人发狠是向恶，有人发狠是向善，方向之偏差，决定了每个人的结果。那个时代，一个无权无势的农民，定无一夜暴富的可能，稳扎稳打，兢兢业业也能换来广田大屋，全拜社会安宁，天高皇帝远，少有敲诈勒索之赐。客家人注重农桑和读书，轻视经商，但改变生活状况，更多情况下还是要靠经商。曾传周在坪山、龙岗、淡水等地开办了油糖厂和许多店铺。日积月累家业有了一定基础之后，开始兴建围屋，名为"大万世居"。

大万世居于乾隆中期奠基，历经数十载，乾隆五十六年（1791）终于建成。曾传周携自己的三个夫人和七个子女入住。以后几十年几代人又陆续拓展维修，依然不改初貌，且能使其丰满，证明一开始就有个整体规划。鼻祖胸有成竹，为后面留余地。仅举一例。祠堂和中楼等建筑的屋脊全用瓦片垂直堆砌而成。据称是恐后人家业败落时，尚可用于修补漏瓦之屋。而继任者都按部就班，一棒接着一棒干。期间若有一两个行动跳脱，我行我素，那就很麻烦。根基的稳重消弭了突发的轻狂。偶然之中有着必然。

民间两句话：其一，"三岁看老"，是对犯错的年轻人彻底放弃了；其二"浪子回头金不换"，是对犯错的年轻人还抱希望。二者或为真理的两极，一些时段可以相互转换，但某种意义上讲，后者更具现实指引。当下的例子，我的一个表弟，当年也曾打架赌博，没少让亲人担心操心。后来一个巨大打击令其幡然醒悟，从此踏实工作，成为一个家族的顶梁柱。曾传周的由衰到盛，不是故事的高潮和终结，而是开始。大万世居修成以后，故事还在延续。虽无正史实录，却有大大小小的碑刻、匾额与楹联存留，这些实实在在的文字记载，言简意赅，携带的故事和价值观至今仍可供后人反刍。仅简单举几例：

"赞政宏才"木制牌匾，阴刻，挂于端义公祠中厅左侧墙壁上。上款残缺，下款为"乾隆五十六年选职员曾端义立"。据族谱记载，曾传周敦厚诚实、仗义疏财。乾隆末年，惠州水患，其携长子曾光斗（曾汉津）积极捐纳赈灾，被朝廷分别诰授儒林郎捐职员和捐监生。有了功名，身份上便高人一等，在彼时彼地确实值得大书特书。

"急公好义"木质赠匾，阳刻，挂于端义公祠中厅右侧墙壁上。据旧谱及口碑资料，曾汉津同乃父一样乐善好施，当地太守曾以"急公好义""惠济桑梓"二匾相赠。可见传周二代已是有头有脸的乡绅，与官府打交道已成日常。

"州司马"木制牌匾，阴刻，挂于端义公祠中厅左侧堂梁上。上款已缺失，下款为"嘉庆八年候选直隶八州曾鸣岐立"。曾鸣岐是曾汉津之长子。曾传周的长子长孙，时为州同知，五品官。朝为田舍郎，暮登天子堂，入朝为官，是历代农家子弟的光宗耀祖之事。三代人，呈上升趋势，一步一个台阶，让偌大一个院落根基越来越扎实。

……

院落中，此类匾额还有一些，它们像礁石一样，被时间冲刷得越来越光滑，越来越明亮。

客家文化中的聚族而居，表面上是用住宅把大家收拢在一起，内里其实是用文化保护固有的自己，抵御外辱。从当下的北方视角打量客家人，无论服饰、饮食，还是山歌、舞蹈等生活方式，都已遥远而陌生，仿佛异族，实际上正是他们，相对完整地封存了多年前的中原文化。起初大家都是客，后来由客而主，已把异乡当故乡，内心里仍有本能的抗拒，尤其体现在以屋围为代表的建筑上，即便繁衍多少代，围墙上仍有一双双警惕的眼睛。

沧桑院落二百多年，对于当下的人已很遥远，但对于时间来说，还是刚刚踩在起跑线上，发令枪尚未响起。有的房子倒下了，有的房子仍站着。倒下的也用不着修修补补，让它像残骸一样留在那里，日后的风雨会继续雕琢之。

走在大万世居，仿佛走在一个时光机里。墙壁上的"领导我们事业的核心力量是中国共产党,保证我们革命胜利的根本是毛泽东思想"标语,历经几十年,鲜红变成浅红。祠堂门口,一个"端义公像",全身雕塑,古铜色,抬手放胸前,似有所指。虽斑驳,亦应该是改革开放之后的物件。此类家族崇拜,在十年浩劫中很难存活下来。

往里走,居然有一个小小的书店,可以坐着喝茶,也可以免费翻翻书,上面的标牌是"坪山城市书房"。墙上一排宋体小字:

> 物与诗互见光彩时,诗的灵魂会找到自己大自然中的居所,而物,因为有人灵魂的附着,从而得以从瞬息的生死幻灭中通灵恒久起来。

还有一个文创中心,里面出售以坪山为内容的纪念品,其中一种是大万世居门楼形状的钥匙扣。掂起来看看,很精致。看店的小女孩与我们聊天,问我们,是不是第一次到坪山?附近可玩的地方还有一个文武帝宫。如果吃饭,不远处有一纯客家饭店,名为将军烧鹅。

倏忽,从稍显沉闷的古朴中走到浓烈的烟火气里来了。这些依然活跃的事物,使时光连接起来,接续不断,尽管人为介入的痕迹较重,但这个院落不就是前人在大地上凭空建起来的吗?人为复人为,且看谁更能为、会为。围墙上刻下了每一个时代的密码,至今停不下来。这一代以及上一代的亲历,并不久远,但对于下一代又成陌生景象,它们该有自己的连接方式。

那些逝者,也没完全成为化石,它们还有骨血乃至活力,在烟火气中,影响着子孙们的生活。

围着大万世居转一圈,有人在扫地,沙沙的声音不急不躁。附近一片小树林,番石榴、朱缨花、簕杜鹃、棕榈树、小叶榕、云杉,彼此搀扶着。穿着亲子装的一家三口,正在围墙下的石板路上散步,安静祥和。更远处,是一个蓬勃的人声喧嚣的大万村。那里有超市,有坐在门口喝茶的本地老人,推着三轮收废品的外来人。一个年轻妇女在后面走,前面跑着一条狗,狗嘴里叼着一个快递盒。

  他们的生活范围扩大了，延展了，再也不需要围墙和角楼的防御。他们随时可以向外走去，走到看不见尽头的远方。院落在其身后，默不作声。一阵雨淋下来，打湿了砖墙，又记下了这些人的几件事。

  叽叽喳喳。清脆的鸟鸣在白蝴蝶飞舞的身影中，再度响起来。天空宁静，瓦蓝瓦蓝。

原载《芒种》杂志 2022 年第 5 期

【主编者言】凝视，我们都认为眼睛的后面必定有东西。是探询还是防范？是示好还是敌视？凝视的目光直达内心，也反观着自己。或有可能如作者所说，"更多的是漫无目的"？

凝 视

李路平

这里是城中村的北面尽头，再往北就是一间公共厕所。这栋楼有五六层，因为地基高出路面半米多，进出的楼道口，修建了一片几个平方的平台，再往出就是两三级台阶，挨着人行道。

我从租住的巷子里往外走，经过这里去办公室，它就蹲坐在这个平台上，我看着它的时候，它也正看着我。

这应该是一只斗牛犬和不列塔尼猎犬的杂交品种，斗牛犬的基因占大部分。我不知道这两种犬类是否可以杂交，只是仅凭外观推测。我家也养过不少的狗，但大多数都是土狗，也就是中华田园犬，也养过金毛和泰迪，但和眼前这只，并没有什么相像之处。

它的身上是和不列塔尼猎犬一样的橘白斑纹皮毛，尾巴似乎只留下一半，对它这个体型来说不长不短。据说有的不列塔尼猎犬天生就没有尾巴，有的长长短短，更多的是人为造成，为了不影响身体平衡。它的耳朵却和斗牛犬的相似，不是长长地耷拉下来，盖住耳窝，而是像折耳猫那样，在耳朵中下部折下来，盖住了，又好像没有完全盖住。其实根据它的面部，应该可以确定这就是一只斗牛犬，褶皱覆满了它的整个脸孔，眼睛的位置比较低，圆圆的，看着有些外突。只是它的腿脚却很瘦直，不像斗牛犬那么粗壮，分得那样宽。它的毛色整个偏散乱灰白，神色间可见衰老之态。

我固执地认为它的年纪已经不小了，不管它的体态是否也显现出来，因为它的主人是一个八九十岁的老妪。她的体型瘦小，即使在这个属于亚热带的省份，这样的身高还是过于矮小了。岁月仿佛在她的脸上已经固化，成为一条条规则的皱纹，她与别人交谈、她呵斥狗的时候，都只有嘴巴在动。她大概是房东的母亲，精神好，养狗，周围的人都很尊敬她。

这只狗仿佛也因为主人的身份和地位，有了其他犬类所没有的从容和自信。我看着它的时候，它也毫不畏惧地看着我，我在打量它，更像是它正在打量我。我怀着一直以来对狗的亲切和热爱，没有退缩和回避，直直地看着它。它也没有因为警觉，抑或作为宠物而有的卑下，转头看向其他事物或低下头来。我平静地看着它，它也吐着舌头，无所顾忌地看着我。

我想起过往有过的与狗的亲密举动，大部分是与自家的狗，这种所属关系带来的信任感，让我无论对它们做出怎样的举动，也不会担心会被犬牙所伤。"它们"并非指的是我家同时养了很多条，而是在过去的几十年间，主要是年幼时候的那些时光，我们曾一条接一条地养着，随着它们的意外离世，渐渐在另一个世界就成了一个群体，在我的心里也就不再区分彼此，就好像同时拥有了它们，每一条的样貌都很真切，都能够想起它们各自的不同。

家里的土狗一般不洗澡，不像宠物狗，所以也不会娇生惯养似的抱起来，最多就是等着它扑过来，任它不干净的趾爪搭在裤腿上，捧住它的头，捏一捏，然后摇一摇。捧住头的时候，我就能与它的目光对视，不过对视不了几秒。通常都是它不愿意了，眼睛往别处看，接着就像把头从我的手中挣脱出来，重新再扑，或者跑到别处去。只是这种对视过于简单了，或者当时的自己过于幼稚，觉得那眼里闪烁的光，不过是看见主人时的喜悦和兴奋。除了这个，还有什么呢，完全体味不到那目光背后的东西。消逝的举动或耐人咀嚼的意味，枯燥的或者神秘的，惊险的或是痛苦的，都没有。我的凝视里，已经有了想要凝视的东西，所以目光也只能看见那一些。

是什么让我认定，当我凝视趴在平台上的这只狗的时候，看见了自己以为是的那些意味呢？如果人有人性，那么狗也有"狗性"吧，就是这只狗散发出来的狗性，让我没有从与它的对视中一掠而过，反而看见了更深层的部分。

　　我曾经察觉出一个很有意思的现象，当我把这种发现写在朋友圈时，竟有很多人与我有相同的感觉。每天在路上，我都能遇见很多人带着宠物狗，在这条街道上散步。最初只是匆忙一瞥，人与狗也没有对上号，后来渐渐遇到的多了，人的样貌熟悉起来，就连他们的宠物狗的品种和样貌也熟悉了。忽然有一天，狗与人之间别样的关系就呈现在我的眼前：宠物狗的长相竟有很多分像它的主人。确实如此，有一个白发苍苍、胡子苍茫的老爷子，每天都要在这条路上走一走，他的狗也是白毛，似乎也没有修剪过，那种沧桑的模样，和它的主人很神似。另外一个老人家，大约是身体不大好，脸色黝黑，身体肥胖，行动迟缓，他走在这条路上的时候，他的宠物狗，也是黑色的，身体肥胖，行动迟缓。主人走一步，它也走一步，纵然前面有其他的狗在挑衅，它也无动于衷。

　　朋友们也在诉说他们的发现，大多是表达一个意思：确实如此。也许狗在与人的相处中，它们不断地调整自己，以期与主人更加一致。它们也许是模仿，自己根本没有发现其中的特别，但在他人看来，它们的模仿便是另外一种模样。它们改变了狗的天性，而逐渐有了人性。以至于，当我们面对媒体上报道的一些关于其他物种的奇异行为时，我们会感到惊讶，认为他们"成精"了，"精"便是具备了人的成分，有时候甚至高于人，达到了一种更加神秘莫测的高度。

　　只是我们很少在动物身上用人性来概括，至多只会说，"通人性"。我们不愿在抬高其他物种，尤其像犬类这样附加了贬损成分的动物时，也将自身降格为猪狗一般的货色。人类的尊严与高贵在此刻彰显无疑。不管怎么样，被人类驯服、豢养的物种，都是要低至少一个等级的。有的生物学家，或者各类物种的研究专家，他们试图让人类在面对某一类物种时，放弃长久以来的偏见，将它们与人本身平等对待。怎么可能呢，人就是最高级的灵长类动物，这种自傲早已凌驾在一切生命之上，因为万物在人类面前，都表现得那么驯服，丝毫没有还手之力。

如今我们尝试换用另外一种表述方式,在生命面前,人与物是可以平等的。这种表述,只是人类本性对未来或未知的一次小小让步,是喊出尊重其他物种的一个口号,尚且算不上一次行动。一个科学家可以说自己已经将一种生物的习性、它的生老病死已经研究透彻了,甚至可以用克隆的技术,将它完整地复制出来。只是这样真的就算完全了解了吗?借用惠子的话:"子非鱼,安知鱼之乐?"它不是诡辩,而是附加了一种更加高尚的人性因素,或者说,超人性的因素,去凝视宇宙间的一草一木。一种更加接近万物平等的凝视的目光。

将讨论一条狗的话题,提升到这种高度,似乎暂且没有这个必要,但要用人性来概括那条狗给我带来的感受,又感觉不妥。它的眼神里,确实有一些非常尖锐凌厉的东西,但不是兽性。它早已丧失了一条狗的警惕和敏捷,显得慵懒与无所谓。那更像是一种平静的深邃。就像时光不断地打磨,将一颗宝石粗杂的表皮去掉,只剩下纯净无瑕的内在。不论外界再如何侵蚀,依然难掩它的光泽。

这种平静反而令我心生怵意。它对我的一切毫不知晓,却在对视的一刹那,洞穿所有,在它眼里我就是一个透明人,什么也无法遮掩。我看着那双眼睛如黑洞般,一点点将我吸进去,再不转移,仿佛整个人都将即刻消失。

因为它行将就木,时光给予了它高贵的赠予吗?还是它无限顺从主人后,便也有了主人的洞识,无以言说,却又精准无比?好像每一种都不足以至此,两种加在一起,仍旧令我存疑。也许作为狗的一生,"狗性"也在不断往前伸长,像植物一样会开花,像水滴一样会结晶,然后化作自身的品性,难以理解,但却真实存在?

我缓慢地回想曾目睹过的它的模样。那个老妪因为身体康健,无法忍受自己待在房间里,总是不断外出,每次都要把它带上。有时候拿一根细竹子用来规训,有时候又什么也没有,背手顺着这条路往前走。而我人高马大,总要在走完这段路前,从她身边超越过去。其实每个落在她身后的人,总能轻易地走到前面去，因为她走得实在太慢了。我每次都无法知晓一人一狗走向何处，也从未见过人与狗分开来，独自走在路上。它更像是一只导盲犬，尽管没有绳索，她也没有失明，但它总走在她一两步前，不急不缓，犹如训练有素。偶尔它会离开这个位置，但很快就会被她呵斥回来，她不允许它偏离，哪怕在她旁边不远或身后逗留。她迈着年老的小碎步，缓慢中透露出急切，因为脊柱的弯曲，她的下半身似乎总要比上半身更靠前一些，两只干枯的手前后甩着，显现出与这个年纪不符的力气。

它的眼睛虽然看着前面，它的脑后仿佛还有一双眼睛，知晓她正注视着它的一举一动，令它不敢恣意妄为。当它乖巧沉着地走在她前面，目不斜视，对周遭的一切都不为所动的时候，我会觉得她们的关系并不是狗与主人，而是另外一种。也许是母亲和孩子？想到这里，我不禁也为之一惊。把这种关系赋于到人与狗之间，尤其是她与它之间，就变得颇为严肃。我无法像短视频里的那些"铲屎官"一样，将人与猫狗的那种近乎溺情的关系，演绎在她与它的身上。很显然她并不溺情于这条模样衰老、早已丧失活泼的狗，它看起来如此瘦弱，并未成为搞笑视频里的"奶奶养的狗"或"外婆养的狗"。她规定着它的行为举止，就像一个尽责的母亲，不愿让她的孩子堕入与流氓混混为伍。她对狗的教育，更像是对待一个幼小的陪伴者，她需要它的相守，更要它循规蹈矩，让她少操点心。

她有时候会分心，心里想着什么事情，便会让它脱离自己的管束，不再费劲地要求它，而它似乎也心领神会，步伐轻快，渐渐便与她拉开了距离。她也许是想起了某个早已逝去的人。有好几次，我迎面向她走去时，都见她的手里拿着一两片黄褐色的叶片，那是更远处，那棵木菠萝树的落叶。那是这条街道上的绿化树中，叶片最为硕大的一种，其他树种是香樟、扁桃和小叶榕。她拿着捡拾到的大叶子，步履平静地走到一颗小叶榕下，把叶片插在朝向街面的树根下。小叶榕的板根刚好形成一个凹陷的窝，那些叶片斜靠在那里，已经有一小堆了。

这只狗却并不用参与到这个带有某种仪式感的行为中来。这就像是她与它之间的某种默契，它知道在某些时候，主人不再需要它，它可以获得另一种短暂的轻松。这种短暂时刻，似乎有一种隐幽的情感磁场，让它避离，但又必须在某个合适的距离停下来，等她渐渐地走出，然后再一同前进。

在那些更多我未曾目睹的时候呢，这只狗究竟都经历了一些什么？它沉稳淡漠的狗性，让我察觉到了事实的复杂，它和我遇见的那些犬类太不相同了。

我几乎能够从它的凝视里看见某个人的神态，但那并不是某个特定的人，我也并不熟识，但最后还是定格在那张狗的脸上，无惧，却又令人不安。似乎它就要冲将下来，对着我一顿撕咬，让我在它面前显露原形。它的两条细短的前腿舒适地往前伸过来，并未因此往两边叉开，以便快速借力，支起瘦小的身体。它的放松姿态有种迷惑性，经由它的眼睛传递过来，反而令我不知所措。

片刻的凝视，我的疑惑不仅是对狗，更是对自己，急遽地漫散开来。

它的眼神挑战了我对狗的认知。出于自我的敏感，或是人性的尊严，我几乎不愿承认我被它打败了。它没有在我的身体上留下伤口，却在我的内心深处，制造了一个难以弥合的创伤。它好像僭越了物种之间习以为常的秩序，也许只是稍微地流露痕迹，并未带来认知的颠覆，但已让我感到震惊。

大约也与我的内向有关，在与他人的交际中，我很难与对方有长时间的眼神交流，这种长时间也许只是几分钟，或者几秒。他人的目光总是充满了丰富的意味，有时甚至超出了交流的内容，向其他方向偏移，更加不敢直视。然而一只狗的眼神，如何在消除兽类的警觉与防备后，充满了与它并不相称的云淡风轻？也许是近朱者赤，近墨者黑，近老者也变得老成世故吗？或者那双眼里只是无知与坦诚的目光，向对方流露出满溢的信任，期待着对方流露相同的眼神？它并没有受到人际间交往的复杂与尴尬的影响，没有出于礼节的人性约束，完全出于自然和本能，敢于对视，渴望交流，随时做好准备。

我只是过度解读了与它的对视。最早出于对犬类的美好情结，接着将它与年迈的主人类比，又不可避免地想到了人与兽的区别，最后只能反省自己。我完全忽视了交流的最本真的感受，它无须过多地阐释，有时语言交流不了的，可以用动作，动作解决不了的，可以靠眼神。眼神的交流能够跨越物种，在不同的属类中达成意愿。这也许是上天赋予我们的一项宝贵技能，很多时候人类却拒绝使用。

然而这也只是为了安慰自己罢了，我仍旧无法从这种凝视中解脱出来。也许我受到了冒犯，我属于兽类的某些本性此刻暴露出来了。我在与他人的对视中败下阵来，我由此变得更加敏感和脆弱，直到遇见这只狗，在与它的对视中，我再次占据下风。长久的忍耐让我蓄积了无数的怒气和恶意，对这样一条瘦小的狗，我怎么忍受得了呢。但我并未对它动手，不是顾忌它的主人，而是某种难以表达的东西。就像前面提及的，我总是对未知充满好奇与恐惧。它让我无法迅速地做出决断，将一切变得简单明了。

我凝视它，刚好看见它也在凝视我，它的身后是年迈的主人，我的身后是川流不息的车流，我们就像彼此的镜中影像，对这一刹那的凝视，充满新奇，但更多的是漫无目的。

原载《四川文学》2021年第12期

【主编者言】少年的事大多值得回忆，它们充满纯真的快乐。因为那时的我们还没有学会那么多得失计较。当几十年光阴离我们远去，少年岁月的回忆试图安抚我们的灵魂。

体育王老师

刘 齐

小学五年级时，我入选校队，任守门员。

感谢大胆启用我的体育老师，他叫王庆全，是从沈阳青年队退役的球员。印象中他穿一件褪色的大翻领运动服，总是那么年轻有派头。黑黢黢的脸庞不甚光滑，爱瞪大眼睛端详人，端详好了，就出乎意料地说，你，还有你，一会到我办公室来一趟。王老师的办公室不怎么好，在地下室，屋子本来就不大，还堆了不少体育器材。但对于我们来说，这里无疑是一块圣地！前专业队球员斜坐在办公桌上，赞许地看着我和另几个孩子，宣布说，今后，你们就是校队的了。

王老师极善于给自己的球员打气，他激励前锋时爱说，有球你就往门里捅，他们那门是纸糊的，一捅就破。激励我这个怯懦的守门员时，他又换了一种说法：别怕，他们比你更怕，见球你就往上顶，那球肯定是你的。王老师充满智慧的话语给我们带来强大的自信心。他的正规球队出身更让我们无比骄傲——你们别的学校谁行？你们那老师窝窝囊囊的，哪像个体育老师？倒像个卖棉花糖的小老头。

没有统一的球衣，连不统一的球衣也没有，比赛前穿什么比赛时大家还穿什么。我唯一的变化是王老师借了两个护膝，套在腿上，紧绷绷的，高兴得不得了。

我当时已经不幸戴上了该死的眼镜,度数是二百度。王老师说,若不是我近视,他一定把我送进沈阳市业体校,专门学习当守门员。对于我来说,这是极大的鼓励。我有个同学在市业体校打乒乓球,每次训练都发好吃的,不是饼干就是奶糖,他经常带回一些,悄悄分给我吃。

守门员戴眼镜的不多,我们区那些校队里,只有我一个,这无疑是我队一大特点,用现在的话说,应是一道亮丽的风景线。每次比赛,我一上场,总能引来一片目光,在我看来,那都是些尊敬的目光。这很好理解,踢球和当学习委员不同,一般没有戴眼镜的。可是,如果有谁戴了,那他一定有两下子。就像打篮球,小个子上场你千万别小瞧,他若没点本事他也上不了场。当然也有人用轻蔑的目光看我,甚至喊我一声"四眼驴"。对此,一般我都听之任之,假装没这回事。有时实在喊得我不高兴,一气之下,就狠狠回骂他一句"玻璃眼"——既然你把我的镜片当眼睛,以此类推,你的眼睛不是玻璃球的是什么?

练球时,王老师为了表示重视,或者为了缅怀自己的专业生涯,便穿起一双正规的黑皮足球鞋,我们叫疙瘩鞋,也叫钉子鞋。

寒假里,有一次下雪,我们依然按规定返校,扫完雪分成两伙踢球。王老师本来是教练兼裁判,不料他突发少年狂,竟截下球盘带起来,三盘两带到了我的门前,举脚怒射,我见势不妙,就想转身躲闪。现在的中超比赛,世界杯也一样,当球员惧怕被球"闷"上时,差不多都会缩脖端腔,弓腰撅臀,予以躲避,那可笑的姿态不分中外,不分长幼,几乎像一个砂型倒出来的。这很简单,人类趋利避害的本能都是一样的,都知道身上哪儿敏感,哪儿肉多。问题在于我慌得厉害,没等转身,脚下一滑,向前摔倒了,但看上去却像足球术语所谓的前扑,俗称饿虎扑食,也就是上半身触地,两腿在身后扬起。

就在这时,王老师射门了,皮球不偏不倚,直奔空门而来,场上所有的人都认为那球必进无疑,刹那间奇迹发生了,我高扬的脚后跟儿动了一下,触电般震颤,竟把球活活挡了出去。城池未失,众皆惊诧。王老师不明就里,以为他的学生手段不凡,就感叹说,刘齐呀刘齐,小小年纪你怎么就近视了呢?然后郑重重申,你要是不戴眼镜,我一定给你找个好教练,让你有大出息。其实当时我就没戴眼镜,眼镜早在前扑的那一刻甩丢了,此时顾不得回应老师的夸奖,正趴在雪地上瞎猫糊眼地寻找呢。

经过一番苦练,或曰快乐的训练,春季开学后,我方将士如虎添翼,横扫八方无敌手,一举夺得了沈河区小学足球联赛冠军。击败最后一个对手那天,王老师脸涨得通红,似乎特别激动,他当专业球员比赛胜利时,可能就是这么激动。他狠狠捏着我的手,半天不松开,疼得我哇哇叫。

当了冠军,好事接踵而来,最大的好事是给全国联赛当球童。那时没有球童这个雅词,只好叫:拣球的。每人发一个小板凳,乖乖坐在球场周围,白线以外,感觉幸福极了,连后脊梁都麻酥酥的,觉得全场成千上万名观众并不怎么看球,而是在羡慕地凝视拣球者,主要凝视名叫刘齐的那小子。于是又有些羞赧,嫌自己的腿太细,与所担负的光荣任务,与王老师的殷殷希望不大般配。

拣球,既出风头又白看球,而且,拣一场每人还发两毛钱补助费,真是天大的好事。两毛钱在当时是什么概念?是大概念,可以看一场循环上映的电影,外加吃两串冰棍,租三本小人书。更重要的是,我生平第一次挣钱了。想跟王老师表示一下,见了面,嗫嚅着却不知说什么好。

考完中学,又参加了沈阳市小学生足球赛,是淘汰赛,在南湖的正规球场。场面很奇妙,两组四个队同时在一个场子踢,横着踢。两个现成大门空闲着,另外立了四个小门。我们与和平区冠军队朝鲜族小学交锋,对手都是朝鲜族孩子,和他们的父兄一样爱吃冷面和打糕,明太鱼和辣白菜。踢起球来,也和他们的父兄一样凶狠顽强。那一仗我们以零比二落败,失去了进入下一轮的机会。

当天很晴朗,赛场树木繁茂,野草芬芳,大头蜻蜓悠然盘旋飞翔。

朝夕相处的小伙伴汗涔涔的,意识到再也无缘并肩参赛了,黯然无语,品味孩子式的离别惆怅。

我们的总教头王老师则嘱咐说,有机会常回学校看看。

再次回到学校，竟是多年后的一个秋天，校园里落满黄叶，满眼都是新人。我被聘为校外辅导员，打听王老师的下落，在场的教职员工都说不太清楚。难怪他们，别说当年的老人儿，就是当年的校舍，也已拆除得一干二净。

辗转进入低我一年的校友微信群，一个球友说，王老师不在了，活着时，没少念叨你们那届学生。

原载《北京日报》2022 年 9 月 9 日

【主编者言】古有"世说"脍炙人口。今趣人趣事亦不少,却少见辑录。因此非重大选题,于申报职称毫无益处,只能呵呵一笑了之。唯有情趣且职称压力已弛者,方愿意涉足。

严绍璗先生逸闻十则

漆永祥

壬寅初秋,风起萧瑟,严绍璗先生遽归道山,永祥不胜哀恸之至。先生生前,对永祥多有扶护,温煦勖励,幽默风趣,如沐春风。今略记先生逸闻数则,以先生之言笑,而哀悼先生焉。

一、卡片与儿子

1996年秋,永祥初留校滥充教习。时百计觅得南门25楼一间斗室,仅能支一张床一小桌而已。路遇严绍璗先生,先生关切地问生活百般,永祥遂呶呶言宿舍太小,不堪忍受。先生曰:"你们目前条件,较之当年的我们,已然好多了。我当年一张像样的书桌也没有,晚上儿子睡着后,给他盖上被子,就把卡片铺在被子上整理,有时候刚有点头绪,儿子一转身,就全抖乱了。我气得不行,就把那小子拎起来拍两巴掌。结果是儿子从小就养成了平躺睡觉的习惯,完全机械化了。"先生此故事,流传甚广,人多知之矣。

二、都推给"四人帮"了

改革开放初期,严先生亦栖居南门筒子楼。有日本友人来北大做学术交流,慕先生之名,欲至府上拜访,先生怕丢北大颜面,遂婉拒之。未料此友竟打听摸索而来,看到先生蜗居之艰窘,回日本后撰文慨叹:"这'四人帮'对中国知识分子的摧残是多么深重啊!"严先生常讲此故事,讲罢即两手一摊道:"得!这位日本朋友好,都推给'四人帮'了。"

三、城里人和猪吃的

严绍璗先生曾在京郊插队,与当地农民交情甚笃。二十世纪九十年代,曾有农友来蓝旗营先生府上探望,先生热情接待,并关切地问:"现在苞米面能吃饱吗?"农友粗臂一挥,高声朗语:"我们现在不吃苞米面,是城里人和猪吃的。"严先生点评曰:"出言豪迈,比喻恰切,城里人与猪,可谓绝配。"

四、"印度是我们的"

某年月日,永祥在燕园五院门口巧遇严先生,问安之后,正欲离去,先生笑咪咪悄声曰:"我告诉你一个秘密。"永祥垂手躬身曰:"愿聆老师赐教!"先生曰:"印度是我们的,你知道吗?"永祥惊诧曰:"老师又开玩笑了。"先生曰:"季羡林先生一生研究业绩,主要在印度学方面,现在冠季先生曰'国学大师',由此可知,印度是我们的!"说罢,先生呵呵而去,留下永祥,在风中凌乱。

五、"鬼子进村"

本世纪初某年月日,永祥因事前往中华书局,拜谒崔文印先生。时崔先生案头高置的,正是严绍璗先生《日藏汉籍善本书录》校样。崔先生耳背,拿一页校稿,高声指示曰:"这个严绍璗!你看这个地方,一条书录末了,括号内注'进村'二字,莫非是'鬼子进村'了?我久思不得其要,后发现多处皆如此,反复出现,才恍然大悟,原来是'今存',表示此书现存的意思。你看看,你看看,怎么搞的!"我看了也哈哈大乐道:"这应该不是严老师的错,可能是打字员汉语拼音输入法搞错的。"

六、你就是搞比较文学的

永祥多年来从事朝鲜《燕行录》研究,然常苦于缺乏资料,曾向严先生借《燕行录全集日本所藏编》三大册,后捧书欲还先生,先生说要赐赠于永祥,时永祥已经复印全书,并称此书有编纂者林基中先生赠您的亲笔签名,学生岂敢霸为己有。先生说:"你不要不好意思,我既没时间看,也不怎么用,你正需要,送你刚好啦。"永祥只好厚颜谢先生赐书之恩。又拜先生曰:"严老师您赐几个锦囊,学生也好做一点点比较文学研究。"先生正色道:"你做《燕行录》多年,搞得不错,你就是搞比较文学的。"永祥懦然曰:"承蒙老师鼓励,学生谨记不忘。但学生英语早荒,日文生疏,韩语不通,不能读外文资料,何能研究比较文学,辜负先生厚望,是堪愧煞!"先生温语:"懂外文当然很重要啦,但也只不过研究之一助。日本老辈学者,皆深通汉语,朝鲜半岛历来用汉字书写,这就是你的外语,锦囊自在,不求他人的。"先生谆谆言毕,摆手含笑而去。

七、多谢兄弟帮忙

严先生在北大退休后,曾在北京外国语大学带过几届博士生,蒙先生抬爱,偶尔在博士生开题或答辩时,命永祥前去充数。先生平日说话,有老校长马寅初先生风格,喜称"兄弟"。每次事了,先生都会抱拳道:"多谢兄弟帮忙!"吓得永祥托着先生双手,鞠躬如仪,惭愧无地,落荒而逃。

八、字母君

2010年,北大中文系百年系庆,向全系教师征稿,严绍璗先生所赐大作,为回忆中文系陈年旧事,先生文中对彼时当事之人,皆用其姓之字母代替,称"A君""B君""C君""D君"等。永祥拜读先生大稿后,请示先生曰:"百年系庆,是高高兴兴,红红火火,吹吹牛皮,夸夸功绩,欢天喜地,热闹一场,您老人家的大作有点不合时宜啊,敢请您老换一篇,可否?"先生道:"我都是隐去真名,别人看不出来的。"永祥曰:"学生对中文系昔年往事,知之甚少,都能知道您指的是谁,何况知根知底的人呐!"先生眯眼低语:"真的吗?真的吗!"先生脸上呈婴儿般天真状,可爱至极矣。

九、日本书中的中国文化因素

1994年冬,严绍璗先生因为研究日本学术的巨大成就,曾面见日本明仁天皇。天皇问先生喜欢读什么书,先生答以因研究日本的关系,常看《古事记》《万叶集》等。天皇谓这些书对日本人来说也是很难的,问先生以为如何。先生从容对曰:"正是这样。但是,因为这些书中事实上隐含着一些中国文化的因素,从这方面说,中国人有理解方便的一面。"天皇赧然颔之。世以为严先生哈日,然先生对日本学界篡改历史、颠倒黑白的诸多做法,往往显斥驳辩,毫不模棱。如日本东洋文库之所谓分类目录系列中,长期有"朝鲜研究""满州研究""蒙古研究",归为"东北亚研究";以"西藏研究"归为"中亚伊斯兰研究"。严先生认为,日本人"这种混乱与荒谬的学术设定,当然是一种内含有意识形态的'学术政治化'的运作,这种'运作'之所以成为可能而学界长期对此不置一词,其中与我们在'国际中国(文化)研究'中缺失对其核心价值的认知,对其研究客体对象的界定是相关联的"。"我们应该确立'中国学'的概念与范畴,把它作为世界近代文化中'对中国文化研究'的核心与统摄"。至于"蒙古学""满洲学""西藏学""西域学""西夏学"乃至"渤海学"等,"都是它的分支层面,即'中国学'的二级学科"。先生严苛之学术态度,与拳拳赤子之心,即此可见!

十、变天账

严绍璗先生博闻多识,精力旺盛,有极强之记忆力。有时师生闲谈,当聊至某年发生之某事时,他人多能回忆大约是当年夏天之事,先生则胸有成竹地说应该是此年某月某日之事,百试不爽。先生撰有回忆录,并长期有记日记之良好习惯,永祥戏称先生有"变天账",并期望先生回忆录早日棨行,先生每次皆曰:"还在改,还在改,快了快了。"北大老辈先生中,唯白化文、严绍璗两位先生,皆掌故大家,稗官达人。且乐怡和易,喜接晚辈,逢人说项,奖掖有加,善谑健谈,妙趣横生。今两位先生皆归道山,文献阙如,音容犹存,馨欬难再,复令我辈有杞宋之叹。怅望无极,岂不恸哉!

原载《比较文学与比较文化》2022 年 8 月 13 日

> 言说

【主编者言】笔者认为"乡愁"（honesick）一词来源于医学，是一种疾病的名称。一个瑞士医生根据希腊文"家乡"和"痛苦"的词根创造了这个新词。如今乡愁已经远远溢出医学，成为人文领域常用词。

乡愁，在医学中涌动

姚志彬

引 子

> 乡愁起源于医学
> 上升为哲学
> 凝聚为文化符号（安慰与温情）
> 又回归于医学。

随着经济的崛起，城市化和工业化过程的加快，国家与社会进入快速发展和转型时期。伴随这一过程，人的精神却堕入了文化洪荒，不知所措。于是，记住乡愁便成了近年来人们谈论较多的话题。许多谈乡愁的文章写得情真意切、魂牵梦绕。还有一些谈哲学的乡愁，甚至谈人工智能乡愁的文章，作者相信，未来人工智能也应该是有乡愁的。受其感悟和启发，本人曾写过有关"医学的乡愁"的文章。此次，受《医师视界》之约，且有感于反复肆虐的新冠疫情对现代医学的挑战，再次重述医学的乡愁。

一、医学怀着乡愁的冲动

其实，乡愁与医学有着紧密的历史联系，"乡愁"（homesick）一词最早来源于医学，是一种疾病的名称。由瑞士医生雅克·哈德提出，是他根据希腊文"家乡"（home）和"痛苦"（sick）二词的词根创造的新词。该病的主要症状是胸腔紧迫、喉咙紧迫、胸痛等。19世纪之前，医生会诊断乡愁病。但这个词汇很快汇入生活用语，成功流行起来，却丢失了它的原始含义。本文所说的乡愁当然不是指这种思乡病，而是医学这门学科的乡愁。

乡愁源于对异乡的不安，家园可以消解这种不安。人生病时充满了痛苦、惆怅与不安。健康的不确定性，医学的不确定性和死亡的必然性，都是不安的来源，也是医学乡愁的来源。18世纪德国浪漫派诗人诺瓦利斯提出，"哲学是怀着一种乡愁的冲动去寻找家园。"诺瓦利斯是与但丁、歌德齐名的大诗人，他也研究哲学问题，他的关于"哲学乡愁"的提法，精彩而浪漫，在哲学界引起很大反响，于是有了大量关于哲学乡愁的论述。

地理的"故乡"，概念上是明确的，现实生活中可知可感的。而哲学的乡愁并不是这个意思。哲学的"乡"是指人类生命的终极存在之处。那个从那里出发，最后又回到那里的地方，是哲学家们一直在寻找的"乡"。尽管我们尚不明确它的处所，但人类相信有这个地方存在，于是人类对这个"乡"的思念和寻找就成了哲学的乡愁。

笔者认为与哲学相似，医学是怀着乡愁的冲动去寻找生命的家园。

医学的乡愁是指人类在与疾病抗争中，追求健康，寻求生命安宁与长存的过程中所怀的那种情愫。医学的"乡"是生命家园的精神处所。现代医学在科学技术的层面取得了巨大的进步。许多新医学机理被揭示，新医疗技术被发明并得到应用。疾病的治愈率和生存期明显提高，人的平均寿命大幅延长。但人们对医疗服务的抱怨和不满也空前增多。慢性病、老年病、肿瘤等难治性疾病的发病率逐年提高，困扰着许多人。究其原因，是人们对医学的认知出了偏差，是现代人的生活方式出了偏差，是医学的文化出了偏差。虽然医学科技快速发展，世上依然没有完美的治疗，没有绝对的健康，但人们又总是向往并追求完美的健康和治疗。生命的无常性和医疗的不确定性决定了医学必须在科技创新之外寻找帮助，以关怀、悲悯、安慰等"善"与"美"的途径来构建医学的"家园"，承载医学的乡愁，以满足社会大众和医学本身对完美健康和生命之树常青的追求与向往。

二、医学乡愁的源头

医学的乡愁还来源于医学发展的阶段性。人类自诞生始即具有疾病，有病即有了医疗。由于早期人类对疾病缺乏正确的认知，认为生病是上天的惩罚，是鬼神附体，治病由巫师来执行。而巫师的治疗手段是念咒（唱歌）、跳大神（跳舞）、洒水、喷酒等驱赶鬼神或传达鬼神的旨意。当时这些治疗亦会收到某些"疗效"。其实，这些医学童年时期的治疗手段大多都是营造氛围，属于文化活动。

随后医学进入了自然医学阶段，中国传统医学在阴阳五行，脏腑和经络学说的指导下，在理论和临床两方面都得到了很好地发展，并持续了几千年，维系着中华民族的健康和繁衍。细究这些时期的医学治疗，人文关怀占有很大的成分。16世纪以来，现代医学诞生，以解剖学、生理学、外科学为标志，将人体视为机器进行修理的"机械论"医学模式盛行。进入19—20世纪，细胞、分子和病原生物学快速进步。以"还原论"生物医学模式为主导的医学体系发展加快，新的诊疗设备和技术、药物不断涌现，层出不穷，让人眼花缭乱，人们在享受这些技术服务的同时，也产生了严重的陌生感和适应性违和。许多人对麻醉、手术和介入性治疗的恐惧即源于此。

医学乡愁的另一个来源还由于现代医学科技发展太快，导致技术与人文的失衡，从而产生了一系列医学的悖论。这种悖论不仅有飞速发展的技术与传统道德观念之间的冲突，也表现为医学技术的发展与医学目标之间的背离。首先，新的医疗技术解决了许多临床问题，却也带来新的问题，例如器官移植的病人需要长期服用抗排斥药物（免疫抑制剂），这样会引起肌体免疫力下降，诱发感染、肿瘤等一些新的问题；再有现在中老年人广泛服用的抗凝药物，在防止血栓形成方面发挥重要作用，但它也增加了脑等重要器官出血发生的风险和严重程度。此外，医学技术的进步促进了人均寿命的提高，延长了老年期，生物规律提示生命的后期阶段是疾病的易发期，而与年轻人相比，机体的活力和康复能力显著降低，此时医学对疾病干预的治疗效果也将大大下降。

医学乡愁的另一种表现是人们不满现在的医疗，于是又想起了那些过去的治疗手段。许多人相信中医，特别是西医看不好的病，又去找中医治疗。近年来，在全世界范围内兴起了一股中医热或替代医学热，针灸在欧美国家也逐渐流行。2020年以来爆发的新冠疫情给人们的健康和生命造成严重伤害，给社会生产和人们生活造成极大困扰，不断变异的新冠病毒不断突破免疫防线，迫使人们去传统医学中寻求方法。这些固然与中医、针灸等传统医学手段的确具有独特疗效有关，而另一方面，是否这些传统医学疗法勾起的医学乡愁使然呢？

"琵琶起舞换新声，总是关山旧别情。"医学治疗可以开刀、可以服药、可以免疫接种，还可以器官移植、可以基因替代，但无论医学技术如何翻新和进步，安慰与温情永远是医学救助的价值返依。医生的真情照料，至情言语，灿烂微笑永远是治病的良药，是抚慰医学乡愁的箫声琴韵。

三、让医学带着乡愁前行

毫无疑问，我们正处一个医学快速发展的时代。同时，也是一个传统医学精神失落和医学文化重构的时代。在新技术革命的宏大背景下，基因革命、细胞克隆、人工智能和互联网将对医学产生怎样的影响？对医生产生怎样的影响？当全国都在谈论记住乡愁的时候，当全世界都在抗击新冠疫情的风雨中艰难前行的时候，在医学王国中，精神的另一端又联系着怎样的医学文化和临床现实问题？这些医学文化和临床问题又会勾起怎样的医学乡愁？

乡愁本质上是一种文化现象，是我们与过去生活的情感对话，是对传统文化的继承和坚守。

医学并不是一门纯粹的科学，其所具有的科技与人文的双重属性，决定了"记住医学的乡愁"是现代医学发展主题的应有之意。首先，应传承和发扬传统医学文化，将其以主体人为中心，整体衡动，天人合一的医学观，以救助和公平为特质的价值导向渗透到医学教育、研究，乃至卫生政策和医疗制度之中；其次，将悲悯、关怀和温情的理念落实到医学临床的各个环节；其三，大力倡导和推行传统医学（特别是中医药学）的简、便、验、廉的治疗方法，充分发挥其宜人性、亲和性和有效性的特点，造福广大群众。

"此夜曲中闻折柳，何人不起故园情。"医学是一个特殊的行业，关系着人的生死存亡的大事，在医疗技术突飞猛进的同时，有时又处于困境和迷茫之中。它得益于技术的发展，但又受到医生知识和能力极限的限制，受到疾病和死亡的必然性的限制。所以，这个领域需要科学、需要艺术、需要革新、需要追求，也需要谦卑。它的奇妙之处在于需要我们有一颗进取向上的心，一颗脉脉温情的心。我相信，医学的乡愁还会长久存在下去。我不知道当人类发展到了共产主义阶段时，医学的乡愁是否被消解了。但我愿意相信，医学乡愁的存在有利于我们回望来时的道路，回望我们出发的地方，记住医学的初心，并不时地修正医学前行的道路。这样，才能有利于人们面对疾病、衰老和死亡时积极从容地应对，并安顿好自己的灵魂。

"魂归故里"是一句名言，也是一种世界范围内较为根深蒂固的传统文化和习俗，是指人死后其尸体和灵魂应回到故乡。因为当人生病的时候，他的健康和生命便会受到威胁，藏在生命深处的灵魂会被触动。据说人病危或死亡时灵魂会出走，去寻找新的住所。医学的任务是用科学技术医治疾病，同时用关怀、帮助、安慰去安抚好灵魂。

"试问岭南应不好？却道，此心安处是吾乡。"

愿医学带着乡愁前行，一路走好。

原载《医师视界》创刊号（2021年10月）

【主编者言】爱发问的作者说:"如果有个核大国的疯狂政治家在国际权斗中不肯服输按下了核战的按钮……"他想知道为人类未来解难的下一个先知是谁。我想,世界还在等待。

为人类未来解难的下一个先知是谁?

祖 慰

2021年末至2022年初我们到海南岛"候鸟居"来避寒躲霾,最值得记下一笔的是在这里见到了知交老友陈家琪。

2006年我从法国回来在同济大学教书时,才知道老朋友家琪也在同济,在哲学系当系主任。在那里,我听了他的课,读了他写的上个世纪中国学人心理史诗的书《三十年间有与无》,对我的思维极具冲击力和激活力。

我很喜欢听他讲话。那时,他说了一句像梦魇一样让我一直挥之不去的话语。他说:"我这个教了几十年哲学的人,从柏拉图一直讲到康德、黑格尔、海德格尔、德里达、齐泽克……复述了他们的种种爱智慧问题,有一天我突然问自己:我的问题是什么?"我学着他审问自己:我的问题是什么?忽然我感到惊恐,只能老实回答说:"没有"。如果没有"我的问题",一生不就是拾人牙慧、一辈子至多不过是个罩着虚荣光圈的"学问二道贩子"?后来,我就不断地折腾着"众里寻他千百度",咀嚼着寻寻觅觅"我的问题是什么"之苦。

这回相聚,他又说了一句让我辗转反侧琢磨不透的话。他说,对未来不必那么忧心忡忡,纵观人类社会历史,在遇到大麻烦时,只要有如陈寅恪先生说的"独立之精神、自由之思想"的环境存在,那里总会涌出百分之一或万分之一的极少数"先知",他们总能即时拿出一套有效的化险为夷、转危为安的治理体系来。雅斯贝尔斯说的"轴心时代"的先知先觉者们,全人类不过就那么几个人。你看当代的乔布斯、马斯克这些个人,都在应运地改变着世界。那么,如今工业社会过渡到信息社会之时,也会在"独立之精神、自由之思想的应许之地"出现思想者先知。

你信不信?反正作为哲学系教授的他信。

我生肖属牛,是个反刍动物,生性就爱反刍一时消化不了的话语,于是就日夜反刍起家琪的"先知论"来——

在以色列民族处于两河流域文明和古埃及文明的夹缝之中时,不断降临灭族之灾。这时出现了传说中的名为摩西的先知。当全部智人都在信仰多神教时,唯独摩西等先知,无中生有地开创了"一神教"——犹太教。这个犹太教把以色列人定义为上帝的唯一选民,上帝承诺,不管以色列人遇到什么大灾大难,上帝都会来拯救襄助。就是这个一神教凝聚起了以色列人的 12 个部族,不屈不挠地抗争,亡国几千年、流亡全世界照样坚持下来不被同化,直到 1948 年复国。看看诺贝尔奖金获得者中犹太人占的超级比例就知道,他们真的不愧是"上帝的选民"。——咦?似乎家琪真的言出有据。

公元前 6 世纪,在古希腊又出现过一位人类的先知——发明了民主制,解除了雅典城邦差点崩塌的危机。当时雅典城邦出现三派。居住在山地的农耕公民被贵族盘剥得一批批转成为奴隶,这是"山地派"。居住在海边的在地中海做生意的人,也是受到贵族的变本加厉的盘剥而苦不堪言,他们被称为"海岸派"。凭执掌大权而寄生的贵族们住在平原,所以称"平原派"。由于贵族横征暴敛,在外族入侵时没人跟随他们去打仗,不断丧失领土,城邦岌岌可危。这三派谁也吃不了谁,不断内斗内耗将遭至城邦毁灭。这时出现了一位诗人、商人先知梭伦。他不仅能领兵打仗夺回失去的岛屿而当上了执政官,而且还发明了人类第一个民主制度挽救了雅典城邦。他引用"中庸平衡"的观念,设计了一套制度,使得三派都各有收益而平衡合作,他还发明了公民大会和法庭陪审团来管束权力,开启了功及千秋的民主政体。——啊哈,又为家琪的"先知论"增加了一个实例。

在中国的周制走向尽头的过程中,出现了500多年的春秋战国混战时代,国无宁日,民不聊生。这时,诸子百家都争相拿出解危的治理方案来,但只有一家——法家独步天下。法家主张严刑峻罚,反对礼义说教,专重于法、势、术(法是指健全维护王权的法律;势是指君主要有绝对的权势,独掌军政大权,乾纲独断;术是指驾御群臣、庶民,推行法令的"帝王术"),奖励耕战,富国强兵,力并天下,其显赫的政绩是结束了混战、完成了向秦制大一统的历史大转变(此处我没有、似乎也没有必要对法家治国方略以及对统一中国做价值判断,因为这是属于摆脱伦理学的独立的政治学问题)。法家的主要"先知"是管仲、李悝、商鞅、申不害、韩非、李斯等,而韩非是法家治国之道的集大成者。——呵,我又为家琪找到了中国的法家"先知"经世治国的例证。

> 注:家琪看了这段后嘱我加上他的观点:"从周制到秦制,法家肯定起了很大的作用,使得东周列国完成了统一,于是有了秦。以后百代都行秦政制。但我并不认为东周列国就不好,或者说,我并不认为法家就比儒家、墨家好。"

13世纪初叶的英国金雀花王朝,出了一个权力越界的约翰国王,侵犯贵族与教士所界定的权利,而且穷兵黩武与法国人打仗招致惨败。1215年6月5日,大封建领主、教士、骑士和城市市民联合一起,逼迫国王约翰签署了一个著称于世的全文有63条的《自由大宪章》。这就是在英国诞生的由贵族议会管束王权的现代民主制的发端。《自由大宪章》成了后来英国君主立宪制的基石,甚至美国的联邦宪法和各州宪法也都包含有《自由大宪章》的思想。国王、主教、贵族分权而治几百年,直到17世纪下半叶发生了使现代民主更上一层楼的"光荣革命"。1688年,英国资产阶级和新贵族联合推翻了詹姆士二世的统治。因这场革命没有发生流血冲突,被历史学家称之为"光荣革命"。1689年英国议会通过了限制王权的《权利法案》，奠定了国王统而不治的宪政基础，从此，国家权力由君主逐渐转移到议会。君主立宪制政体即起源于这次"光荣革命"。至此，英国议会与国王近半个世纪的斗争，以议会的胜利而告结束。后来的几百年，逐步扩大选民的阶层，最后是全体公民有同等选举的权利。从《自由大宪章》运动到"光荣革命"，首先是因为文艺复兴打开了中世纪的精神桎梏，思想者获得了独立之精神、自由之思想的条件，涌现了英国的杰里米·边沁的《道德与立法原则导论》，其伦理观与法律观，为自由民主制奠定了社会基础，影响了《宪章运动》和议会改革。接着诞生约翰·密尔的《论自由》与《论代议制政府》，指导了代议制的建立。再接着由参加美国革命的托马斯·潘恩的《人权论》，推进了英国的一人一票的普选。同时期法国启蒙运动思想者孟德斯鸠的三权分立理论以及卢梭的社会契约论，为工业革命社会建立完善的民主宪政治理体系，提供了先知的方略。——哈哈，我此刻闻到家琪的"先知论"也散发着"先知"味儿了。

这两年我曾遵循着家琪早年的"我的问题是什么"，居然对我曾坚信不疑的民主宪政治理体系开始生疑了。我一口气提出了八个困惑（问题）：

一、卢梭的《社会契约论》，是宪政民主的根基。然而，民粹主义把"社会契约"给颠覆了。被称为民主宪政世界灯塔的美国，在2020年大选中发生了震惊世界的事件。特朗普败选了，总统带头颠覆"社会契约"不认输，领着7千多万拥护他的选民（近一半的美国选民），没有任何法律依据地硬说选举是民主党作弊，鼓动拥护者冲击国会强行阻止国会宣布选举结果并导致5人在暴力中死亡。在特朗普总统任期四年内，不遵守国际契约，任民族主义、民粹主义之性，退出了跨太平洋伙伴关系协定（TPP）、巴黎气候变化协定、联合国教科文组织、世界卫生组织、全球移民协议、伊朗核协议、联合国人权理事会、维也纳外交公约、万国邮政联盟、武器贸易条约、中导条约、开放天空条约等，把国际契约当作可以任意撕毁的废纸。除了美国，法国持续很长时间的极具破坏性的黄马甲运动，不再是以往有组织的合法（合契约）的抗议，政府想妥协谈判都无法找到有权威的代表者订立妥协契约，"社会契约"被去中心化的网络动员抗议方式消解了。

家琪看了这个问题后嘱我加上他的看法："就美国而言，我理论上更站在保守党一边，也就是站在特朗普一边。去年竞选中发生的事，我认为首先是民主党（你看，我也陷入了完全与自己无关的美国的党派之争，但不这样表述又不行）在选举中有了非法行为，比如邮寄的选票，无记名的选票等。我们不大懂选举中的事，但我相信只要有选举活动，就一定会有相应的非法活动，而2021年的美国选举是大可怀疑的。也许不该说民主党，反正有一个利益集团在幕后起到了很坏的操纵作用。你要我拿出证据，也许我拿不出，因为掌握证据的事不是我的事。"

二、我曾在的法国以及整个欧洲民主国家的高福利制度，其每个公民从摇篮到坟墓都可享受到免于饥饿、免于匮乏等保障，应该是人类最美好的制度设计。然而，当它与民主选举结合，就变成了一个灾厄、一剂毒药。因为，每次选举的候选人，必须承诺他的社会福利政策一定比前任提升得更高，这样才可能当选。那么，这个"一次比一次逐浪高"的"乌托邦正反馈竞选机制"，一定会把经济系统拖垮。由于人性的贪婪无限，其幸福感来自"获得的加法原则"，这就使得这个美丽的乌托邦灾厄无救。

三、本以为光速传播的国际互联网能让每个人获得更大的知情权，从而他们能"洞明世事"，现实却恰恰相反。自媒体使每个人都获得同等的话语权和全球传播力，于是不仅出现罗生门式的各自表述，而且有意无意地纵情制造谎言、谣言争取流量盈利，使得所有真相"死了"。譬如地球气候变暖的科学问题，居然连总统特朗普都敢理直气壮地宣称是科学骗局。原来的追求客观公正的主流媒体为了生存而媚众，也跟着把真相弄死了，居然也跟着说，北极熊在薄冰上挣扎的照片是人工制作的。真相死了，意味着选民选举的判断力死了，民主选举的理性根柢就被拔除了，成了乌合之众非理性的狂欢。

四、当代民主国家还发明了两个无懈可击的"政治正确"观念：一个是提倡价值观的多元、包容与并存；一个是由人权衍生并泛化的人道主义，即要以人道善待罪犯，包括改善监狱条件、对死刑犯执行安乐死甚至干脆取消死刑。两个无懈可击的观念兑现成国家管理政策后却瑕疵毕露了。多元价值的价值等效与并存，把社会共识解构了。诚如一句哲言所说："如果不能给最坏的事情找到一百条最神圣的理由证明它是正确的，那他就不是一个多元价值观的人。"例如，新冠疫情来临后，人类本该遵从医学专家的指导进行隔离、戴口罩、注射疫苗等，这本是属于流行病科学防疫措施，但相当多的人却高扬"自由"的价值观做神圣抵抗，其结果是病毒夺走了几百万人的生命。其实，卢梭早就认识到"人生而自由，却无往不在枷锁之中"。自由是有边界的。当群体遇到大的灾难需要合作救灾时，当军队打仗时，个人的一些自由必须让渡出去。此外，人类之所以能孵化并演进文明的社会，恰恰就是在不同阶段建构起了不同的共识却能凝聚全体。另一个泛化到对待罪犯的"人道主义"，就解构了法治。倘若监狱外的穷人都不如监狱内的犯人生活得好，倘若好人都还不能享受安乐死而死刑犯却有了这个待遇等，社会会不会出现"劣币驱逐良币"？人类的一部法治史对罪犯进行各种生理性惩罚，就是为了威慑和遏制犯罪；倘若把这都"人道"了，法治将如何"治"？

五、当代网民们的自媒体自由结盟，建造朋友圈，只接受自己认同的信息，像人体排异反应一样，发着高烧抗拒非我族类的信息。再加上同伴和大数据后台不停地喂着只有自己点赞的信息，就把每个人封闭在信息茧房之中。当代信息茧房会让人更蠢、更撕裂、更反智反科学，甚至连新冠肺炎疫情期间要戴口罩的常识公理都遭蔑视，而铸成了相互咒骂或拔拳相向的事件。

六、倘若未来机器人把我们人类的 70-80% 的工作替代了，那些靠着社会给予基本的可能是优裕的生存资金的无业者，他们不再是参与创造社会财富的人群，那么，他们还有获得民主选票的合法性吗？若没有，西方当下的一人一票的民主制度是否会遭到颠覆?

七、现在的大数据技术或许能知道每个人的消费意愿或阅读兴趣,那么它完全能够随时而且准确地了解公民们对各项政策的意见以及欲求,那么,当下民主制度下的议会、国会中的民意代表还要它干什么?这些活人代表被选民选出,因为他们都有人性私欲,完全可能被利益收买而违背民意。而大数据算法,却绝对不会被贿赂。

八、物联网的共享经济越来越发达,共享单车、共享汽车、共享租房、共享美食送派、共享贵重女包、共享贵重首饰……当人的所有的生活需求都共享化了,虽然支付共享费用的动产部分仍属私有,但原来包括重要的不动产在内的"神圣私有制"还会神圣吗?

即兴说了上面8条,让我沮丧地发出"天问":"看来曾成功运行几百年的民主宪政、社会契约等治疗工业时代合作性对抗的灵方,而对于初露端倪的数字化时代的合作性对抗症是否不灵了?或者说起码产生严重的抗药性了?"当然我要声明,对于阿伦特、哈耶克、波普尔等剖析过并被百年历史检验是失败的极权主义,肯定不是治理未来社会的有效药。

奈何?奈何?

思想者们,该不该求索而能讲点管用的人类治理的新故事了?

我当然不属于家琪说的极少数先知,只是提出几个问题而已。但愿这些问题不很愚蠢,那么就可能是在呼唤先知出现的呼号声中加了几个分贝。阿门!

且慢。我这生性好疑的人,此刻忽然变卦,怀疑起我在上面多次实证过的由家琪提出的"先知论"来了。如果他的判断是一个"概率判断",可能还可说"所言极是";但如果是个全称肯定判断,我开始狐疑了。我的思维虚拟地跳回到最是"独立之精神、自由之思想"的宝地古希腊雅典城邦。那里出了灿若群星的思想者,可是被没有独立之精神的马其顿一举灭了。在被毁灭之前,没有出现一位古希腊先知预先拿出救亡的治理体系来。还有，野蛮的西哥特人把高一个数量级的古罗马文明灭了，当时罗马也没有出现救亡的先知。忽然，我又跳到英国史学家汤因比的《历史研究》书堆里去了。记得他说过，大意是，文明需要外在的压力才能升级，然而，如果外在的入侵过于强大，那就在外在强压下被粉碎了。

那么当下如果气候的向恶变迁超过了不断内斗的人类治理速度；如果有个核大国疯狂政治家在国际权斗中不肯服输按下了核战的按钮；如果人工智能技术、生物工程技术的无度发展而成为人类的自杀机制；那么，在这些快速毁灭人类的机制发生之前，解难的先知晚来了一步，当下人类社会会不会像古希腊文明一样毁于一旦？

家琪啊家琪，请原谅，吾爱吾兄，吾更爱生疑……

2022年1月于海南岛

原载微信公众号"我思故我在"2022年2月7日

【主编者言】从"己所不欲,勿施于人"推导出"己所欲,亦勿施于人"。无论"所欲"或"所不欲"均不以自我好恶强加别人。这种朴素人际关系,是否适用于社会各阶层关系?

己所欲,亦勿施于人

刘云德

"己所不欲,勿施于人"是儒家伦理思想中的至理名言。孔子在《论语》三次提到这一箴言,《论语·颜渊》第十二篇云:

> 仲弓问仁。子曰:"出门如见大宾,使民如承大祭。己所不欲,勿施于人。在邦无怨,在家无怨。"

仲弓问孔子如何处世才合乎仁道,孔子回答说:"作为君子,出去工作应事如同会见重要外宾,治理百姓像承担重大祭典。自己所不想要的,不要强加于人。为国君做事不可有怨言,在家族中为人处事也不要有怨言。"冉雍回答道:"我虽然不够勤勉,但一定照这话去做。"这里孔子将"己所不欲,勿施于人"作为对"仁"的注解来教导学生。"仁"是儒家思想的核心,"克己复礼,天下归仁矣",孔子一直坚持通过严谨的自身修养达到"仁"的精神境界,正所谓"修身、齐家、治国、平天下"。所以,"己所不欲,勿施于人"是对儒者个人修养的基本要求。"如见大宾""如承大祭",就是要思想上处处谨小慎微,自我克制。与人相处,应推己及人,换位思考,莫生嫌隙,不惹怨恨。能做到这一点,确实需要一定的修炼和内心的克制,无怪乎学生冉雍很自谦地回答:"我虽然不够勤勉，但一定照此话去做。"

同样的道理，我们从《论语·公冶长》第五篇中得到一个反证：

> 子贡曰："我不欲人之加诸我也，吾亦欲无加诸人。"子曰："赐也，非尔所及也。"

意思是，子贡说："我不想别人强加什么东西给我，我也不想强加给别人。"孔子说："端木赐呀，这不是你能办到的。"这一次师生对话可以说是对"己所不欲，勿施于人"的反证，是直接的换位思考：我不想强加于人是因为我不能接受别人强加于我。可以说，这一个反证是对"己所不欲，勿施于人"的深度阐释，是想实现一种平等待人、互相尊重、和谐相处的人际关系。孔子的回答正说明，作为正人君子，要想修炼到这种程度是很难的，他怕子贡做不到。

我们在《论语·卫灵公》第十五篇中可以领悟到对"己所不欲，勿施于人"更深一层的意义。

> 子贡问曰："有一言而可以终身行之者乎？"子曰："其恕乎！己所不欲，勿施于人。"

意思是，子贡问道："有没有一个字可以终身遵守的？"孔子说："大概是'恕'吧！自己所不想要的，便不要强加于人。"这里，孔子将"恕"与"己所不欲，勿施于人"互解，喻意深刻。恕就是"仁"，即宽容待人，将心比心，以己量人。总之，"己所不欲，勿施于人"就是克己而复礼，以仁爱之心待人，这是孔子伦理道德精神的核心。

无独有偶，"己所不欲，勿施于人"的理念也出现在与孔子几乎同时代的西方世界。诞生于约2000年前的基督教《圣经·新约》说："你们愿意人怎样待你们，你们也要怎样对待人"（马太福音第7章第12节）。可见，以宽恕之心待人、严以律己的精神价值在世界各地通行。难怪当16、17世纪来到中国的天主教传教士们把中国儒家学说带到欧洲时,"己所不欲,勿施于人"的道德箴言立即引起了西方思想界的极大兴趣,甚至成为法国理性运动和资产阶级革命的政治口号。法国著名哲学家伏尔泰在其名著《风俗论》和《哲学辞典》中至少四次引用"己所不欲,勿施于人",并把它称为不渝的法则。西方学者甚至把它称为"道德黄金律",作为人类道德法则的基本底线。在法国1793年宪法及1795年宪法附言的《人和公民的权利与义务宣言》中都明确地重点引用了"己所不欲,勿施于人"这句道德箴言。

直到近现代,"己所不欲,勿施于人"的道德律令已在世界范围被承认。1997年,由75位国际知名学者和政治家发起起草的《政府首脑人类责任宣言》在联合国国际行动委员会获得通过,其中第四条说:"一切被赋于理性和良知的人均须以团结精神承担对人类、家庭与共同体、种族、国家与宗教的责任:己所不欲,勿施于人。"联合国还把这一"黄金法则"镌刻在联合国总部大厅之上。

由此可见,"己所不欲,勿施于人"的道德伦理价值是东西方文化所普遍接受的,它体现了人类群体在处理人与人、种族与种族以及国家与国家之间关系时,对和谐共处、求同存异、和而不同的追求和愿望。

然而,尽管长期以来人们对"己所不欲,勿施于人"形成了较为一致的认可和理解,但对其更进一步的逻辑推断却引起了严重的分歧与误解。有人对"己所不欲,勿施于人"进行逻辑反推,认为去掉两个否定词"不"和"勿","己所不欲,勿施于人"就成了"己所欲,施于人"。这在逻辑上看似乎应该是成立的,因为如果原命题成立,这个命题的逆否命题同时成立。但事实是否命题并不必然成立。"己所不欲,勿施于人",并不能反推为"己所欲,施于人"。应该说,"己所不欲,勿施于人"的本意是指人与人之间应互相理解,宽容相待,通过推己及人达到和平共处。这和儒家思想的仁义、和而不同、求同存异、周而不比、君子不党等伦理思想是一致的,其主要观念是一种不强加于人、不强人所难的君子风度。

在汉字语意中,"欲"是指人的欲望,带有强烈的感情色彩。《说文》:"欲,贪欲也。从欠，谷声。"在现实生活中，人都有一种强烈的令他人认可或与他人分享自己之"欲"的愿望。在人的潜意识中，总会不自觉地将自己的欲望施加于他人。这里的"施"就是带有强推、施压、逼迫接收之意味。"施"不同于赠予和送给，它往往带有上级给下级、强者给弱者、君上对臣民实行恩罚之意。从个人修养的角度来看，实现"己所不欲，勿施于人"易，做到"己所欲，亦勿施于人"难。因为在前者情况下，"不欲"是一种"苦"感，自己不愿意接收，只要推己及人，有一点恻隐之心就可以做到"勿施于人"。但以己之所欲，施于他人往往是出于好心善意，强而推之，因自己其实并不了解他人的欲求和实情，结果使场面尴尬而事与愿违。《庄子·外篇·至乐》中说孔子忧弟子颜回赴齐国游说齐侯效仿尧舜之道恐惹怒齐侯引来杀身之祸，借喻一则故事说：从前有一只海鸟飞到鲁国都城郊外栖息，鲁侯为了欢迎它，在宗庙里给它饮酒，演奏《九韶》乐使它快乐，用祭礼时隆重的献祭太牢（牛、羊、猪）作为鸟的膳食，而海鸟却眼花心悲，不敢吃一块肉，不敢饮一杯酒，三天就死了。这是用养人的方法去养鸟，而不是用养鸟的方法去养鸟，总之，是强鸟所难。这个故事最生动地诠释了"己所欲，勿施于人"的道德准则。

其实，在我们的日常生活中也不乏这种强人所难、施欲于人的现象。最典型的就是我们几乎每个人都经历过的酒宴场面。我国古人饮酒是一种有着严格礼制约束的人际交往手段，但不知从什么时候起中国人饮酒文化演变成一种"己所欲，施于人"的社交程序。每当酒过三巡，酒徒们进入状态，推杯换盏，以种种借口和话由强迫对方加酒增杯，直至杯盘狼藉，斯文扫地。这种中国式的酒文化正是"己所欲，施于人"的典范。

如果仅仅是在社会生活的吃喝玩乐、礼尚往来中将己欲施于人，其结果最多是使场面尴尬，情感损伤。但若以"己所欲，施于人"的理念带入意识形态和政治立场领域就会造成社会意识的分裂和对立，破坏社会和谐。在当今互联网时代，人们可以自由地发表自己的观点，表达自己的是非倾向和意愿，这本来是好事。但总有些人为谋私利，制造网络乱象，推崇"网络暴力"，"以己欲，施于人"，严重破坏互联网舆论的生态和谐，不利于社会文明的进步和发展。

总之，做到"己所不欲，勿施于人"易，做到"己所欲，亦勿施于人"难，难就难在，这里不仅需要人的恻隐之心和善良愿望，更要有宽大为怀、怨怼不念，与异见共存的高尚情怀。

这里有一点值得我们认真关注：虽然西方人也和我们一样视"己所不欲，勿施于人"为黄金道德律令，但他们并不认可"己所欲，亦勿施于人"的伦理准则。1795年法国宪法所附的《人和公民的权利与义务》第二条这样写道："人和公民的一切义务均来自下述铭刻在所有人心中的两条原则：己所不欲，勿施于人；己之所欲，恒施于人。"请注意，出现在这里的道德黄金律兼具否定和肯定两种形式。也许正是基于这种肯定式原则，西方人在其殖民地时代把他们的商业规则和宗教信仰以各种武断的形式向全世界推而广之，酿成许多"文明"的悲剧。直到今日，也是基本同样的原则，西方人把他们那以人权和民主为核心的政治制度向世界各地推广，而不管当时当地的社会经济基础和历史文化习俗能否适应这种民主政治模式。经验告诉我们，世界上的民族和国家就像个人一样，有着不同的社会历史背景，受着不同社会习俗的长期影响，社会发展进步有着一定的逻辑进程和步骤，不可强求推进，"恒施于人"。所以，我们必须坚持"己所欲，亦勿施于人"的道德律令，这是中国儒学思想"己所不欲，勿施于人"的必然逻辑延伸。

最后，应当指出的是"己所不欲，勿施于人"和"己所欲，亦勿施于人"是儒家思想中的伦理道德范畴的行为准则，这里所谓的"人"是指基本社会经济利益处于同等阶层的群体中的人，如孔子常说的君臣、父子、夫妻、兄弟、邻里等。在这样的社会群体中"己所不欲，勿施于人"和"己所欲，亦勿施于人"的道德规范有利于保护社会成员之间的和谐相处和团结气氛。四书之《大学》中有一段话可以作为对"己所不欲，勿施于人"的具体诠释："所恶于上，毋以使下，所恶于下，毋以事上；所恶于前，毋以先后；所恶于后，毋以从前；所恶于右，毋以交于左；所恶于左，毋以交于右；此之谓絜矩之道。"这段话大意是说以自己之心推及上、下、前、后、左、右的人，这样才能使自己在社会上无怨无恨。不过，当人们之间的社会关系涉及利益冲突，上升到法律和政治层面时，伦理和道德的法则则要让位于强制性社会控制原则。我们不能把"己所不欲，勿施于人"的准则推广到政治和法律层面去理解，因为自古以来，政治和法律原则都是强制执行的，不存在怨恕之情。

原载微信公众号"粤海述评"2022年10月2日

【主编者言】"饮食文化"一词流行。但何以为饮食文化,饮食文化何以为,却难说明白。作为饮食江湖中人,作者不但从各流派特色,还从社会因素、发展态势观察,放开眼界书写。

饮食江湖志

林卫辉

粤菜面临的挑战

粤菜是在岭南地区特定的气候、地理、历史、物产及饮食风俗的基础上,经过漫长历史演变,在一定经济条件下形成了一整套自成体系的烹饪技艺和风味,并被全国各地所承认的地方菜肴。随着社会活动的增加,人流、物流更加发达,粤菜已经从一个地方菜系发展成广受全国人民喜欢,且对其他地方菜系产生了深刻影响的菜系,目前,粤菜在餐饮江湖里仍处于领先地位。

"一枝独秀不是春,百花齐放春满园",随着经济高速发展、生活全面改善,各个菜系迎来了全面发展的新时代,近年来,江浙菜、淮扬菜、川菜异军突起,在美食江湖上的表现令人刮目相看,相比之下,粤菜似乎显示出"后劲不足"的迹象,这主要表现在以下几方面:

一是粤菜大本营的高端餐饮已被全面超越。以国内权威的精致餐饮榜单黑珍珠为例,2022黑珍珠餐厅指南榜单,在283家上榜餐厅中,有64家粤菜、47家江浙菜餐厅、9家川菜餐厅上榜,虽然粤菜继续大受欢迎,但是,作为粤菜大本营的广州,只有13家粤菜餐厅入选。深圳也仅有5家粤菜餐厅入选,加上汕头的4家、顺德的2家,也仅有24家,其他的都是外地的粤菜餐厅。从走出去看,这是一个好现象,说明粤菜走出广东,一样深受欢迎,粤菜仍然占据精致餐厅的主角,粤菜师傅们在外地开疆拓土,攻城拔寨,为推广粤菜做出了贡献,值得肯定。

但从全国范围看,广州的精致餐厅被上海、北京远远地抛在后面。尽管这与黑珍珠的评选规则对广州很不公平有关,但实事求是地讲,广州的精致餐饮确实也是落在人后了,这与广州消费者过于务实,不愿意为餐厅的环境和服务付费有关,也与广州餐饮企业"小富即安"的心里不无关系,这点应该引起业界的关注。

二是创新乏力。乘改革开放的春风,本地粤菜向港澳粤菜学习,率先推出"生猛海鲜",开放式一字排开的海鲜池,让食客亲自感受食材的新鲜。这一招在物流发达的今天,已经基本没有了优势,生猛海鲜如今已成为其他菜系精致餐饮的标配。原来粤菜擅长运用的干鲍、海参、鱼肚、鱼翅、燕窝等高端食材,也成了其他菜系的常用食材,连颇具粤菜特色的红烧乳鸽、卤水老鹅头、煲仔饭,其他菜系也轻易复制,老火汤、炒牛河等表现镬气的菜,因为卖不出好价钱,倒是鲜有其他菜系抄作业,问题是,这些菜也因同样的理由不被本地高端粤菜餐厅所待见。拿手好戏被摸仿,但自己的创新又不足,这是一大隐忧。

更为麻烦的是,业界对这一危机认识严重不足。粤菜曾经历过高光时刻,目前餐饮业总体上也还过得去,各个地方菜系的精致餐饮也都多少有粤菜的影子,这让大家并未感觉到"危机四伏"。相反,大家更沉醉于粤菜的高光时刻,如何保留住传统的呼声,远远大于创新的呐喊。有的地方热衷于为各种名菜制定标准,比如为蚝烙、干炒牛河制定标准。厨师做菜本质上也是一种艺术创作,每个餐厅都做出同样的蚝烙、干炒牛河,这是好事吗?这种违背厨房创作规律的操作,实质上是故步自封,反对创新,对粤菜的发展有百害而无一利。

传承和创新,并不矛盾,粤菜的基本功必须传承,在此基础上才能做好创新,但一味固守传统,不做创新,路只会越走越窄。随着经济的发展和环境的改变，食材的迭代、厨房设备的现代化、现代人的味觉审美都与以前大不相同，拿以前的经念，已经不灵了，翻看清末、民国时期的菜谱，还能留下来的菜少得可怜，完全按以前的菜谱做出来的菜，多数并不好吃。躺在以前的功劳本上裹足不前，绝对不行。

　　三是粤菜目前的简单烹饪、去精致化趋势祸害无穷。与淮扬菜一样，粤菜也是追求精致化的，厨师靠精湛的技艺，不惜运用繁杂的工艺做出令人叹为观止的粤菜，比如虾饺要十二个折，肠粉要手工石磨，面要用竹竿压，冬瓜盅要用大冬瓜雕花入笼长时间蒸，现在为了节省成本，虾饺能包住不露馅就行，这意味着皮要更厚，肠粉直接用米粉勾兑，结果是淀粉的糊化不充分，"烟烟韧韧"的口感无影无踪，面条用机器压出来，让面条筋道的二硫键形成不够多，为了筋道，只能猛加小苏打，碱味浓得发苦，而冬瓜盅也徒有其名，用小冬瓜代替，汤煮好往里装，只需蒸十几分钟就出笼，冬瓜味尽失。

　　人力成本上涨的今天，如何提高效率是餐饮企业获利的关键之一，但所有的提高效率，不能以牺牲品质为代价，否则就有偷工减料之嫌。需要花太多时间的功夫菜淡出江湖，简单的名贵食材堆积，以"好食材只需简单烹饪"为名，掩盖了厨师技艺退化的事实，长此以往，会精致烹饪的师傅将不复存在，粤菜就危险了。

　　有些食材，确实只需要简单烹饪就可以表现出它的味道，餐饮业中食物的烹饪，简单与精致是相对的，所谓的简单，背后是看不到的精致，比如清蒸鱼，貌似简单，但火候的把握、酱油的调制，切姜葱的刀工，都十分讲究，简单蒸熟淋油加酱油，这与家庭做法无异，凭什么收几倍价钱？那些简单几招就端上桌的烹饪，麻烦你把价格也调低一点，因为你的付出不值高价。

　　我们消费者也需要为粤菜的去精致化负一些责任，现在有一种趋势，大家只肯为高价食材掏腰包，不太愿意为厨师们的精湛技艺买单。厨艺是一门艺术，我们应该学会从艺术的角度去欣赏美食，试想一幅绘画作品、一幅书法作品，谁在乎它的用纸、笔墨是否名贵？

四是餐饮业人才培养明显落后。粤菜的发展，离不开厨师和餐饮管理人才，但在人才培养这一方面，我们也存在不小的短板。

1982年，当时的商业部按"东西南北中"分别布点江苏商专、四川烹饪高等专科学校、广东商学院、黑龙江商学院、武汉服务学院建设了烹饪专业（专科）。其中，江苏商专（现扬州大学）的领导高屋建瓴，组建了专业的团队，建立了"中国烹饪系"，开创了我国正规烹饪高等职业教育的先河，继而于1993年和2001年分别创办烹饪的本科教育和研究生教育（烹饪科学硕士），后与食品科学合并，探索加挂了食源性动物方向博士点，享誉国内外烹饪教育界，直接推动了淮扬菜的大发展。

广东的餐饮人才培养起点并不低，但广东商学院招生三届后停办，目前仅在湛江的岭南师范学院和潮州的韩山师范学院还有本科烹饪专业，作为粤菜资源最丰富的广州，2013年广东第二师范学院曾经开办了烹饪专业，但不久就停办。职业教育方面也同样不乐观，学生文化起点不高，现代烹饪学涉及的化学、物理学、生物学、食品工程学、营养学等课程很难有效开展，只能停留于基本的技能操作，远远不能适应现代烹饪的需求。《粤港澳大湾区规划纲要》提出了湾区共建"世界美食之都"的要求，目前，粤菜餐饮业人才还是靠师傅带徒弟这些传统方式，缺乏高层次的人员培养，这个目标如何实现，实在令人担忧。

这些挑战，有些是现实存在的，有些是已经有苗头的，也许有些是我多虑的，无论如何，希望关心粤菜发展的人们要有忧患意识，认清粤菜面对的挑战，补齐短板，急起直追，让粤菜可以继续引领中国餐饮的潮流。

原载微信公众号"辉尝好吃"2022年8月10日

潮州菜与潮汕文化

潮州菜是享誉中外的一个菜系，也是潮汕文化的重要组成部分。将潮州菜纳入粤菜的体系，这种从地理和行政隶属关系划分菜系的做法，简单而粗暴了。说起潮州菜的特点，"食材讲究、选料广博、做工精细、中西结合、质鲜味美"总被拿来说事，我认为，除"做工精细"这一点外，其他的"特点"都可以在其他的菜系中找到，所以不能说是潮州菜的特点，"食材讲究"，粤菜不在潮州菜之下；"选料广博"，在现代物流发达的今天，哪个菜系不是如此？"中西结合"，这一点比得过粤菜？即便是"做工精细"，也比不上淮扬菜。依我看，要说清楚潮州菜的特点，不妨在潮汕文化里找答案，一方水土养一方人，这两者存在着一定的关联。

一、粗菜精做源于"艰苦做，快活食"的生活信条。

屈大均在《广东新语》中说"天下所有食货，粤东几尽有之；粤东所有之食货，天下未必尽也"。屈大均说这话时，是在清朝初期，所说的"天下所有食货"，当然不是今天的"天下"。从明朝到鸦片战争，那时的中国还是闭关锁国，与东南亚有点民间非法贸易，有一些南洋食材和调味料倒有可能，主要是华侨带来的，说"应有尽有"就夸张了。《广东新语》是对《广东通志》一书作的增补，"谁不说俺家乡好？"屈大均也不能例外，对家乡物产的赞美，往往带有热情的夸大成分，今天的我们，也经常犯同样的"错误"。潮汕地区一向资源匮乏，并没有什么特别的农副产品，虽然也面朝大海，但那时海洋捕捞技术有限，只能在近海兜兜转转，鲍鱼、鱼翅、燕窝、海参也不产于粤东，说物产丰富肯定谈不上，也不可能有什么奇特的东西。

物资匮乏的地方，对待美食的态度有可能出现两个极端，有的地方随便应付，而有的地方却珍惜有加，精心制作，很荣幸，潮汕地区属于后者，这就是潮州菜的最大特色——粗菜精做。粗纤维的芥菜，通过长时间的炖煮，纤维断裂，加点虾干五花肉和香菇，硬是做出美味的"厚菇大芥菜煲"；广府人称为凉瓜的苦瓜，炖汤炒蛋炒肉焖鱼已经算丰富多彩了，潮汕人用五花肉煨几个小时，让苦瓜的生物碱慢慢释放出来，脂肪对它们进行分解，苦味大减，甘味突显，就是一道迷人的"苦瓜腩肉煲"；一砣肉，在潮汕人的手里，加上两根铁棍，就捶打出Q弹的肉丸；粗鄙的番薯，潮汕人将它捣碎加水，萃取出粉水再晒干，就变成细腻的番薯粉，演变出蚝烙、丝瓜烙、花蛤烙，这简直就是潮汕人的"分子料理"，即便是蘸料，也是一菜一碟，讲究得很……

这些菜，都需要花大量的时间。工作上不辞辛苦，烹饪上一样不惜工力，这就是潮汕人崇尚的"艰苦做，快活食"文化，潮汕文化崇尚刻苦耐劳，虽然潮汕不养驴，但祖籍河南的潮汕人，对驴的刻苦耐劳赞赏有加，称这种埋头苦干、不辞辛苦的精神为"刻苦驴"，成为年轻人的座右铭。

潮汕人干起活来不要命，享受生活时也很认真，毫不马虎，几近精致。同样是喝茶，潮汕人要喝工夫茶，碳炉、鸡毛扇、榄核碳、山泉水，这是用料和工具的讲究，开水烫壶、下茶高冲、刮去泡沫、关公巡城、韩信点兵，每一个步聚都马虎不得。潮汕文化鄙视不刻苦耐劳，也同样看不起不懂生活的人，谁家的萝卜干、咸菜腌不好，是会遭亲戚朋友、左邻右舍嘲笑的，厨艺了得不仅是贤妻良母的必要条件，也是衡量好男人的的标准之一，如果你想享口福，建议你择偶时选择一位潮汕人。

二、多汤水，追求软烂与敬老文化相关。

潮州菜比较多汤汤水水，一桌菜，除汤外，还会有其他带汤的菜。与广府菜相比，同样是沙锅煲菜，广府菜多为浓稠的汁，而潮州菜则是各种浓汤清汤。

潮州菜极少爽脆的菜，相反，软烂却多被赞赏，即便是蔬菜，也经过长时间的炖煮，非得弄成软烂不可，芥菜、苦瓜是如此处理，连菠菜、番薯叶、苋菜也是这样，吃的人还连连称赞"软烂软烂的，真好！"

在潮汕家庭，年纪最大的才是一家之长，在物质匮乏年代，家里来了客人，热情的潮汕人也在有限的条件下想尽办法捣鼓出几个菜，人多菜少，只能由一家之长陪客人吃，最多也是家庭主要成员一两位陪同。老人家普遍都牙口不好，饭菜当然以老人家吃得下的软烂为标准，一些老人牙都没了，软烂也吃不了，只能做成汤汤水水，多少也能补充点营养、尝尝味道，这种美食审美标准，实质上是敬老文化在美食领域的延伸。

潮汕人特别讲究孝道，一家之长有充分的话语权，对家里的老人，不许顶撞、不许反驳，即便觉得老人讲错了，最多也只能"虚心接受，样样照旧"。这种敬老文化是贯穿于每时每刻的，于饮食方面，也必然有所体现。

三、固守本味是因为潮汕文化认同。

陈晓卿老师说："潮汕是中国美食的一个特别宝贵的孤岛，如果一个中国人说他是美食家却没去过潮汕，那他不算是真正的美食家。"陈老师给予潮汕美食如此高的评价，有一部分原因是潮汕美食保留着独树一帜的风格，尤其是味道上，连相邻的广府菜与客家菜都与之迥异，它一直固守着本味，不与其他菜融合，保留着自己独特的个性。

味道上与潮州菜比较近似的是闽南菜，这个不难理解，每个潮汕人，往上数几代，基本上都来自福建，与闽南菜相比，潮州菜又明显多了一份精致和清淡。在潮州菜中，我们还可以发现有些许的南洋风味，沙茶酱、鱼露、南姜、金不换（九层塔），这些颇具潮汕风味的调料，在东南亚也可以见到，历史上，潮汕华侨主要就是往东南亚，人的交流也带来了美食风味的融合，潮州菜在闽南菜和东南亚风味中形成自己独特的味型和表现形式，一经定型就很难改变，即便现在的"现代潮菜",也有不少潮汕人并不认同,认为他们"不正宗",当然了,我是反对这种守旧的看法的。

潮州菜如此固守本味,这又与潮汕文化的认同不无关系。历史上,从福建来到潮汕聚居的潮汕人,多宦仕与世家,其中有很多成为本地望族,对宗族的认同,既可以团结内部力量,又可以对外抵御侵犯,团结、抱团就是潮汕文化的一部分,在口味上也表现出了对外的排斥和对内的坚守,终于自成一格,仿如美食江湖的一座孤岛。

四、潮州菜广泛传播归功于潮汕文化的重商主义。

勇于拼搏的潮汕人,"往来东西洋,经营南北行",又因固守本味,不愿妥协,于是有潮汕人的地方就有潮州菜。不论是早期潮汕人坐红头船闯南洋,将潮州菜带到了泰国、新加坡,还是现在潮汕人走南闯北,将潮州菜带到了全国各地,都对潮州菜的传播和发展起到了极大的推动作用,广州、深圳、北京、上海、杭州、南京、成都,潮州菜都落地生根,发展得很好,卤鹅、牛肉火锅、隆江猪脚饭,遍地开花,老鹅头、冻红蟹、碳烧响螺这些名贵菜也出现在非潮州菜餐厅,潮州菜可以是阳春白雪,也可以是下里巴人,潮州菜已经被广泛地认知和认可。

这主要得益于潮汕文化的重商主义。晚唐以前,潮州无论从全国还是从广东看,都属于荒僻之区,人口稀少。北宋以来,韩江三角洲的开发利用,使本地区的生存环境日益改善,来自闽地的移民日益增多,人口数量发展很快。宋元时期本地区的人口数量已经跃居全省前列。人多地少的潮汕人,被迫向外拓展,外出谋生,早年坐上红头船漂洋过海,如今的潮汕人,也喜欢外出闯荡,历来有三个潮汕之说,一个是本地潮汕,一个是海外潮汕,一个是国内潮汕。每个外出的潮汕人,都怀着"出人头地"的理想,即便辛苦打工,也梦想着有朝一日当老板,于是,潮汕餐厅,潮汕美食也就得以广泛传播,势头不落后于

"沙县小吃"。

我是潮汕人,当然也最喜欢潮州菜,对潮州菜和潮汕文化的赞美,同样也少不了善良的"浮夸"。潮州菜并不一定就是高价,潮汕地区目前还不富裕,在潮汕地区,很亲民的价格,就可以尝到潮汕美食,要尝到真正的潮汕美味,还得到潮汕不可。

欢迎大家到我的家乡——潮汕!

原载微信公众号"辉尝好吃"2022 年 8 月 13 日

【主编者言】走向世界,这是我们不变的理想。尽管有时因为某种原因我们短暂拒绝。但国土虽大,总不及世界。世界文学研究在中国已不算年轻,没有停下学科建设的脚步。

在文学世界里建构世界文学

韩 晗

吾师张隆溪先生数十年来,一直致力于"世界文学"的研究与阐释,频有高论,不但惠我良多,更成为学界备受关注的文学研究路径。钱锺书先生在《管锥编》里的两句话,似是对"世界文学"提纲挈领的精妙概括:东海西海,心理攸同。南学北学,道术未裂。而张隆溪先生近年来的研究,正是对钱先生学术思想的薪火相传。

在目前我们的学科规制中,世界文学长期以来曾被视作一个研究方向,前面还有几个字,合起来叫"比较文学与世界文学",这暗含了世界文学研究的一个路向:比较。张隆溪先生确实长期以来被公认为国际比较文学的巨擘,他曾担任国际比较文学学会主席,目前是该会名誉主席。但我认为,张隆溪先生的世界文学观,早已超越了一般意义上的比较,走向更为开阔的世界。

这种超越"比较"的"世界文学"观,我的概括是"在文学世界里建构世界文学",这是张隆溪先生以比较文学研究为学术基点,开拓出的一个全新的学术空间。

作为"罗马大道"的"世界文学"

张隆溪先生对世界文学的思考，渊源有自。

1981年，还在北京大学读研究生时，他就在《读书》《国外文学》等刊物接连发表钱锺书先生关于比较文学的看法，以及译介了雷纳托·波齐奥里与亨利·雷马克等人关于比较文学的观点，虽是对前人观点的推介，却反映了张隆溪先生当时敏锐的视野。因为当时比较文学相关理论刚刚译介入华，只是一个旅行的学术概念，离今天已经学科建制化尚有距离。在当时开始参与比较文学研究的国内学者中，有些人认为比较文学无非是单纯的不同国家文学文本的平行研究，但在张隆溪先生看来，这种研究显然缺乏生命力，他在《钱锺书谈比较文学与"文学比较"》（1981）中，如是阐述：

> 而比较文学如果仅仅局限于来源和影响、原因和结果的研究，按韦勒克讥俏的说法，不过是一种文学"外贸"，比较文学的最终目的在于帮助我们认识总体文学乃至人类文化的基本规律，所以中西文学超出实际联系范围的平行研究不仅是可能的，而且是极有价值的。

最后，他借用钱锺书先生所引借用法国已故比较文学学者伽列的的话，"比较文学不等于文学比较"，如果比较文学不能在世界文学的框架下进行讨论，其研究的价值亦难以彰显。可以说，他与钱先生的这次对话，确定了其"世界文学"基本思想。

20世纪80年代是我们立足中国、放眼世界的年代，中国文化是世界文化的一部分，已经得到了当时一些青年学者的认同。与张隆溪同辈的另一位学者余秋雨先生在1983年出版的《戏剧理论史稿》，是一部在当时引起学术界高度关注的著述，该书首次将中国戏剧理论作为世界戏剧理论的一部分进行阐释。在余秋雨先生看来，这本书试图通过建构一种世界性的戏剧理论体系，来探寻人类戏剧理论发展的规律。就此而言，他与张隆溪先生当时的学术立场具有一致性。

只是遗憾在于，二十余年之后，早已是华语世界知名散文家的余秋雨先生，在修订《戏剧理论史稿》时，将其改名为《世界戏剧史》，并将当中与中国戏剧有关的内容全部删除，彻底将中国戏剧理论"自绝"于世界戏剧理论体系之外。而张隆溪先生则延续20世纪80年代的精神传统，走上了一条由中国学者探索"世界文学"的"罗马大道"。

"罗马大道"一说其实是我自创的一种比喻，此本是罗马帝国时期世界各地通往罗马的道路，这些道路是保障罗马帝国繁盛的重要基础设施，当中有七条主干道延伸到罗马之外的行省，"条条大路通罗马"这句话便源自于此。罗马大道的拉丁语via，至今在意大利语中仍然被使用，是"道路"的意思，在英语中，via却是一个大家耳熟能详的介词：经由。

但事实上，英语via亦有"凭借"之意，人类正是凭借道路——从罗马大道到今天的5G信息高速公路而成为一个共同体。"世界文学"也是我们去了解今天这个复杂世界的重要路径。

在我看来，张隆溪先生的"世界文学"立场，与马克思所提出的"世界文学"的概念区别甚大。在马克思看来，世界文学是一个包括一切意识形态在内的文化概念，它源自工业大生产和全球经济一体化，目的是剔除民族间的隔阂并克服本民族的局限。而张先生关于世界文学的种种论说，则是从文学的角度，去丰富全球史观的研究维度，因为今日之世界，早已不是马克思当时之世界。"世界文学"的意涵，已经远远不是为了建构不同民族之间的文学话语规范，却恰是对国家、民族等概念的内在超越，而直达人类共同命运、价值与意识形态之中。

从成都走向世界

张隆溪先生来自四川成都,我曾在这座城市生活四年。长期以来,这座城市被认为是一座西南地区的内陆城市,与东南沿海城市相比,它在中国版图上显得有些偏远。但我认为,如果把成都放置在欧亚大陆版图上看,它却处于一个相对中心的位置。

在国际化的时代下,很少有人去强调自己出生于哪里,在西方学术界,自己的出生地更不值得一提,多数人强调的是自己获得博士学位的学校,即所谓"学缘"关系。但作为人文社科学者来说,一个人出生以及世界观所形成的地方,往往关乎其一生的学术路向,犹如莱茵省之于马克思,南海之于康有为。因此,考察一位学者的思想,其家乡显然不可被忽视。

作家桑宜川先生曾以"巴山蜀水润隆溪"为名,为张先生写了一篇人物稿。私以为这句修辞极其妥帖,尤其一个"润"字,勾勒出了巴山蜀水对张先生潜移默化的影响。犹记得十余年前我在香港初次拜会张先生时,成都就成为我们之间共同的一个话题。我对成都这座城市的印象极佳,可以说是改变我人生观与命运的地方,被视为第二故乡。我曾写过一篇《锦官城的星巴克》,呈给张先生过目,他在回信中鼓励"觉得颇为真挚而生动",认为此文"既写出成都之古,也描绘了作为现代城市之新"。很多人都知道,张先生曾写过一篇《锦里读书记》,在学林影响甚大。

成都这座城市,在历史上曾长期是中西文化交汇之地,唐代成都就是"扬一益二"的重要通商枢纽,蜀锦曾传至西域,形成"粟特锦"。明清以降,成都长期处于中西文化尤其是西南文化与中原文化交融的前沿,因此成都绝不是困于盆地、"少不入川"的夜郎之城。近世以降,来自或活跃于成都及其周边地区的文人一直是中国文化界的"担当",如画家张大千,以巴金、马识途为代表的

"蜀中五老"作家群体,以徐中舒、杨明照、卿希泰、刘诗白为代表的"川大学者群",以及比张先生略年长的剧作家魏明伦先生、历史学家谭继和先生等,尤其是与张隆溪先生同辈的学者赵毅衡先生、罗志田先生与王笛先生,有的来自成都,有的在成都定居,他们绝非只是本土文化名家,而是具有世界影响力的知识分子。可见这座城市为近代以来中国文化所提供的人才,已经大大超越了其余同类城市。这与成都这座城市的文化精神显然分不开。

四十余年来,张隆溪先生游历世界,他曾在给我的信中自称"不是家乡情结特别重的人",但我认为,他对于成都的感情却远远超过了中国其他城市,在新冠肺炎疫情之前,他常回成都讲学,并担任四川大学外国语学院的名誉院长,至今张先生家中的"官方语言"仍是成都方言,而且他最为偏爱川菜。其实很多人还不知道,张先生最早接触外国文学,正是因与成都地方名士欧阳子隽先生和曾担任过华西协和大学图书馆馆长的邓光录先生结缘使然。

无论张隆溪先生是否赞同,作为旁观者,我认为成都这座城市包容、厚重、开放的气度,是张先生关注"世界文学"的精神基因。当然还有一个更重要的原因在于,成都不是一个承载着悲情或崇高意识形态的城市。在中国的历史上,这座城市从未发生过任何一次血雨腥风的战争,也没有被他国所侵占过,或者被作为首都、陪都,更没有被作为特区、口岸,等等。因此,它从来没有过多的民族主义叙事,成都是"属于世界"的,这在中国许多城市当中非常罕见,这样的城市走出了思考人类命运并属于全世界的学者在情理之中,比如说张隆溪先生。

"世界文学"何以成为价值标尺

大约九年前,我协助张隆溪先生编撰《张隆溪文集》时,曾在《读书》杂志上以"超越差异,跨界求同"为名,发表文集的导读。在我看来,这八个字也是对张先生学术思想的总结,是对钱先生十六个字学术思想的继承。今天来看,"超越差异,跨界求同"同样也是对张先生"世界文学"有关立场与思想的概括。

在这八个字中,关键在于一个"同"字,这是中国传统文化的核心要义。如"求同存异","同"在这里指的是一种人类共同、普适的价值观念。同样也是"世界文学"这一概念的核心。世界文学本身是一个复杂的体系,其难并不在于构建不同民族、国家各自的文学史,或者说是不同国族文学史的拼盘,难在于不同国族文学发展的互动性。

这种互动性并不是马克思所言是因工业革命而产生的,而是早在人类文明诞生之时就已经存在。在我看来,世界文学形成的基础是"区域的文学",如古罗马时代的出版如何影响到黑海沿岸国家,吐鲁番文献与高昌文献如何见证中原与西域地区的文学交流,以及拉丁语如何从罗马一地影响到整个欧洲,等等,这些都是人类进入到现代化(甚至包括布罗代尔所言"十六世纪现代化")之前发生的事情,在工业革命与地理大发现之前,上述区域内部的文学交流实质上构成了"世界文学"这一概念赖以存在的网络,我们可以将其认为是"世界文学"得以形成的"基础设施"。

在张隆溪先生看来,"世界文学"是对19世纪20年代歌德所言"世界文学"概念的一种延伸,歌德提出"世界文学"的概念涵盖了世界上所有文学表达。就此,张先生特别指出,他认为,"世界"是一个地理学术语,它涵盖的是全球,而不只是某个部分或某个区域。从这个角度来看,"世界文学"这一概念,它可以被视作是全球史的一个门类,或者是我们了解世界的一个视角。

但"世界文学"并非是一个魔法口袋,它并不意味着可以容纳一切东西,或者说,"世界文学"并非可以包容所有的国族文学,它需要一个基本的价值尺度,在具有普适性价值观的框架下,我们才可以去谈"世界文学",或者更准确地说,"世界文学"它应当作为一个标尺而非一个概念集合。

正如张隆溪先生在论述"世界文学"时所言:"狭隘的民族主义无论何时出现都是危险的。""世界文学"这一概念的要义正是为了解答文学经典化的标准,它并非基于民族、国家或阶级的宏大政治叙事，也并非基于诗歌、小说或歌词等某种体裁，更不是事关某种崇高的意识形态或个人感情，"世界文学"应当是一种基于人类普适性的价值观所提出的标尺，这是全球化时代我们应当去拥抱的文学最高追求。

"世界文学"不应走向"世界银行文学"

在《张隆溪文集》的导读中，我曾援引阿米塔瓦·库玛"世界银行文学"的观点，指出"世界银行学术"确实普遍存在，在今天汉语学术患上"失语症"的语境下，华人学者（或以汉语写作的学者）应有什么样的学术追求。

但实际上，"世界银行学术"普遍存在，但"世界文学"并非全然朝着"世界银行文学"的方向发展，当中一个很大原因在于，审美机制的形成并不完全依赖于金融的力量。早在20世纪30年代，"小国文学"乃至"黑人文学"就开始受到包括中国在内世界许多国家的关注，20世纪80年代拉美作家风靡世界亦说明这一现实情况。在张隆溪先生看来，世界文学毫无疑问应且必须包括"小国文学"，造成当今脱节现状的重要原因在于"欧洲（或美国）中心主义"，很大程度上归结于今天世界政治、经济格局所显示出的样态。但在遥远的古代，雅典、罗马、拜占庭、阿拉伯与古代中国都曾成为区域的中心，今天部分地区不再是世界中心了，但这些地区的文学作品——无论是历史的还是现在的，依然有着穿越时空的魅力。

因此，我们还是回到先前那个话题，"世界文学"这一概念的意义在于提供一个价值判断标尺，而不是形成一种新的权力场域，这是我们在面对世界文学时所应有的态度。文学文本来源于不同的时代与政治语境，这是它世俗的成分，但是文学文本应有自身的独立性，它应当是一种媒介——近似于马拉美所言"世界报告文学"，它是我们去了解一个时代或某种特殊语境的渠道——可以理解为前文所述"罗马大道",因此绝不能被其时代与语境所完全决定或随意塑造。

近年来,我从事艺术史课程讲授与研究时,也借用了张隆溪先生所致力于研究的"世界文学"这一概念,主张中国艺术应当成为世界艺术的一部分,而且"中国艺术"这一概念本身并不包含国族的含义,而是地域与历史上的中国——不同时代这片土地上的不同政权,或者更接近于钱穆先生所言"文化中国",并试图阐释在不同历史阶段,其艺术如何与周边其他地区的艺术产生互动,以及新的艺术观念、风格何以生成,而这正应是我们探讨的"世界艺术",即试图去探讨一种基于人类普适性意义的艺术价值。

在这个周遭并不宁静的当下,"世界文学"这一提法尤其显得难能可贵,它申明了人类如何通过文学实现和解的可能,以及不同的民族、国家如何因为文学而彰显出应有的人道主义。或者更准确说,世界文学为我们构建了一个未来应有的文学图景,尽管可能是文学乌托邦,但至少让更多的人知道,在任何时刻,文学应当站在人类普适性价值的这一边。

在文学世界里建构世界文学,其实是为了寻找文学当中的真实,以及这些真实如何成为我们去窥探这个世界与历史的渠道,它为我们去探求文学最原初的价值指明了方向,它重申了人道主义是人类文学的唯一出路,它恢复了我们早应该提起却被遗忘的文学性,文学属于这个世界,属于我们无数人的日常生活,属于不同时代下人类对于自我与他者的思考,属于这个世界的所有人。文学应当是镜子,世界文学,则应是我们这个世界的镜像。

最后,我愿以乌克兰诗人阿列克谢耶维奇获得诺贝尔文学奖答谢词中的一段,作为本文的结尾——

> 我对灵魂的历史感兴趣——日常生活中的灵魂,被宏大的历史叙述忽略或看不上的那些东西。

原载《书屋》2022 年第 6 期

【主编者言】我们每个人，都有一个"最后"。这个"最后"不应该是留恋，不应该弥漫着未了之情，不应该是壮志未酬的叹息。我们努力过了，只是世事无限，我们不欠天地。

最后的自己

周　实

一

看沈括的《梦溪笔谈》，看到《郑夷甫之死》。郑夷甫是江浙人，少年登科，有美才。嘉祐年间（北宋时仁宗的年号，1056—1063）在高邮做官，遇一术士，能推人死期，无不应验。郑夷甫便叫他一算，只能活到三十五岁，自不由得伤感起来。有人劝他读读老庄，以此来让自己宽心。后来听说有一和尚，正端坐着与人聊天，聊着，聊着，就圆寂了，郑夷甫亦不禁感叹："虽不得寿，若像此僧，也可说是无憾了！"于是，开始信佛念经。如此，眼看快到死日，他便开始与人告别，并向家人交代后事。到了死日，就沐浴更衣，还到屋外的花园视察，督促家人洒扫焚香。然而，就在他正挥手，打算继续评点之际，竟忽僵住立化了，亭亭如植木，犹作指画状。

二

郑夷甫如此，谁又不是呢？谁又能够预感到自己什么时候死？死的时候什么样？如果我能预感到，我会做些什么呢？我会尽我所能地还掉所有该还的欠账。我现在有什么欠账？我会整理往日的书信，再细细地重温一遍。我会写些告别的文字给我必须告别的亲友，我想亲友不会很多。然后，穿上干净的衣裳躺在一张干净的床上，让自己能平静下来，让人们把自己遗忘。唯一不能照顾到的，就是身后留下的尸体，这座骨与肉的小丘，一两天后就会发臭。那么，我该如何办呢？如果条件能够允许，我会叫来一辆出租车，亲自赶到火葬场去，躺到那座火炉门口，吞下自己预备的药片，待到意识消失的瞬间，按下那个红色的按纽，它将把我投入火焰，化作一铲骨灰出来。那骨灰是什么颜色，掂掂会有多少分量，就不是我关心的了，我也无法关心了。

三

又开了一个追悼会。在所有的追悼会上，听到所有的那些悼词，都是如何又如何地说那死者虽然死了却是活得极有意义。也许吧，也许真的极有意义。一个人在这个世上多少都会做些事情。做些什么事情呢？你的成功对于他人也许就是一个打击，也许就是一个失败。同样，他人的某些成功于你也许也是伤害，就像萨特说的那样，所谓他人就是地狱。意义都是相对的，相对他人而言的。我这样说并非想否定什么人的意义。我只是想我们在肯定某种意义的同时，是否也应多少想想那些无意义的东西是否真的就无意义？因此，我想，毫无意义——如果能用毫无意义总结概括自己的一生，也许不是毫无意义。

四

现在就想最后的自己？是否早了点？不，一点也不早。最后的自己早就来了，一直走在你的身边，只是你没察觉罢了。你太忙，从早到晚忙，忙得没有一点时间仔细打量一下自己以及自己身边的身影。你感到的是最好的自己，灵与肉正融为一体，无论头部还是下身都是那么清晰有力。处在这个时候的自己，望梅真的能够止渴，画饼确实也能充饥。你着手的每一件事，你写下的每一个字，都是那么扎实生动，大小由之，随心随意。你也想过很糟的自己，躯体既是熊熊的火炉同时也是寒冷的冰窖，头上横着天空树梢，双目茫然，走来走去。你在城里走来走去也在乡里走来走去，你在东方走来走去也在西方走来走去，还在各种各样的书里走过来又走过去。你说你在寻找幸福，却不知它藏在哪里。你的骨头是脆弱的，你的家庭也很脆弱，你的社会也很脆弱，所有一切你的所有不是被你自己摧毁就被人的妄想摧毁，碎得那样不可收拾，完全成了一堆瓦砾。你却水一样地流着，渗进别人的生命里面。你的内心一片空虚。你还想过极坏的自己，如何坏，不说了，反正世上所有的罪恶全都被你想到了，特别是对良心的屠杀，斩首、绞刑、活埋、毒气，简直无所不用其极，那良心在垂死之时所发出的阵阵喊叫，不但能把活人吓死，而且也将死人叫活。现在想到最后的自己，真的一点不为早了。岁月之刀在你脸上刻下多少难过的皱纹，苍老的种子在皱纹里已经发芽抽苗分蘖。最后的自己正在最后整理自己的上路行装。

五

死有预谋的也有遭遇的。预谋应是一种必然，遭遇当然是种偶然。偶然的，想不到，遭遇了就必定，你想躲也躲不掉。必然的，想得到，实现却非是一定。偶然总是大于必然，无常总是改变正常。我的死会怎么样呢？我又想着这问题了。我是预谋自己的死呢还是顺其自然而死？当然，希望自然而死，而且希望死得平静，死得那么整洁干净，而非邋遢，不干不净。由此，想到和尚坐化——知道自己要死了，于是不吃，于是不喝，最后干干净净死去。这死当然是种预谋，是种保持自尊的预谋。由此，想到安乐死，真的可说美的了。我愿我能安乐死。我会怎样安乐死呢？会是一种怎样的形式？现在的我很难想象，到那时，就知道了。那时，自然有个自然。

六

谁都拥有一位死神。人从诞生的那一刻起都与死神相伴随行。问题只是不能见面。尤其不能面对面。一旦见了面，那就全完了，人生也就终止了。不知我的这位死神会有一副怎样的面容？我想他应美丽动人，而且是个快乐的死神。我想他会让我说好，然后麻醉我的头脑，然后掏空我的头脑，然后掏出我的五脏以及其他各种部件。然后，我就走出时空，不再有过去，不再有未来，不再有忧伤，不再有计划，不再有怀恋，不再有放弃，不再有希望，什么也都不再有了。他的面容是祥和的，洋溢着快感和欢乐。我不希望他像人们说的那样丑恶狰狞，那样脸上挂着烦恼，是个骷髅，张牙舞爪。

原载《随笔》2022 年第 3 期

【主编者言】时人对真伪问题很看重，读历史时官史野史一并涉猎。后来有了图片和视频，所谓有图有真相，似乎对真实的把握更进一步，但是仿真和伪造的技术却又魔高一尺。

郁达夫　鲁迅　周作人

顾　农

一

郁达夫在《日记文学》(《洪水》第 32 期) 一文中大力提倡用第一人称写的日记体、书简体的文章，他认为如果用第三人称来写，很容易使读者感到幻灭，譬如对于第三人称主人公心理状态的描写如果过详，读者就会怀疑作者何以知道得如此精细。鲁迅不赞成他的这一意见，尽管这种看法古已有之，源远流长。

> 纪晓岚攻击蒲留仙的《聊斋志异》，就在这一点。两人密语，决不肯泄，又不为第三人所闻，作者何从知之？所以他的《阅微草堂笔记》，竭力只写事状，而避去心思和密语。但有时又落了自设的陷阱，于是只得以《春秋左氏传》的"浑良夫梦中之噪"来解嘲。他支绌的原因，是在要使读者相信一切所写为事实，靠事实来取得真实性，所以一与事实相左，那真实性也随即灭亡。如果他先意识到这一切是创作，即是他个人的造作，便自然没有一切挂碍了。(《三闲集·怎么写》)

鲁迅主张分清实际生活中的"事实"与文学作品中的"真实"，并进而指出创作具有充分的自由，不必限于纪实，自是明通之论。纪晓岚笃守古老的小说观念，难免拘执，不过此公尚未"支绌"，在他的观念系统中，道理也还是可以说得头头是道的。

纪氏门人盛时彦在《姑妄听之·跋》中说，纪晓岚评《聊斋志异》为"才子之笔，非著书者之笔也"，"才子之笔"是可以虚构的，例如"戏场关目"即可"随意装点"；而"著书者之笔"则必须事事有出处，一一符合事实。所以他也承认"留仙之才，余诚莫逮其万一"，同时则以"著书者"自居。盛氏热烈赞扬本师"灼然与才子之笔分道而扬镳"——可知纪氏师徒均不废意在创作的"才子之笔"，而自己动手则坚持"著书者"亦即学者的立场。古代不少有学问的人往往认为学者高于作家，死了以后最好能进《儒林传》而不能进《文苑传》，一为文人，特别是成为小说家，便无足观，低人一等。这种传统观念大大制约了中国古代小说的繁荣。古代小说的作者署名往往不肯用真名而用化名，原因亦在于此。

传统观念认为史书高于小说，一大原因就在于小说可以随便装点捏造，而史书不能虚构，完全是正儿八经的。纪晓岚、盛时彦都持此种观念。然而问题在于史书里有时也有些虚构的成分，其中某些人物的"心思和密语"，原是外人不得而知的，但史家却也照写不误，著名的例子如《左传》里的"鉏麑槐下之词""浑良夫梦中之噪"，都是当事者之外的人不可能知道的——

（晋灵公使鉏麑刺杀赵盾）晨往，寝门辟矣，盛服将朝，尚早，坐而假寐。麑退，叹而言曰："不忘恭敬，民之主也。贼民之主不忠，弃君之命不信，有一于此，不如死也。"触槐而死。（宣公二年）

卫侯梦于北宫，见人登昆吾之观，被发北面而噪曰："登此昆吾之虚，绵绵生之瓜。余为浑良夫，叫天无辜！"（哀公十七年）

这一类只有天知、地知、我知的言行，大史家左丘明坦然写出；《左传》是儒家的经典之一,从来没有人敢去怀疑,反可以作为立论的根据。《阅微草堂笔记》卷十一的《槐西杂志·一》记申苍岑先生讲了一个士人遇鬼遭鬼揶揄的故事,很有点弦外之音,纪昀怀疑此事的真实性,质疑说:"此先生玩世之寓言也。此语既未亲闻,又旁无闻者,岂士人为鬼揶揄而肯自述耶?"申先生反诘道:"鉏麑槐下之词,浑良夫梦中之噪,谁闻之欤?子乃独诘老夫也!"可见此乃申先生借《左传》以自重,找经典上的例子为自己辩护,也可以说是解嘲,并非纪晓岚本人的解嘲。不过纪氏为人通达,他对申先生的解说不复置辩,似有默认之意。

现在看去,申说很能益人神智。事实上,在儒家经典和正史里也不免有若干虚构,"谁闻之欤"的言论和事情都有不少,《左传》既开其先河,《史记》更大畅其流。钱锺书先生说:"明清评点章回小说者,动以盲左、腐迁笔法相许,学士哂之。哂之诚是也,因其欲增稗史身价而攀援正史也。然其颇悟正史稗史之意匠经营,同贯共轨,泯町畦而通骑驿,则亦何可厚非哉。史家追叙真人实事,每须遥体人情,悬想事势,设身局中,潜心腔内,忖之度之,以揣以摩,庶几入情入理。盖与小说院本之臆造人物,虚构境地,不尽同而可相通,记言特其一端。"从这个意义上来说,《左传》《史记》"足为史有诗心、文心之证"(《〈左传正义〉·〈左传〉之记言》,《管锥编》第一册,中华书局1986年版,第166、164页)。此论尤为明通,用这个观点去看申、纪以至郁、鲁的纷纭见解,真所谓豁然开朗。

纪氏强调自己用的是"著书者之笔",而非稗史的"才子之笔",殊不知古之经典性的著书者之笔当中正有着才子之笔的成分,盲左、腐迁为古人拟言时也多无挂碍。这种残酷的对比说明纪晓岚还没有真正的"通",至于郁达夫《日记文学》中的见解,那更是过于拘谨了。

对于人物传记中的文字是不是要求完全合于"事实",是否允许有适度的虚拟,现在仍然有不同的意见,在某些学者那里,纪、郁的主张似颇有复兴之势。回顾一下鲁迅有关的文艺美学见解,以及钱锺书"史有诗心"的见解,实在是很有兴味的事情。

二

鲁迅曾经自嘲地说过:"我的日记……写的是信札往来,银钱收付,无所谓面目,更无所谓真假"(《华盖集续编·马上日记·豫序》)。他日记只为自己而写,内容当然是真的,也确有许多事情没有写进去,文字甚简,主要带有备忘录的意义。每年之末附有"书账",记录所买之书的书名、时间和价钱。这样的格局数十年一贯制,前后没有什么变化

只有1927年是个例外,本年日记在"书账"之后又有题为《西牖书钞》的一份钞件,凡五条:严元照《蕙榜杂记》一条、龚鼎臣《东原录》二条、陈世崇《随隐漫录》一条、元失名《东南纪闻》一条。没有按语或其他附件。

鲁迅在日记本里保存的这份钞件是什么意思?有什么用处?

1927年　顷鲁迅在《北新》周刊上发表过三篇《书苑折枝》,其中的各段即由一两条钞录的故书加一条按语构成,读来颇多趣味,例如《书苑折枝(二)》的后两段云:

宋唐庚《文录》:《南征赋》,"时廓舒而浩荡,复收敛而凄凉。"词虽不工,自谓曲尽南迁时情状也。

案:今日用之《民气赋》或《群众运动赋》,亦自曲尽情状。

清严元照《蕙榜杂记》:西湖岳庙有严嵩和鄂王《满江红》词石刻,甚宏壮。词既慷慨,书亦瘦劲可观。末题华盖殿大学士。后人磨去姓名,改题夏言。虽属可笑,然亦足以惩奸矣。

案:严嵩偏和岳飞词,有如是诈伪;后人留词改名,有如是自欺;严先生以为

可笑而又许其惩奸,有如是两可。寥寥六十字,写尽三态。

顾农按:这里引用的原文都不长,鲁迅的案语就更短,而意味颇为深长。现在的青年,没有经历过什么群众运动,恐怕不容易理解鲁迅借用北宋后期文学家唐庚(1071—1121,字子西)那两句赋的深刻和微妙。许多群众运动,往往是开始轰轰烈烈,然后渐渐松劲,最后不了了之,留下一批伤痕和余悸,长久地难以痊愈。

至于严嵩(1480—1567),乃是明朝臭名远扬的大奸臣,但他早年诗文颇著清誉,书法亦有可观,后来官当大了,干了许多坏事,曾害死主张抵抗鞑靼入侵的吏部尚书夏言,最后终于倒台,被抄家,一败涂地。把他和岳飞《满江红》的词说成是夏言写的,实在是一朵极大的奇葩,而从中可以窥见世态人心,也表明在人文领域还是要讲一点人归人,文归文,不宜完全合为一谈。

当鲁迅写这种打通古今说话的微型随笔时,需要准备一些足以引起联想生发的材料——由此可知他的《西牖书钞》盖即为此而钞,只是后来忙于别的事情,《书苑折枝》没有再写下去,这几段业已准备好的材料遂被搁置于当年的日记之末。

失去主名的元朝笔记《东南纪闻》,在《西牖书钞》和《书苑折枝》里各被引用了一段。见于前者的是——

东山先生杨长孺,字伯子,诚斋之适也。学似其父,清似其父,而骨鲠乃更过之。守雪川时,秀邱横一州,廷相择而使之,盖欲其拔薤……一日,千办府捉解爬松钗人。公据案判云:"松毛本是山中草,小人得之以为宝,嗣王捉得太吃倒,杨秀才放得却又好。"阖郡传之以为笑。

顾农按:南宋大诗人杨万里(1127—1206)之长子杨长孺(原名寿仁,字伯子，1155—1234），以为官清廉、不畏权贵著称。他在浙东任职时，皇室成员欺负贫民，老百姓在山上捡了一点松毛柴草就抓去送官，而杨长孺立即宣布无罪释放，还写了一首打油诗来做解释。这样为民做主的好官是难能可贵的。

又，《书苑折枝（三）》第二段云——

> 元人《东南纪闻》一：刘平国宰，京口人。（中略）有《漫塘集》，文挟伟气。其尺牍有云："今之所谓豪杰之士者，古之所谓破落户者也。"意有所指，知者以为名言。（下略）
>
> 案：也可以说，豪杰士者，破落户之已阔者也。破落户者，豪杰士之未阔或终于不阔者也。

顾农按：刘宰（字平国，号漫塘病叟，1166—1239），南宋晚期作家。鲁迅根据他的名言做进一步的发挥，颇有意趣。后来他在《文坛三户》（收入《且介亭杂文二集》）中说起破落户子弟在文坛上的意义，当与《书苑折枝》中的这一番议论有着思想上的联系。

鲁迅写杂感随笔的路子甚宽，就古书之片段加以发挥，打通古今发为见道之言，只是他偶尔用过的路径之一，后来基本就不再重复了。此法用得很多的乃是其弟周作人。

周作人在《一蒉轩笔记序》中自称"丁丑（按即1937年）秋冬间翻阅古人笔记消遣，一总看了清代的六十二部，共六百六十二卷，坐旁置一簿子，记录看过中意的篇名，计六百五十八则，分配起来一卷不及一条，有好些书其实是完全不中选的。"他从大量的古代笔记中遴选六百多则，显然是为作文做准备，其义与鲁迅之收录《西牖书钞》如出一辙，只不过规模浩大而已。

先录古人旧文，后加自己的按语，这样的文章，周作人写过很多，读来也颇有趣味，试略举两则来看。其一，《药堂语录·如梦录》云：

《如梦录》一卷，不著撰人姓名，记明季开封繁华情形，自序云俾知汴梁无边光景，徒为一场梦境，故以为名。今所见印本有二种，其一为写梦庵铅字印本，其二为河南图书馆木刻本，二者皆成于民国，铅字本似较早出，录中所记颇细致可喜，文亦质朴，惜刊本已经删削，如能觅得原本当更多佳处。前有咸丰二年常茂徕序，有云，"录中语多鄙俚，类皆秕稗小说，荒诞无稽，为文人学士所吐弃，如言繁塔为龙撮去半截，吹台是一妇人首帕包土一抛而成，北关关王赴临埠集买泥马，相国寺大门下金刚被咬脐郎缢死臂膊上，唬金刚黑夜逃出正门。诸如此类，偻指难数，实堪捧腹。"即此可知删去者是如何有趣味的故事，正是千钱难买的民间传说的好资料，由明末遗老辛苦的录存，抄本流传二百余年之后，却被假风雅的文人学士一笔勾去，想起来真是十分可惋惜也。

顾农按："假风雅的文人学士"这一归纳甚好，许多古代的文本被他们删节篡改，失去本来面目。现在也还有类似的人物，有些整理者编辑者把早期白话文修改成合乎当下语法规范的文字，完全是无事忙，徒然抹杀了原文的历史真面目。

其二，《书房一角·刘备曹操》：

《寿藻堂杂存》二卷，民国丙辰铅字印，上卷为《瞽说》，分《经郭》《史苑》《字林》《艺圃》《谈丛》五门，下卷则云《可园外稿》，则诗文与词也。陈伯雨著有《养和轩随笔》，在《金陵丛刻》中，语多明通，《瞽说》中亦多有可取者。《史苑》有一则云："朱子作《纲目》，改《通鉴》之例，以蜀为正统，盖欲为南宋立竿取影。其实先主之在汉，未奉献帝之命，夺西蜀而有之，与孙权据江东正同，较诸曹丕托名禅让者犹降一等，前史命之曰三国，名实相称莫过于此。若南宋之亲承正统，当援周平王汉光武为例，彼蜀汉者不过如五季之有北汉耳，安得以正统归之哉。"此言虽是平常，却大有见识，但非一般人心醉桃园结义所能了解。适阅周南赤著《汉上丛谈》,卷一记荆门雷氏所藏铜雀台瓦砚,有云"前代时吴匏庵蓄铜雀砚,其友某公恶曹瞒,拔剑碎之,沈石田作击砚图以纪其事,脱如遇某公者,斯砚即欲瓦全不可得矣。"读书人上了说书与戏子的当,以为曹孟德真是大白脸,大动其义愤,持以读史固非,若随便打破人家的砚台,更未免神志不大清爽矣。

顾农按:"正统"是中国古代史上一大问题,涉及政权合法性的评估,而历史人物的评价自然也大大地受此牵制。陈伯雨、周作人的看法比较通达,而说书人与戏剧演员的提法和表现也自有其由来和意义。只是欲将堪称文物的铜雀台瓦砚击碎,未免过于激动,实属失去理智,一无是处。

读周作人的这些打通新老笔记的文章,一方面觉得自有意味,一方面则感到不如读鲁迅的《书苑折枝》来劲,其原因除思想水准的差异之外,还有一个重大因素,那就是周作人这种类型的文章近于批量生产,而随笔这种文章,宜乎天机流行,妙手偶得,用流水线的办法来大规模制作,决非长策。周作人算是文章高手了,但即使是他来搞批量生产,预后也还不算太好。

原载《新文学史料》2022 年第 1 期

【主编者言】关于此文的入选我犹豫再三,因为觉得标题太像布道了。面对灾难与伤痛,我们有种种不如人意之处,只是安抚显然远不够。但文章毕竟是为生命呼喊,值得肯定。

愿你安心疫情时

秦 岭

引 子

你安心吗?在这个被新冠肺炎疫情纠缠不休的日子里。

当2022年新年的钟声被西安市区域管控的消息五花大绑,作为继武汉之后又一个因新冠肺炎疫情被无奈实施特殊管理的大城市,长安古城内外可谓风声鹤唳,民众的心理世界外化为无法掩饰的惊慌和恐惧,像笼罩在古城角楼、女墙和砖垛的重重阴霾。"民众需要心理安全。"中科院心理所专家祝卓宏对我感慨,"心理援助也是抗疫的重要任务。愿西安长安,长安常安。"年关将至,假如"辞旧"仍然断不了疫情围攻心灵的后路,那么,"迎新"之后的你,会认同自己的心吗?

作为长篇报告文学《庚子"安心"行动》的作者,请允许我用"安心"二字为你祈福。

日子里,那些不安的心

请挥一挥手,带走2021年的那片云彩吧!只为来年的你衣袂飘飘。

可人们仍然那么急不可耐地渴望与这个辛丑年割袍断义，而在 2020 年，人们同样心急火燎地巴不得与庚子年分道扬镳。如果你有这种心态，那么我必须要说："我理解你。"我还要说："你需要安心了。"

自新冠肺炎疫情爆发以来，截止我落笔的此刻，全球累计死亡达 550 万人，确诊近 3 亿人。死者已矣，确诊者正在接受治疗，可你是否知道，疫情背景下全球遭遇心理创伤、精神危机的人员到底有多少？中国心理学界又用怎样的方法和技术对每天都在呈几何数叠升的心理疾病患者、自杀倾向者进行心理干预？所有的答案，全在《庚子"安心"行动》里。

只要你的心不是冰做的，你一定会关注身边的、周围的，甚至远方的心。

且不谈疫情带给国人严重的心理灾难，谈国人的心理底色。第三世界科学院院士、原中科院心理所所长张侃告诉我，截至 2017 年底，我国精神障碍患者超过 2 亿人，73.6% 的中国人处于心理亚健康状态，每年至少有 28.7 万人自杀身亡、200 万人自杀未遂。这些年，每年自杀的人数达 30 万。

"这些年"的 30 万亡灵里，还不包括疫情期间的自杀人数。请你务必记住，2021 年第 19 个世界预防自杀日的主题是：携手共进，预防自杀。

未约而至的新冠肺炎疫情怎样改变着国人的心理底色，细思极恐。"不是改变，是颠覆。"心理专家王文忠对我说，"接受这个现实，就是接受我们自己。"

"她，昨晚自杀了。"获知女孩自杀的消息前，我刚好收到浙江教育出版社寄给我的样书《庚子"安心"行动》。平时主要以小说创作为主的我，在庚子、辛丑年发表、出版的几部作品中，却以报告文学居多，其中的《走出"心震"带》和《庚子"安心"行动》分别叙写了汶川地震、新冠疫情背景下民众遭受的心理创伤和心理工作者实施心理干预的"过去时"和"现在时"。我深度介入的动力，源自疫情带给人们心理冲击的神秘性。

也许，那个 12 岁的漂亮女孩并不希望新年钟声被疫情裹挟，于是用惨烈的方式提前选择了与 2021 年别离：跳楼。大楼总共 28 层，她选择了第 12 层。可怜的孩子，临死也不忘通过楼层、年龄的公约数为自己的凋零赋予特殊的寓意。

能歌善舞的她，是爸爸妈妈的心头肉，是爷爷奶奶的小宝贝，是左邻右舍和师生们眼里的阳光女孩。新冠疫情完全打乱了她平时的学习、演出和生活节奏。宅家的日子里，无情的抑郁袭击了她的心……

"为了治疗我的抑郁症，一年来大家受累了。我死后，你们可以安心啦，放松啦……"她的遗书让生者万箭穿心。

女孩主观的善良愿望，却客观上构成了巨大的杀伤力。与她相关的60多位亲友、熟人遭受了严重的心理创伤，其中有明显PTSD（创伤后应激障碍）症状的35人，有明显抑郁症状的19人，其余人产生不同程度的焦虑和心理障碍。"一般而言，遭受心理创伤的人数，相当于死亡人数的60倍。"中科院心理所研究员刘正奎对我说。

也就是说，一个人的不幸，具有严酷的连带性和辐射性。一颗泣血的心，能让更多颗心陷入心理危机：焦虑、抑郁、精神分裂……悲观、厌世、自杀……多年前，我在地震灾难题材小说集《透明的废墟》中把因灾而起的心理危机、精神疾病归结为两个字：心震。

西方有句古老的名言："所有的灾难，不过是因为眷恋。"人，是感情动物。如果不是因为眷恋，这世间还会有心灵灾难的受害者吗？

倾听，记录，思考，判断。在武汉等地采访期间，我以中科院心理所"安心"行动执行委员会特邀观察员的身份，先后和刘正奎、史占彪、王文忠、祝卓宏、吴坎坎、钱炜、韩茹、傅春胜、姜辣、成爱玲等近900名心理专家、医生、新冠病毒感染者、心理志愿者、心理问题人员、社区干部建立了5个微信群。半年来，群里弥漫的焦虑、狂躁、哀怨、消沉情绪和执着、温婉、耐心、专业的心理疏导，像冰火两重天，像抗争与博弈，像风刀霜剑和云卷云舒的交织……后来，有两个群友悄悄退出了"一米阳光"群。每退出一人，接踵而来的是群友们上传的哀乐、烛光和含泪的祈祷。

退群者，其实是退出了纷扰尘世。那位男士以割腕的方式自杀，那位女士以服毒的方式结束了自己。前者是因为自己经营的餐馆受到疫情影响，亏损严重,加上年迈的父母不理解他……后者是因为孩子宅家时不好好上网课,常常玩网络游戏,她批评孩子时,却受到了丈夫的指责……

我及时记录下了心理专家的分析和判断:男士及其父母、女士及其丈夫和孩子早已被疫情集体拽入了PTSD的漩涡。一个家庭在集体不安心的状态下,一根针掉在地上,也能引来心魔的觊觎。稍有不慎,家庭中的任何一位成员都有可能产生应激性心理障碍甚至走向极端。

《庚子"安心"行动》出版前曾在报纸连载。某读者朝我惊呼:"天哪!我每天都心神不宁,既担心自己,也担心家人,您说说,我有PTSD吗?"

"当然有。"我说,"每个人的心里都潜伏着不同程度的PTSD,它在你性格、见识、情怀、胸襟的某个夹缝中,随时准备伺机而动。"我以疫情期间的激情犯罪现象为例做了诠释:当某个诱因偶然触动某人掖在心底的PTSD,他的情绪会瞬间失控,仿佛从冰点骤然跃升到沸点,当他暴发性、冲动性地杀了人,或者放了火,会在悔恨交加中自我追问:"我好端端的,怎么会这样呢?"与犯罪嫌疑人早先有过交往的朋友甚至会感叹:"他平时循规蹈矩,可是个好人啊!"

读者说:"我终于明白,疫情期间,为啥有些司机会故意把公交车开进河里,为啥有些大妈会在电梯里恶意吐口水,为啥有些大爷会横闯防控执勤点,为啥有些青少年会网约集体自杀……"

我本来只是一位书写者,不留神也成了心理科学的普及者。

悖理中的现实、现状与现象

也有人说,我选择这样一个"冷门"题材,是"偏向虎山行"。

明知是悖理,但我也得认下。事实上,我手里的确捧着一个烫手山芋。

诚如文学界某权威人士对我的善意提醒:"写疫情防控的文学作品,需要给民众提供意志、决心、精神、能量和动力,如果写人们的心理有毛病了,精神有问题了，那可是负能量啊！你得掂量掂量。"

这是一针见血，还是避实就虚？我恰恰写的是疫情期间一些民众意志的削弱、决心的解体、精神的困顿、能量的渐失、动力的消亡……我本来想反问："那，成千上万的心理专家、心理师、心理志愿者逆行疫区干什么呢？"

但我表示了沉默。有时候，沉默，本身就是最佳答案。

为了确保采访、书写的顺利进行，我经常会拎出国家有关文件当"护身符"。文件明确指出：加强社会心理服务体系建设，迫在眉睫，刻不容缓。

都迫在眉睫了，都刻不容缓了，可到了操作层面，现实总让人啼笑皆非。

很多心理专家不断给我打气："您一定得把疫情期间社会各界不同群体遭受心理创伤、心理危机的类型、原因、表现、状态写透了，让读者明白心理变化到底是怎么回事，让读者懂得自己的心，让读者了解心理危机的严重性和开展心理干预的现实性、必要性、紧迫性。"

作为心理专家的刘正奎和我探讨过一个文学话题：既然我们所有的工作可以"坚持以问题为导向"，那么，文学为什么不能？！

在他看来，包括心理干预在内的疫情防控工作之所以难点多、压力大，就是因为老问题、新问题层出不穷。他说："有些文学作品、舞台剧、新闻报道反映疫情和抗疫工作时，干脆对社会各界人士、群体中客观存在的精神压力、焦虑情绪、紧张心情、心理危机避而不谈，生怕有碍人物形象的塑造，这种缺乏直面、真诚和反思的表达，有违生命常识、有违心理反应、有违人性本能，片面轻飘，离'心'离'德'，怎能留给历史和未来？"

一句话，如洞穿时空的响箭，命中的岂止是创作者的价值观，它更像对创作的源泉——生活、现实与人性的叩问。

我给《庚子"安心"行动》确定的创作总基调是：科普为主，兼顾文学。

一个可悲的现象是——心理危机，这种极具辐射性、覆盖性、发散性的心理"疫情"因其个体性、私密性、隐蔽性、被动性特征，远不如电视屏幕上实时报道的疫情感染死亡、确诊、疑似数据那样醒目，那样抢眼，那样备受关注。

而心理学界提供的数据显示，突发公共灾难事件后受灾人群中PTSD的发病率可达33.3%，抑郁症的发病率可达25%，这个比例，远远高于新冠病毒确诊人数。

"岂因祸福避趋之"。我调动了三年前创作《走出"心震"带》的经验和智慧。那部至今仍然在热销的文学作品，已成为一些心理机构开展心理干预时的工具书之一，也是一些大学心理应用专业学科的参考用书。经验提醒我，我必须听心理专家的、听民众的、听心理创伤人员的，听读者的。倾听他们，也就是倾听《庚子"安心"行动》从太远的远处走来的声音。

幽默的是，阻力，有时反而来自心理创伤群体本身。有位心理专家应邀前往某社区讲授"疫情期间自杀案例分析及对策"，竟被一些居民认为有传递负能量之嫌，有人歇斯底里地直言："能不能讲点好听的。"

心理专家马上意识到这是听众的心理变异现象，就故意换了个角度："面对疫情和死亡的逼近，大家心情平静，心态平和……"

"不！我心里乱透了。"那人说，"不好意思……您……还是按您的讲吧。"

最不该掩盖的，是心；最不容掩盖的，也是心。自我掩盖之于被动掩盖，比"天狗"吞掉月亮沦为月食更可怕。当自己变成自己的"天狗"，岂不是聪明反被聪明误？心理变异的特征之一是：明知刺刀来袭，却要欣赏刀锋的光亮。

"更可怕的，是民众对心理常识的匮乏。很多人不懂自己的心，也不懂别人的心。"心理专家史占彪对我说。

开展心理干预的难度，也是我采访与创作的难度。

历史的投影与现实的唤醒

古人云："夫哀莫大于心死。"对文学的态度，我们有时不如前辈学人。

披览中外文学典籍，我们会发现许多作品的内容与"疫情心理"有关，比如《鼠疫》《威尼斯之死》《屋顶上的轻骑兵》《逼近的瘟疫》《失明症漫记》《热区》……还有《白鹿原》中"两头放花"（霍乱）带给全村人的恐惧。

中国的读书人，谁不晓得三国时期著名的"建安七子"。除孔融被曹操处死、阮瑀早逝外，其余5人均死于当时的瘟疫。曹植在《说疫气》中描述了当时民众的心理状态："家家有僵尸之痛，室室有号泣之哀。"

此痛，是心痛；此号，是心号；此哀，是心哀。历史的投影下，所谓"吓死、惧死、愁死、自死者比比皆是"，这已不是容颜之变，而是心灵之变，一变至死。心理危机从来不分历史和现实，心理"杀人"，现实和历史从来是不谋而合的。

而对现实，我不想做笼而统之的简单记录，我的目光紧紧盯准社会心理、群体心理、个体心理中那些风平浪静却潜藏危机、熟视无睹却暗水深流、司空见惯却隐患丛生的巨大盲区，其中，也包括与万千百姓相关的社会管理服务体系。

也因此，我在不断筛选、调整、比对叙事的角度。我始终认为，如果没有角度的制高点，所有的叙事无异于水中捞月，瞎子摸象。

我必须要告诉我的读者，按照心理专家的意见，疫情防控措施应根据不同群体、不同的年龄段执行，其中针对老年、中年、青年、儿童的疫情防控措施更应分类实施。通俗地讲，接受一条疫情警示信息，在成年人那里可能只是感觉心头一颤，但在儿童的心灵世界会掀起狂风巨浪，有可能导致自闭或抑郁。大凡社会心理体系比较健全的发达国家，一般会对少年儿童采取"内松外紧"的防控措施，因为这个年龄段实际上是人类心理最危险、最脆弱的"心震"带。

可在我们的某些地方，防控措施不光"一刀切"，对中小学幼儿园更是采取类似于"狼来了"的高压手段。为此，心理专家不断呼吁，呼吁，再呼吁：科学防控，呵护心灵，理解孩子。

我在《庚子"安心"行动》的后记中写道：面对同类型的心理创伤案例，我务必十中取一而舍其九；面对普遍性的'安心'手段和经验，我只能百里挑一而舍其九十九。我的创作理念只有一个：一叶知秋，或者，观秋知叶。

听到一个故事：疫情期间坚守岗位的某社区主任张某，平时始终以阳光向上的状态示人，被组织上认定为疫情防控工作的优秀代表。某天，一位过路的"陌生人"轻轻拍了一下她的肩膀，她浑身立即抖动起来。"陌生人"马上安排心理志愿者对其悄然进行了于无声处的"地下"心理干预。经"无意"间的对话测试，发现她已经处于中度抑郁状态。事实表明，支撑张某"阳光"表象的，仅仅是生理本能和工作惯性；她脸上的"阳光"，经过了自我"心理化妆"。

那个"陌生人"，就是疫区无处不在的心理专家之一。

三个月后，挣脱了抑郁的张某终于对专家坦言："前些日子，我老想的是一片安静的大海，跳进去，不想让任何人找到。"

如果不是专家果断出手，一朵生命之花就有可能变成一束浪花。

让人后怕的是，在这之前，张某的家属、上级领导、同事乃至社区居民，谁也没察觉出她是一位抑郁症患者。后来有人还说风凉话："她，真会装啊！"

我在《走出"心震"带》中也曾呈现过类似的案例，但主人公的结局却不同于张某。"5·12"汶川大地震灾区某县青年干部冯某的儿子不幸罹难，他只能用玩命工作的方式排遣内心的痛苦，由于"化悲痛为力量"积极工作，不久被破格提拔为县委宣传部副部长。冯某写给天堂的信中有这样的文字："……孩子，等父亲心绪平静一些之后……"第二年，冯某在家中自缢身亡。心理专家后来分析认为，冯某提到的所谓"心绪平静"，指坦然面对自杀。

冯某自杀的前一年——2008年，中国的灾后心理援助才刚刚起步。

"假如放在今天，也许冯某和张某一样，会成为心理干预技术的幸运者。"史占彪对我感慨。

也就是说，时过经年，中国的心理干预、心理援助理念和技术正在走向成熟，并逐渐被社会理解和接纳，尽管，未来的路依然漫长。

此刻，疫情仍然没有偃旗息鼓的迹象，但我相信，学会呵护自己的心和别人的心，学会安心，必将成为全社会的一个永恒命题。

想起老歌《站台》中的一段歌词："哦，孤独的站台；哦，寂寞的等待。我的心，在等待，永远在等待……"

与其等待太远的远方，不如搭上"安心"的顺风车，向彼岸靠近。

原载《文艺报》2022 年 1 月 12 日

【主编者言】跟哲学最接近的，或许是数学和艺术。当数学将世界抽象化表述的时候，艺术却将理念形象化地展示在人们眼前。除了那些趋时和时令的创作，艺术总是耐人寻味的。

无题之刃

姜丹丹

一

空无，处在存在的核心处，潜伏在生命的每一个时刻，生活世界的每一个街道，也在每一个肉身的鲜活与体验的充实之中。

在瑞士雕塑家贾科梅蒂（Alberto Giacometti, 1901—1966）于1946年实现艺术的转型之际，他这样讨论知觉的转化：在长久的凝视之后，他开始在空无中看对面的头部，由此，也忽然转换了看待整个生命世界的知觉方式。在那一刻，贾科梅蒂如同迈过了一个门槛，不再用习惯的、习得的固定方式看待生命，而是领悟到在生之肉身中所隐藏的空性，即察觉到在其中，既有生命的形象，亦包含死亡的影子。

对于贾科梅蒂而言，那是一个决定性的时刻，发现死与生在一个生命体中的同时存在，正是在表象之下的令人惊骇的生命实相。这也正是在时间的流程的磨损中，肉眼几乎察觉不到的随时在发生的变化。正是带着对于生命的真实的苛求，贾科梅蒂日渐塑造出剥离到骨感的在行走中的人像。这种独特的生命形式，是在高度的专注力中实现的凝聚、剥离，是探求真实的目光，如刀刃剥去了形之饱满，转化为瘦削、嶙峋、细长的视觉形态——作为独特的风格表达。

二

为什么这样的艺术，具有令人深深震撼的力量。这首先传达出贾科梅蒂对于生命真实的一种领悟，而揭示这样的真实，成为他坚韧、执拗的内在需求。对他来说，"一个作品越真实，就越有风格"，但更奇特的在于，"风格，并不是表象的真实"。这种表述方式，也近似于中国古代的写意艺术中的不求形似而求神似。虽同样不满足于表象的模仿、表面的相似性，但对贾科梅蒂而言，如果说，"伟大的创造"出自"伟大的相似性"，所要抵达的某种近似于神韵、气势层面的"神似"境界，却不是脱离于形而朝向非物质性的"意"的转化，而是用手势、用刀刃在形的层面上做减法、做剥离，反复打磨，直至近似于从形体中释放、抽离出的生命之骨质，作为一种独特的、剥离了幻觉的生命之意会的表达，也是剥离到骨的"大象"之"有形"。

经过了这样的艺术转化的生命形式，也传达了一种深深的反思，实际上开启了一种属于贾科梅蒂式的生命视觉的范式，这意味着对在现代性进程中对于生命本身的异化给出的艺术反思，意味着对把生命对象化、符号化、戏剧化、功能化的模式的摈弃。或者说，贾科梅蒂对于身体、生命的思考，正是要冲破制造幻觉或者进入一种价值交换体系的逻辑的桎梏。行走的人在挺立的同时，几乎也可能会有摔倒的脆弱，而不遮蔽缺陷、不回避失败，正是曾经也历经挫败的艺术家在终于领悟到生命之道时对真实之意的一种坚持。

以这样的方式进行感知并不容易，要求进入"现实的骨"，让目光有可能深入，并挖掘出余下的具象。也意味着在"垂直轴上"存在的感知，非常集中，剥离了所有多余的、非本质的东西。1937年，贾科梅蒂第一次开始用这样的方式画母亲的肖像，擦掉图像，破坏，重新开始，再重复。反复叠加又擦去的痕迹，作为残余的"残留物"，让母亲的形象在周遭的混沌中凸显出来。那正是常对贾科梅蒂发出指责的母亲，抱怨他不会画出美的形象，甚至"喜欢阴影"。正如贾科梅蒂的表弟、瑞士诗人雅各泰后来在二战之后发出的诗学的提问，在抛除了所有肤浅的、次要的东西之后"还剩下什么"？这种探求也伴随二十世纪的灾难而发生的"抒情性的终结"尝试重新开始，重新构造图像。但在这种启示中，让所有存在的、感知的力量都表现出来，一切都指向存在的核心，去倾听在那里难以捕捉的空无，从而让生命从"存在者"的地位中解放出来，成为不完美的甚至也是残余的在场。

四

  在饱满、丰盈的生命中，也同时包含虚无、空寂，当贾科梅蒂领悟到这样的真理时，他实际上看到了物像之中"在消逝的、又重现的"吊诡的维度，正如有无、进出、盈虚的同时存在，而他让作品成为可以承载这样的矛盾张力的空间，也正是剥离了幻觉的诱惑而余下来的视觉，"在存在与非存在之间"。于是，贾科梅蒂开始趋近了每一天都发现"未知"的创造之道。

  荷兰画家伦勃朗在中年曾历经丧妻、三次丧子之痛，可以说，也正是领悟到在俗世的成功、绚烂的表象之中所包含的无常的、死亡的影子，才走向某一种表象之外的真实的探求。因而，伦勃朗在《夜巡》中，营造的是在光与影的交错中的不同形态的生命群体，不同于当时最时尚的群体塑像中每一人都摆姿势的戏剧化、景观化、表面化。借助光与影的游戏，在肉眼可见的视觉表象中，伦勃朗揭示出生命姿态的在与不在、可见与不可见之间的实相的褶皱，犹如让那一群平常的巡逻队员忽然闯进了另一个空间，是画家在视觉空间里，调用阴影的布局显现的一个时刻的生命实相，也是最初隐现出来的对于包含吊诡性的生命真实的一种视觉尝试。

  正是在这个意义上，伦勃朗画的在耳蜗一般的回旋的楼梯下进行沉思的《哲学家》,同样具有了近乎形而上学意义上的形体之中显现的空性。而他在后期所做的肖像画、自画像,同样让生命的表象中所包含的某些真实,在光与影的作用下,成为仿佛具有了目光的生命体。这正是伦勃朗实现转型之后超出了他所处的时代语境的特性,也是在十七世纪的荷兰绘画中较少见到的生命之实相的一种探求,为他所处的时代所不理解,但却展现出了他后来所要执拗地趋近的艺术的真实。

五

或者也可以说,当伦勃朗、贾科梅蒂在迈越了面向生命实相领域的那道门槛之后,也就在不同的程度上,摆脱了属于模仿现实去制造真实的幻觉、生产理想模式去取悦公众、基于自恋给出诱惑的再现模式。逻辑的转化,引向了视觉方式的运作、传达的根本性变化。

伦勃朗微微迈出的那一步,令他的同时代人所不解的那种趋势、那种调性,贾科梅蒂彻底地推向极致。贾科梅蒂的人像正是用凹陷的眼眶中独具的目光,好似在看我们、看世界,因而也与空间、观者建立一种近似于主体之间的对话关系。

这就是为什么法国哲学家萨特在《追求绝对》一文里写道:"事实上,三千年来的雕塑家们创造的只是一些尸体而已。有时候它们依赖墓碑得以实现,有时候它们又被安置在达官贵人的椅子或者马背上","因此从零开始是必要的,三千年以后的贾科梅蒂和他同时代的雕塑家们,不是要以新的作品去填充艺术陈列室,而是要用自己的实践去证明,雕塑艺术本身也是可以雕刻的"。萨特的这个论断固然有些绝对,也许他忽略了此前有过与众不同的思考的雕塑家罗丹、德加……然而,从放弃一切已知形式的固定模式视角来看,贾科梅蒂显然是实现了"从零开始",这种彻底也必然是与任何模式的限定性思维做了了结,从而由突破自身已有知识的局限性出发，拒绝让图像进入价值交换的体系，重新创造了承载存在感受的生命图像。在这样的范式下，每一次的图像也必然是之前不存在的，就像伦勃朗一样让人的形象走出死板的套路，而成为活生生的、承载着时间创伤的生命在场，从对面可以投来注视的目光。

六

如果说时尚艺术是法国哲学家鲍德里亚尔所反思的承载菲勒斯交换性价值的最典型的领域，那么，德国摄影家彼得·林德伯格（Peter Lindbergh，1944—2019）正是从早年为时尚杂志、时尚界做摄影，走出了一条被称为黑白摄影的"魔法诗学"的艺术路径，直至2016年林德伯格受邀到苏黎世拍摄贾科梅蒂的雕塑作品，而与贾科梅蒂产生了相隔50年的美学思想的跨领域对话。

彼得·林德伯格打乱贾科梅蒂的创作时间顺序，把不同时期、尺寸的青铜、石膏雕塑，错落地并置，凸显贾科梅蒂的人像与环境之间的关系，更让人领会到贾科梅蒂当年的"要在空间里看待头部"，其中所隐含的实与虚、可见与不可见的关系，在摄影空间的光影交错中更加明显。林德伯格也用聚焦的镜头，把贾科梅蒂用手指反复打磨的那些凹凸的细节加以放大，更让人感受到法国作家让·热内（Jean Genet，1910—1986）所谈的，贾科梅蒂的雕塑上的划痕，正是"生命留下的痕迹"，在时间中的创伤。而林德伯格拍摄的法国女演员让娜·莫罗（Jeanne Moreau，1928—2017）的侧面特写，用他拍肖像时一贯特意选择的黑白色手法作为抵达真实的书写风格，对图像不加任何的修饰，让那张脸下垂的法令纹凸显，成为看不见的生命创伤对话。正是由于要让作品成为交流的空间，在物我之间实现"往返"的关系，并把这种真正的互动纳入表达的风格之中，摄影家与雕塑家的关怀在形而上与形而下的联结里，达成了一种对话。

七

"我看见了什么？如何更好地观看现实，来理解它，来感受其中的根基？"比尔·维奥拉（Bill Viola，1951— ）在发出这样的探问时，开始实现录像艺术的转型。他不仅仅是要让世界成为可见的，还要让生命中的"不可见"维度也成为可见的。领会到这一点的可能性之后，维奥拉说："如果知觉之门是敞开的，那么，一切都如是地在人的面前出现无限。"这也近似于老子的"众妙之门"的表述，是要在"玄之又玄"的返归而深化的路径之中，才有可能抵达的。维奥拉诉求的是让丑与美、庸常与崇高、美妙与危险兼有共在的存在"如是"地呈现，而由这敞开的"知觉之门"，通向无限。

维奥拉借助图像的魔力，在两个并置的屏幕上，呈现出裸身的男子、女子似从一道黝黑的石板中走出，用非常慢的步调、姿势，极其缓慢地、仪式化地走出、驻步。两个人物各自令人惊诧地用小手电筒，照亮皮肤上的每一寸，在生病的、衰老的、正在走向不可避免的死亡的时刻，在查看那"自身身体"的皮肤的表面的点滴变化，镜头聚焦放大那些图像的细节。在完成了这个缓慢的过程之中，他们又缓缓地转身，遁入了作为背景的黝黑的石板——如死亡之门。

这让人联想到美国摄影家爱德华·史泰钦（Edward Steichen，1879—1973）在1918年曾借着在黎明前的月光，避免阳光折射的平板效果，用长时段的曝光拍摄法国雕塑家罗丹的《巴尔扎克像》，让罗丹所领会和要捕捉的"全部的真"——包含难以言明的存在中的神秘、真实而内敛的个性，得到了一种超出现代之初雕塑媒材局限的综合凸显，构成为"视觉事件"。

正是在类似的视觉事件的创造层面上，维奥拉不仅仅呈现视觉的可见中隐含的不可见，也直接比如介入潜意识、回忆等空间，调用了多媒体的技术手法，展现直抵人类存在的深层次的、多维度的影像书写。而他把中国古代的山水画卷看成打开视觉沟通的时空通道，在这种跨文化的领会层面上，去创造可以展开对话的多重视觉事件。

五组投射影像《白天前进》（The Going Forth by Day），用巨幅等离子投影在墙壁上，形成交叉的共鸣式作品，题目回应埃及的《亡灵书》中的一章，从肉身的幽暗中走出，解脱的灵魂在日光中前行。维奥拉始终用超慢速拍摄，营造出沉浸在一种不知觉的日常状态和忽然有事件打乱这种状态之间的巨大张力，在缓慢的速度之中觉察到的运动感、时间的变化，是在录像的空间里用重复循环的方式，回应近似于贾科梅蒂式的反复揉搓。在市声嘈杂的街道里，一切如常，渐渐地，出现一些微小的灾难的迹象，提醒人们开始慌乱地逃离，新近整修过的石板房子，如同存在看似稳固的表象，忽然铺面而来的洪水从中涌出，席卷了没有准备的人们。水与火的泛滥，正如人类存在中的劫难表达，用立体声响四面交织，将对于众生之苦的同情感，推向影音互动的极致。人们深陷其中，又缓缓走出，迈向前方未知的余生旅行注定是无法回头的。

对于每一个体的表情变化的捕捉，让维奥拉的影像艺术成为"释放—捕捉情感"的容器，这正是为何他被称作当代影像的伦勃朗。风景与人物一样，因而都是在传达一种关系、一种深层的沟通，对于维奥拉来说，这些都绝对不是外在的，影像深入其中，或者甚至是从内在意识中译写出具体图像，总是在书写"外在与内在的自我"、在人与存在之间的那种难以言明的关联，于是，彻底超越"景观社会"中诉求于欲望的诱惑性图像，而创造出承载着形而上的思考却又是在数码物质层面做独特的表达的"超真实"图像。

八

通过对象征性交换的结构的跨文化思考，让·鲍德里亚（Jean Baudrillard, 1929—2007）重读《庄子》里的"庖丁解牛"后，指出有一种"间隙"

（espacement，即"有间"）的存在不可忽视，当然也有一种节奏，需要去倾听与沿循。

正是在这层意义上，鲍德里亚反思了一种当代消费社会文化里的身体观，比如调用所谓身体解放的名义，但实际上与消费文化、物质主义的观念重叠，把身体当作对象、工具、能指来看待的观念。在取消差异的各种品牌与文化符号的网络之中，人类身体的真正特征——在"时尚、广告、裸妆"包裹下的身体，事实上会被转化为与符号交换的物质结构，依据物质主义的价值、资本与质料管理的原则来组织。因此，鲍德里亚拒绝潜意识的物化倾向，它会隐蔽在身体解放的运动名义之下，与意识的物化倾向相距不远。

由此，鲍德里亚重新界定了"诱惑"（或吸引）的理念，如同对基于交换（等价交换体系里的价值规定与合约）法则的诱惑发出的挑战，作为与紧张张力相反的生动游戏，构成秘密空间营造的象征性法则。营造一种"间距"，让这种"间距"可以被感受到，而不是遭到否定，作为一种"余"下来的艺术，并不消失在真理与诠释的光照之下，转化了存在者之间的关系，一切都如同"魔法"的剩余。这重构了形式与表象的象征交换的潜能，也营造了与包含虚的空间的游戏。一个凹空的空间，"不是减灭或者异化，而是如同蚀，在呈现/消失之间，有存在的闪光"。

《庄子》借庖丁的例子来阐发"游刃有余""技进乎道"的境界，如同以沿循空隙、完美分解（牛体）的过程而完成的艺术性工作，在鲍德里亚看来，这正是需要诉求于从意愿之中、从有意识的行为之中释放出来的一种直觉状态。鲍德里亚将之与关于诱惑的表述联系在一起："诱惑假设欲望不存在。它仅仅就是一种赌注，如同剩余的全部，即允许游戏进行的一切。"如果说鲍德里亚如此完美地诉求于对一种游戏的空间的维系，他怀着清醒的态度，也意识到这种深渊一般的、代价过高的危险。对这位后现代思想家来说，从反对景观社会的"诱惑"出发而重构的这个术语，代表着与封闭的体系，等价交换的、占有性的、据为己有的所有逻辑背道而驰的一种力量，也意味着一种生命力，而在这其中，总有无法抵达的部分以及裸露的不可能性,如同从解构出发诠释工作一样。鲍德里亚还触及"庖丁解牛"寓言里一个核心的要点:在技术的灵巧达到完美的程度时,放空的心、意识与刀刃统合为一体,因而,对虚的体验,转化为操作性的力量,"沿着刀刃的薄线,来抵达器官的关节联结处的有间的虚处"。

十

在重读《庄子》时,鲍德里亚也联想到17世纪德国哲学家格奥尔格·克里斯托夫·利希滕贝格(Georg Christoph Lichtenberg, 1742—1799)所讨论的关于那把刀的著名寓言,并且把那个寓言中包含的逻辑上的吊诡("没有刃的刀,没有把的刀"),等同与比如在消费文化中被符号化的"一个缺席的阴茎的象征性的具象化"。如果说他摈弃了建立在制造幻觉的拜物教式的机制,那么指涉在精神分析与书写(言语)之间,编织了一种非常微妙的文本、图像的游戏。

在这种视野里,剖析意指的语言学家的工作,被鲍德里亚比作"糟糕的庖丁"的工作,可以设想将被分割的牛体的各个部分,作为一种功能性的语言来运作。因此,庖丁所展示的"游刃有余"的工作过程,被理解为在表象身体(作为能指)之下的身体,进行如索绪尔所提出的"易位书写"式的阅读与解构,用交换字母的位置,来做回纹式书写的游戏,打破在形式与意义之间固有的对应关系。如此,鲍德里亚认为,在庖丁解牛的"以神遇之"境界里,"具有象征性效力"的魔法得以揭示出来,当刀刃可以沿循"音乐般的节奏"来前行,回应倾听到的身体内在的空隙和节奏。

因此,借助节奏、诗的书写方式,鲍德里亚在对"庖丁解牛"的跨文化解读中,重新找到了一种与交换价值构成的"政治经济学"背道而驰的象征交换结构核心所在,彻底地解构符号学式的认知方式,尝试如同在诗的语言中一样具有节奏性的书写。

如果我们将《庄子》典故中的牛躯体置换为伦勃朗、贾科梅蒂、林德伯格、维奥拉的知觉目光中的人物、世界空间中的人物，或许可以迂回地明白，他们进行艺术转型的尝试，都开始建立一种对话式、会通式的关系，如在物我的"以神遇之"的层面上，如何将重新发现的可见与不可见并存共在的真实、将最深层的存在感受，找到属于自己的图像表达，以"无厚"的刀刃入"有间"，打破已有的图像制造的方式，在反已知的基础上重新出发而不断面向一次次生成的、必然走向未知的图像，即是如何生成有创造性的、不断再创造的工作秘诀。正如在承认人终将会死的有限性的前提下，却用决然的实验性行动，破除固有思维的束缚与限制，走向"日日新生"的生命图像本身。以创造性的行为，重启、激活过去的文本与图像的资源，才有可能一次次书写存在的事件。

2022 年 6 月　写于三次突至的葬礼消息的冲击之后

原载《读书》2022 年 7 期

跋：春天种树

徐南铁

每年开春，我们会在田野种下一排小树。

六七年的岁月飘忽远去，小树已一排排整整齐齐地站了起来，渐渐就成了小树林的模样。

有一年，小树的行列似乎没有按设计的规程排直，不得不重新栽种。但是季节的脚步没有停下来等待，于是树林中留下了一行空白。树林依然繁茂，栽种依然继续。种树的人却因为岁月不再回来，再没有办法遮掩曾经的缺失。

许多事情都这样，既然逝去就无力再牵住那只手。只能送去不舍的眼光，只能忘记或者无谓地兴叹。

当春光再一次招手，我们再一次种树。树的品种更加适应脚下的土地，树苗更为粗矮健壮，在土地温暖的拥抱中与土地一起歌唱。

这是一则寓言，属于种树，也属于春天。

我们的工作同样属于种树，同样属于春天。

2022年选系列封面绘图画家介绍

文瑶 1996年就读于广西艺术学院美术系油画专业。现为广西艺术学院美术学院副院长，副教授，硕士研究生导师。中国美术家协会会员，广西美术家协会理事，广西青年美术家协会常务副主席，漓江画派促进会理事。

《车马行》 文瑶 150 cm×150 cm 布面丙烯

文瑶画作短评

  文瑶的画有野兽主义的气度，也有印象主义的灵动。大块的坚定运笔，有味道的经营布局，再加时不时的一些小点缀，使文瑶的画透出自己的独有韵味，画面效果既有装饰趣味又不缺油画的厚重。
  ……文瑶的语汇里还有着贴近他性情的逗乐与调侃式的把玩心态，他总是不按常规地强化出对象的某种特殊的形貌状态，无论是画人物或者风景，他的处理总会有一些让人眼睛一亮的闪光点出现。这样的能力来源于他对现实对象的独特体察与概括性的整体把握，尊重事实而又能跳出常理的束缚。

——黄菁（广西艺术学院教授）

图书在版编目（CIP）数据

2022中国年度随笔 / 徐南铁主编 . -- 桂林：漓江出版社，2023.7（2023.7重印）
ISBN 978-7-5407-9470-5

Ⅰ.①2… Ⅱ.①徐… Ⅲ.①随笔—作品集—中国—当代 Ⅳ.① I267.1

中国国家版本馆 CIP 数据核字（2023）第 116524 号

2022 ZHONGGUO NIANDU SUIBI

2022中国年度随笔

徐南铁　主编

出版人：刘迪才
责任编辑：谢青芸
装帧设计：石绍康
责任监印：张璐

出版发行：漓江出版社有限公司
社址：广西桂林市南环路 22 号　邮编：541002
发行电话：010-85891290　0773-2582200
邮购热线：0773-2582200
网址：www.lijiangbooks.com
微信公众号：lijiangpress
印制：廊坊市海涛印刷有限公司
　　［河北省廊坊市安次区码头镇金官屯村　邮编：065003］
开本：690mm×1000mm　1/16
印张：19.5　字数：274千字
版次：2023 年 7 月第 1 版
印次：2023 年 7 月第 2 次印刷
书号：ISBN 978-7-5407-9470-5
定价：49.80 元

漓江版图书：版权所有，侵权必究
漓江版图书：如有印装问题，请与当地图书销售部门联系调换